MARIA DRIES
DAS GRAB IM
MÉDOC

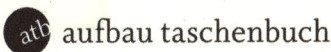
atb aufbau taschenbuch

MARIA DRIES wurde in Erlangen geboren und hat Sozialpädagogik und Betriebswirtschaftslehre studiert. Heute lebt sie in der Fränkischen Schweiz. Schon seit vielen Jahren verbringt sie die Sommer in Frankreich.

Im Aufbau Taschenbuch sind bisher erschienen:
*Der Kommissar von Barfleur*
*Die schöne Tote von Barfleur*
*Der Kommissar und der Orden von Mont-Saint-Michel*
*Der Kommissar und der Mörder vom Cap de la Hague*
*Der Kommissar und der Tote von Gonneville*
*Der Kommissar und die Morde von Verdon*
*Der Kommissar und die verschwundenen Frauen von Barneville*
*Der Kommissar und das Rätsel von Biscarrosse*
*Der Kommissar und das Biest von Marcouf*
*Der Kommissar und die Toten von der Loire*
*Der Kommissar und die Tote von Saint-Georges*
*Der Fluch von Blaye*

Madame le Commissaire Pauline Castelot beschäftigt sich gerade mit einem ungelösten Fall, als sie einen eiligen Auftrag bekommt: Eine Einbruchsserie in bekannte Weingüter der Region scheint eskaliert zu sein, und die Leiche eines Winzers wurde gefunden. Pauline Castelot und ihr Team aus Sonderermittlern sollen den Fall übernehmen. Eigentlich hatte sie vor, etwas kürzerzutreten und mehr Zeit mit ihrer kleinen Tochter Sarah zu verbringen. Doch als kurz darauf auf einem Weinberg die bizarr zur Schau gestellte Leiche einer Frau gefunden wird, kann Pauline nicht anders – sie stürzt sich in die Ermittlungen, ehe ein weiterer Mord geschieht.

# MARIA DRIES

# DAS GRAB IM MÉDOC

BORDEAUX
KRIMI

atb aufbau taschenbuch

ISBN 978-3-7466-3688-7

Aufbau Taschenbuch ist eine Marke
der Aufbau Verlage GmbH & Co. KG

2. Auflage 2021
© Aufbau Verlage GmbH & Co. KG, Berlin 2020
© Maria Dries, 2020
Umschlaggestaltung © U1 berlin, Patrizia Di Stefano
unter Verwendung von Motiven von
© Pinghung Chen/EyeEm/Getty Images und
©Juhyun Mun/EyeEm/Getty Images
Gesetzt aus der Bembo durch Greiner & Reichel, Köln
Druck und Binden CPI books GmbH, Leck, Germany
Printed in Germany

www.aufbau-verlage.de

*Pour Daniel et son beau-père.*

# PROLOG

Die Dunkelheit hatte sich über das Bassin von Arcachon gesenkt, und der Vollmond spiegelte sich silbern auf der glatten, obsidian-schwarzen Wasseroberfläche. Unzählige Austernpfähle stachen schemenhaft aus dem Niedrigwasser, und die Vogelinsel sah aus wie ein gestrandeter Wal. Am Ostufer ließ ein sanfter Wind die Nadelfächer der Strandkiefern erzittern.

Die Seebrücke von Andernos-les-Bains ragte verlassen in die Bucht, an Bojen vertäute Boote lagen ruhig im Wasser. Neben der romanischen Kirche erstreckte sich der Austernhafen, der in wenigen Stunden wieder zum Leben erwachen würde. Für Gourmets war er ein lohnendes Ziel, da sie dort die unvergleichliche Atmosphäre erleben und sich von Züchtern bei der Austernprobe beraten lassen konnten.

Im Bungalow von Géraldine Villeneuve waren die Lichter schon lange erloschen, nur über der Haustür brannte eine Nachtleuchte, die einen gelben Kegel warf. Es war ganz still, sogar die Zikaden im Olivenbaum gaben keinen Laut mehr von sich. Das Schlafzimmerfenster stand weit offen, und der Vorhang bauschte sich in der nächtlichen Brise.

Plötzlich löste sich ein Schatten von einem Strauch. Mit einem Satz sprang Géraldines Katze Rosalie vom Blumenbeet auf den Fenstersims und landete nach einem weiteren Sprung geräuschlos am Fußende des französischen Bettes. Sie legte den Kopf schief und betrachtete die schlafende Frau.

Géraldine wälzte sich unruhig auf dem zerknüllten Laken hin und her und stöhnte leise, auf ihrer Stirn hatten sich Schweißtropfen gebildet. In ihrem Traum hörte sie ein schauerliches Heulen, Zischen, Brodeln und Stampfen, kalte Finger rissen an ihren Haaren und zerrten an ihrer Kleidung. Sie war eingeklemmt und konnte sich nicht bewegen, so verzweifelt sie es auch versuchte. Von ihrem rechten Knie aus schossen stechende Schmerzen in jede Faser ihres Körpers, und sie fror erbärmlich. Das Atmen fiel ihr von Sekunde zu Sekunde schwerer, sie fühlte Panik in sich aufsteigen, und als schließlich eine schwarze Dampfwalze mit glühenden Augen auf sie zurollte, stieß sie einen markerschütternden Schrei aus.

Erschrocken machte Rosalie einen Satz und flüchtete unter das Bett. Géraldine riss die Augen auf und keuchte, sie spürte ihr Herz rasen. Benommen setzte sie sich auf, lehnte sich gegen das Kissen und versuchte, tief durchzuatmen. Dann endlich begriff sie, dass sie diesem Alptraum entronnen war, der sie wieder und wieder heimsuchte. Sie versuchte, die bedrohlichen Erinnerungen beiseitezuschieben, und stieg entschlossen aus dem Bett.

Die Leuchtziffern des Weckers zeigten vier Uhr zwölf. An Schlaf war nicht mehr zu denken. Auf bloßen Füßen tappte sie durch den Flur in ihr Schreibzimmer, gefolgt von Rosalie, die auf ein zeitiges Frühstück hoffte. An regnerischen oder kalten Tagen schrieb sie hier am Holztisch, den sie auf einem Flohmarkt gefunden hatte, ihre über Frankreich hinaus bekannten und beliebten Kinderbücher, in denen sich Fabelwesen wie Trolle, Drachen und Elfen tummelten. Bei schönem Wetter war die Sitzgruppe unter dem Feigenbaum im Garten ihr Lieblingsplatz, um zu schreiben.

Géraldine ließ sich auf den Stuhl fallen, klappte den Laptop auf und checkte die eingegangenen Mails. Sie hatte drei Nachrichten vom selben Absender bekommen. Seufzend fuhr sie sich durch die widerspenstigen roten Locken. Sie wusste bereits, was darin stand. Ihr Verlag wollte wissen, ob sie den Abgabe-termin für das neue Manuskript »Die Abenteuer der Wühlmauskinder Aurélie und Augustin« einhalten würde. Nein, das würde sie nicht, sie fühlte sich dazu nicht im Mindesten in der Lage. Schnell löschte sie die ungeöffneten Mails, bevor sie es sich anders über-legen konnte.

Dann wurde ihr Blick unweigerlich von einer goldgerahmten Fotografie auf dem Tisch angezogen. Sie zeigte einen breitschultrigen jungen Mann mit dunkelblonden Haaren und strahlend blauen Augen, der unbeschwert in die Kamera grinste. Yves, ihre große Liebe. Ihre blassgrünen Augen füllten sich mit Tränen. Rosalie, die ihren Kummer spürte, sprang auf ihren Schoß und rollte sich schnurrend zusammen. Während Géraldine gedankenverloren den Kopf der Katze kraulte, dachte sie wehmütig daran, was ihr wi-derfahren war. Aus heiterem Himmel hatte Yves sie nach acht gemeinsamen Jahren verlassen. Das hatte sie völlig überrascht, sie war sich sicher gewesen, dass er mit ihr genauso glücklich war wie sie mit ihm. Doch dann hatte er in der Disco eine andere Frau kennengelernt und sich Hals über Kopf in sie ver-liebt. Nur wenige Tage später hatte er seine Sachen gepackt und war ausgezogen.

Géraldine liebte Kinder und hatte sich immer welche gewünscht, mindestens drei, doch Yves hatte sich
geweigert. Er wolle keinen Nachwuchs, vielleicht
später einmal. Deshalb hatte sie ihren Kinderwunsch
ihm zuliebe immer wieder schweren Herzens zurückgestellt. Kürzlich hatte sie ihn zufällig mit seiner
neuen Freundin in der Markthalle von Arcachon getroffen. Das Paar hatte dort im Restaurant gesessen,
zwischen sich eine riesige Platte mit Meeresfrüchten,
gekrönt von einem Taschenkrebs. Nachdem Yves sie
entdeckt hatte, war er aufgestanden, hatte sie begrüßt
und sie seiner Freundin vorgestellt. Als er Géraldines
Blick auf deren gewölbten Bauch bemerkte, erzählte
er ihr mit seinem unwiderstehlichen Lächeln, dass
seine Freundin schwanger sei und sie beide sich sehr
auf ihr gemeinsames Kind freuten, auch eine baldige
Heirat sei geplant. Dann hatte er liebevoll den Baby-
bauch seiner Freundin gestreichelt, und Géraldine
hatte gespürt, wie ihr das Herz brach.

Sie wusste im Nachhinein nicht mehr, wie sie es
aus der Markthalle geschafft hatte. Sie konnte sich nur
noch erinnern, dass ihr übel geworden war, ein heftiger Schwindel sie gepackt hatte und dass das Karussell auf der Strandpromenade das erste Bild gewesen
war, das sie wieder bewusst wahrgenommen hatte.

Seit diesem verhängnisvollen Zusammentreffen litt Géraldine unter einer Schreibblockade, die ihr unüberwindlich schien. Sie hatte Konzentrationsstörungen, und immer wenn eine verheißungsvolle Idee Gestalt annahm, schob sich Yves' Bild davor, und ihr Kopf fühlte sich leer an.

Schließlich gab sie sich einen Ruck und wischte sich energisch die Tränen von den Wangen. Sanft schob sie die Katze von ihrem Schoß und ging in die Küche, um eine Kanne Kaffee zu kochen. Als er fertig war, setzte sie sich, begleitet von Rosalie, mit der dampfenden *bol* auf die Terrasse. Am schwarzgrauen Himmel funkelten die Sterne wie Diamantsplitter, in der Ferne war das Tuten eines Nebelhorns zu vernehmen, und ein erster Vogel sang im Feigenbaum.

Géraldine dachte nach und gestand sich schließlich ein, dass sie dringend eine Auszeit brauchte, um über diesen Schock hinwegzukommen und neue Inspiration zu finden.

## 2. JUNI

Das Hauptquartier der Sonderermittlungsgruppe befand sich im Stadtteil Saint-Pierre in der Rue Mérignac 5 in der Altstadt von Bordeaux. Im 18. Jahrhundert, der Blütezeit, als der atlantische Seehandel florierte, war dort die Einfahrt zum Innenhafen gewesen. Noch heute waren in diesem Viertel die Straßen nach den jeweiligen Handwerkszünften benannt, und so gab es beispielsweise eine Rue des Argentiers, eine Straße der Goldschmiede.

Das Quartier befand sich in einem zweistöckigen, altrosafarbenen Gebäude, das zwischen einem Wohnhaus und einer Weinhandlung eingeklemmt war. Einen Katzensprung entfernt strömte die pfauenblaue Garonne majestätisch in Richtung Gironde-Mündung, um sich dann, vereint mit der Dordogne, wie ein Trichter zum Atlantik hin zu öffnen. An den Ufern reihten sich beidseitig *carrelets*, Fischerhütten auf Stelzen, die für Angler ein idealer Ansitz waren.

Monsieur le Commissaire Louis Pierrot hatte kurz nach siebzehn Uhr seinen Dienst beendet und ging zur nahe gelegenen Tiefgarage. Er war zweiunddreißig Jahre alt, durchtrainiert und wies eine verblüffende Ähnlichkeit mit dem jungen Steve McQueen auf. Er hatte den ganzen Nachmittag damit verbracht, einen bislang ungelösten Fall, einen Cold Case, noch einmal aufzurollen. Der Fall hatte ihn völlig in Anspruch genommen, Pierrot hatte sich regelrecht festgebissen. Ein Callgirl mit dem Künstlernamen Loulou war 1991 tot in seinem Appartement in der Innenstadt von Bordeaux, im Viertel Bacalan, gefunden worden, gestorben an einem Kopfschuss. Als Hauptverdächtiger hatte schnell der Gelegenheitsarbeiter Jean Maigret gegolten, der für zweihundert Francs Loulous Dienste in Anspruch genommen und sich dabei hoffnungslos in sie verliebt hatte. Er war ihr hörig gewesen und hatte Reparaturen und Botengänge für sie erledigt. Doch Maigret hatte die Tat bestritten, und die Indizien waren für eine Verurteilung nicht ausreichen gewesen. Der Fall war nie gelöst worden.

Pierrot war fest entschlossen, Loulous Mörder mithilfe neuester Techniken, speziell mit komplizierten

DNA-Analysen, zu finden, falls er noch am Leben war. Doch jetzt hatte er andere Pläne.

Geschickt steuerte er seinen schwarz glänzenden Oldtimer Citroën, ein wahres Flaggschiff, aus dem engen Parkhaus und fädelte sich in den zäh fließenden Feierabendverkehr ein. Er wollte über die Autobahn bis nach Le Teich fahren und weiter auf der *route nationale* zur Dune du Pilat. Seine Tasche mit dem Drachenflieger hatte er bereits am Morgen auf dem Dachgepäckträger festgezurrt. Louis genoss den Nervenkitzel beim schwerelosen Gleiten durch die Lüfte. Nur beim Sport konnte er abschalten und den Polizeialltag für kurze Zeit vergessen.

Als er sich seinem Ziel näherte, konnte er den gewaltigen Sandberg mit fast drei Kilometer Länge zwischen Kiefern hervorspitzen sehen. Darüber wölbte sich ein azurblauer Himmel, über den Schleierwolken zogen. Pilat war eine Wanderdüne, die stetig landeinwärts vorrückte, da die Strömung an der Einfahrt zum Bassin von Arcachon so stark war, dass sich die Sandmassen nicht aufhalten ließen.

Vor dem Hôtel Corniche, einem eleganten cremefarbenen Gebäude, fand er einen Parkplatz und zog sich im Auto um. Bekleidet mit einer Sporthose, einem T-Shirt und Leinenschuhen machte er sich auf die Suche nach Chantal, der Hotelmanagerin des Corniche.

Auf der Terrasse des Hotels saßen Gäste unter der rot-weiß gestreiften Markise, genossen ihren Aperitif und unterhielten sich mit lebhaften Gesten. Vor einigen Monaten hatten Louis und Chantal eine kurze leidenschaftliche Affäre gehabt, sich dann aber einvernehmlich getrennt. Chantal fühlte sich durch ihn eingeengt, er wiederum fand sie häufig zu ernsthaft. Inzwischen waren sie gute Freunde.

Louis fand sie hinter einer Pergola, über die sich violette Bougainvilleen rankten. Sie lehnte an der Mauer neben der Hintertür und rauchte. Die dunklen Haare waren zu einem Zopf gebunden, so dass ihr feines Profil zur Geltung kam. Der jadegrüne Overall betonte ihre schlanke Figur. Als sie ihn bemerkte, schenkte sie ihm ein bezauberndes Lächeln und drückte die Zigarette aus. »Salut, Louis! Hast du schon Feierabend?«

Sie tauschten Wangenküsschen.

»Salut, Chantal. Ich habe zeitig Schluss gemacht, mich zieht es auf die Düne. Hast du Zeit, mich später abzuholen, wenn ich gelandet bin?«

»Wenn du nicht bis nach Bayonne fliegst.« Sie lachte, und ihre schwarzen Augen leuchteten.

»Keine Sorge, ich werde versuchen, in der Nähe zu landen.« Er reichte ihr seinen Autoschlüssel. »Ich rufe dich an.«

»D'accord. Bis später.«

»Danach lade ich dich auf ein Glas Wein ein, wenn ich darf.«

»Das hört sich gut an. Pass auf dich auf.«

»Aber ja.«

Er holte die Tasche vom Dach, schlang sich ein grünes Tuch um den Kopf und machte sich über die freie Südflanke der Düne an den schweißtreibenden Aufstieg. Auf der Kuppe angelangt, verschnaufte er einen Moment und genoss den überwältigenden Ausblick. Dann baute er seinen Drachen zusammen, befestigte das Gurtzeug an seinem Körper und setzte den Helm auf. Aufmerksam sah er sich nach einem passenden Startplatz um. Auf der nördlichen Kuppe der Düne, die man vom Parkplatz aus über eine Holztreppe erreichte, hielten sich zahlreiche Touristen auf, die spazieren gingen, picknickten und die Aussicht genossen. Unterhalb des südlichen Kamms schwebten einige Gleitschirmflieger, deren Segel farbige Punkte in das Blau des Himmels setzten.

Louis entschied sich für einen steilen Hang, der dem Ozean zugewandt war, und nahm vier Schritte Anlauf. Er spürte, wie Aufwinde die Flügel trugen, und hob ab. Wie ein Vogel glitt er auf das glitzernde Meer hinaus und zog weite ruhige Kreise. Er ließ den dichten Kiefernwald und die hammerförmige Sandbank vor der Einfahrt des Bassins von Arcachon hinter sich. Rechter Hand lag die schmale Halbinsel Cap Ferret, die wie ein Finger in den Atlantik ragte, und auf deren bewaldeter Landspitze sich der weiße Leuchtturm mit der roten Kappe erhob. Austernboote und Jollen lagen wie Kinderspielzeug in der Bucht. Weiter draußen kreuzten elegant Segelboote. Die gemächlich zum kobaltblauen Horizont wandernde Sonne hatte sich in einen glühenden Feuerball verwandelt, der die Wolken rosa färbte. Die See roch nach Tang und Jod, auf seinen Lippen schmeckte er Salz, er lauschte dem Kreischen der Möwen und fühlte sich frei. In einem weiten Bogen flog er auf die Küste zu, folgte ihr eine Weile und steuerte den Drachen dann über den Étang de Sanguinet, einem von Schilf umsäumten Binnensee.

Als Louis den See hinter sich gelassen hatte, rief er Chantal an. »Salut, Chantal. Ich werde in Kürze auf dem Fußballplatz von Biscarrosse landen. Wenn dir das zu weit ist, kann ich versuchen, neben der Marina von Sanguinet auf einem Acker runterzugehen.«

»Biscarrosse ist in Ordnung. Ich mache mich gleich auf den Weg, in einer halben Stunde bin ich da.«

»Wir könnten zusammen abendessen.«

»Gute Idee, ich habe Hunger. In Biscarrosse-Plage gibt es ein neues Fischrestaurant, die Meeresfrüchte-platten sollen phantastisch sein.«

Louis schwebte weiter über einen Kanal, an dem Angler saßen, und ein Wäldchen und landete schließlich nach einer guten Stunde sanft auf dem Sportplatz von Biscarrosse. Eine Kindermannschaft in rot-schwarzen Trikots beobachtete gebannt seine Landung. Er winkte ihnen zu und löste das Gurtzeug. Dann baute er seinen Drachen auseinander, verstaute ihn in der Tasche und wartete auf Chantal.

Ein kaum wahrnehmbarer Höhenkamm zwischen der Pointe de Grave und Bordeaux teilte zwischen dem Atlantik und der Gironde die Halbinsel Médoc. Im Westen erstreckten sich Pinienwälder bis zu den traumhaften Stränden, im Osten gab es Weinfelder, die bis in das Stadtbild von Bordeaux hinein zur Gironde hin abfielen.

Das Weingut Château Cheval Noir lag in der Nähe von Pauillac auf einem Hügel inmitten von Weinbergen. Im Licht der bleichen Mondsichel waren die Konturen des Gebäudes scherenschnittartig zu erkennen. Es gab ein Haupthaus in der Mitte und zwei Seitenflügel, die jeweils von einem runden Turm flankiert wurden. Das Schieferdach mit seinen vier Kaminen glänzte matt im Mondlicht. Das stattliche Anwesen war von einer hohen Mauer umgeben, die mit Efeu überwachsen war und auf der der Name des Weingutes in großen roten Lettern stand.

Gegen zwei Uhr näherte sich ein Lieferwagen und fuhr langsam, mit ausgeschalteten Scheinwerfern, über die gewundene Straße auf den Hof des Weingutes. Im Schritttempo rollte er zu den Eingängen des weitläufigen Höhlensystems, das noch immer als Weinlager diente. Vor dem ersten Tor stellte der Fahrer den Motor ab, und er und sein Beifahrer stiegen aus. Die Türen ließen sie leise einklinken. Aufmerksam schauten sich die dunkel gekleideten Männer um, doch es war niemand zu sehen, und bis auf das sanfte Rauschen des Windes in den Laubbäumen war es still. Der Zugang zu den Weinkellern war durch zwei bogenförmige Eichentore versperrt, die mit massiven Schlössern gesichert waren.

Die Männer wussten, dass die Stahlverriegelungen nicht mit einer Alarmanlage verbunden waren. Die Eigentümer des Châteaus verließen sich auf einen Sicherheitsdienst, der das Gelände zu unterschiedlichen Zeiten kontrollierte. Die nächste Kontrollfahrt würde in einer Stunde erfolgen, so dass sie genügend Zeit hatten, um ihren Auftrag zu erledigen. Der Sicherungskasten war neben dem linken Tor angebracht und mit einem Schloss gesichert, das einer der Männer problemlos aushebelte. Anschließend unterbrach er die Stromversorgung für das gesamte Kellergewölbe, indem er alle Sicherungen ausschaltete und einen Kabelstrang mit einer isolierten Zange durchschnitt. Jetzt funktionierte auch die Videoüberwachung nicht mehr. Der andere Mann brach mithilfe eines Stemmeisens das Schloss am Tor auf. Sein Partner zog das schwere Tor auf, und sie betraten den dunklen Gang.

Als sie es hinter sich zugezogen hatten, schalteten sie die Taschenlampen ein und ließen die Lichtkegel über das feuchte Mauerwerk gleiten. Ein modriger Geruch lag in der Luft, irgendwo tropfte Wasser. Durch einen schmalen, aus Stein gehauenen Gang kamen sie in den ersten Gewölbekeller, in dessen Ecken Spinnweben hingen. Dort waren Weinfässer aus Holz gelagert. Daneben befand sich der für die Gäste dekorierte Probierraum.

Die Männer bewegten sich zielsicher durch den nächsten Gang, der Lageplan des unterirdischen Labyrinths war ihnen bekannt. Sie passierten drei Höhlen, in denen Bordeauxweine der Klassen Grands Crus Classés fünf bis zwei lagerten. Im letzten Keller wurden die wertvollsten Weine aufbewahrt, die Grands Crus Classés mit der Klassifizierung eins. Die Flaschen lagerten in einfachen Holzregalen, an denen kleine Tafeln die Weine benannten. Dutzende Flaschen waren bereits etikettiert.

Es dauerte nicht lange, und sie hatten den Wein gefunden, den sie suchten: einen Château Cheval Noir Grand Cru Classé, Jahrgang 2011. Der Wert einer Flasche betrug dreitausend Euro. Ihr Auftrag lautete, zwölf Kisten à sechs Flaschen zu stehlen. In jedem der Gewölbe stapelten sich leere Weinkisten, und es gab eine Sackkarre. Auch darüber hatte ihr Informant sie aufgeklärt. Sie begannen die Weinflaschen vom Regal zu nehmen und in die Kisten zu stellen und diese dann auf der Karre zu stapeln. Als sie fertig waren, schob einer der Männer sie durch die Gänge, der andere leuchtete ihnen den Weg zurück zum Kellerausgang.

Schnell stellten sie die Kisten neben dem Lieferwagen ab und zogen das schwere Tor leise zu. Als die
letzte Kiste im Wagen verstaut war, drangen durch
die Stille der Nacht Motorengeräusche. Die Männer verharrten reglos, sahen einander an und warteten darauf, dass sich das Fahrzeug auf der Landstraße
entfernte. Der Sicherheitsdienst konnte es nicht sein,
er würde erst in zwanzig Minuten die nächste Kon-
trollrunde fahren. Doch das Geräusch näherte sich
schnell und wurde lauter. Und dann bog der weiße
SUV der Sicherheitsfirma mit der Aufschrift Sécurité
Aquitaine in den Hof ein, fuhr mit aufgeblendeten
Scheinwerfern auf den Lieferwagen zu und tauchte
den Bereich vor den Weinkellern in weißes, grelles
Licht. Die Männer erstarrten für einen Augenblick
und blinzelten geblendet.

Aus dem SUV sprang ein Mann heraus und zielte
mit einer Pistole auf die Einbrecher.

»Hände hoch!«, brüllte er. »Auf den Boden knien!«

Einer der Einbrecher hob langsam die Hände,
während der andere blitzschnell eine Waffe zog und
schoss. Der Sicherheitsmann schrie auf, seine Pistole
fiel ihm aus der Hand, und er sackte auf die Erde.
Dort krümmte er sich vor Schmerz zusammen. Jetzt
zielte der Einbrecher auf die Windschutzscheibe des

Securityfahrzeuges und gab mehrere Schüsse ab. Die Scheibe zerbarst in tausend Teile, und die Frau, die hinter dem Lenkrad sitzen geblieben war, warf sich geistesgegenwärtig auf den Beifahrersitz und hielt die Hände schützend über ihren Kopf. Glassplitter regneten auf ihren Körper. Währenddessen warfen die Weindiebe die Flügeltüren ihres Lieferwagens zu, dann stiegen sie ein und rasten mit aufheulendem Motor davon. Im Weingut gingen die Lichter an.

Sophie richtete sich vorsichtig im SUV auf und sah durch die Rückscheibe gerade noch, wie ein dunkler Lieferwagen auf die Hofausfahrt zupreschte, mit quietschenden Reifen um die Ecke bog und aus ihrem Sichtfeld verschwand. Es war unmöglich, das Kennzeichen zu entziffern, aber wahrscheinlich war es ohnehin gestohlen. Hastig schüttelte sie die Glasscherben ab, stürzte aus dem Auto, lief zu ihrem Kollegen und kniete sich neben ihn. »Bist du verletzt, Alain?«

»Der Mistkerl hat mich am Arm erwischt. Es tut höllisch weh. Ruf die Polizei und einen Krankenwagen!« Er stöhnte.

Während Sophie einen Notruf absetzte und kurz schilderte, was passiert war, wurde die Eingangstür des Châteaus aufgerissen, und ein Mann im Morgenmantel lief auf den Hof. Er hatte ein Gewehr in der Hand und wurde von einem Dobermann begleitet, der aufgeregt bellte und die Zähne fletschte. »Was ist hier los?«, schrie er.

Sophie klärte ihn auf. »Jemand ist in den Keller eingebrochen, und mein Kollege wurde angeschossen. Polizei und Krankenwagen sind unterwegs.«

»Mon Dieu, das ist ja furchtbar!«

Der Mann blieb wie angewurzelt stehen, pfiff den Hund zurück und packte ihn am Halsband.

Sophie holte den Verbandskasten aus dem Kofferraum des SUV. Sie begann Alains Oberarm über der Wunde abzubinden, um den Blutfluss zu stoppen. Der Besitzer des Weingutes sah ihr hilflos zu.

»Kann ich Ihnen irgendwie helfen?«

»Non merci, es geht schon.«

Als sie fertig war und beruhigend auf ihren Kollegen einredete und ihm den Schweiß von der Stirn tupfte, hörten sie in der Ferne eine Polizeisirene.

# 3. JUNI

Madame le Commissaire und Polizeipsychologin Pauline Castelot quälte sich durch den dichten Feierabendverkehr von Bordeaux. Ihr schwarzer Renault hatte den ganzen Tag in der Sonne gestanden, und im Innenraum herrschten mindestens vierzig Grad. Sie ließ die Scheiben herunter, schaltete die Klimaanlage ein und setzte ihre Sonnenbrille auf die Nase. Als sie die Autobahn, die sich wie ein Ring um die Stadt schloss, hinter sich gelassen hatte und ihren Weg auf der vierspurigen *route nationale* fortsetzte, beruhigte sich der Verkehr. Sie schaltete das Autoradio ein, um zur vollen Stunde Nachrichten zu hören. Der Sprecher berichtete gerade von Weindiebstählen im Bordelais, die seit Monaten die Schlagzeilen beherrschten und für große Aufregung sorgten.

In der Nacht vom 2. auf den 3. Juni war auf einem Weingut ein Mann, der für den Objektschutz zuständig war, angeschossen worden. Es war das erste Mal, dass bei diesen Einbrüchen ein Mensch verletzt worden war. Deshalb hatte sich die *police judiciaire,* die Kriminalpolizei, eingeschaltet.

Pauline hörte konzentriert zu und fasste mit einer Hand die weizenblonden schulterlangen Haare zusammen, um Luft an ihren verschwitzten Nacken zu lassen. Wenn man den Täter überführt hatte, würden am zuständigen Geschworenengericht ein Staatsanwalt auf versuchten Mord und ein Verteidiger auf versuchten Totschlag oder gar Körperverletzung plädieren. So verlief es meist in derartigen Fällen, und das Urteil würden ein Richter und Geschworene fällen.

Sie sah auf die Zeitanzeige am Armaturenbrett und beschloss, vor dem Abendessen noch eine Runde zu laufen. Ihr Lebensgefährte Dominic war ein passionierter Hobbykoch und kümmerte sich meistens um die Mahlzeiten. Beim Frühstück hatte er ihr erzählt, was er kochen wollte, doch das war ihr im Laufe ihres stressigen Tages entfallen. Sie hatte Hunger, doch zunächst brauchte sie nach dem Tag am Schreibtisch Bewegung.

Gut gelaunt wählte sie die Handynummer ihrer neunjährigen Tochter Sarah, und während es klingelte, hörte sie ein paar Takte von Pink, einer der Lieblingssängerinnen ihrer Tochter, dann meldete sie sich.

»Salut, *maman*.«

»Salut, *chérie*, ist alles klar bei dir?«

»Aber ja.«

»Wie war es heute in der Schule?«

»Sport war gut, wir haben Volleyball gespielt und haushoch gewonnen. Die waren richtig sauer. Zwei Schmetterbälle waren von mir.«

»Das ist ja toll! Und wie war die Mathearbeit?«

»Wohl eher nicht so gut.«

»Du hast doch mit Dominic geübt.«

»Ja, schon, aber vielleicht nicht genug. Bis später, *maman*, ich möchte Dominic beim Kochen helfen.«

»Was gibt es denn?«

»Überraschung! Für das Dessert bin ich verantwortlich.«

Pauline lachte. »Du machst mich neugierig. Ich jogge noch eine Runde und komme gegen acht.«

Inzwischen hatte sie die Ortschaft Quinsac erreicht, die etwa acht Kilometer südöstlich von Bordeaux an der Garonne lag. Ihre Lieblingslaufstrecke führte durch die Weinberge von Quinsac. Sie parkte in der Nähe der Kirche und zog sich rasch im Auto um. Ihre Sportsachen waren immer in einer Tasche

30

im Kofferraum verstaut, weil sie oft spontan lief. Die Haare hatte sie zu einem Pferdeschwanz gebunden und sich ein kobaltblaues Schweißband bis in die Stirn gezogen, das ihre großen graublauen Augen betonte. Sie absolvierte gewissenhaft ihre Dehnübungen, dann trabte sie mit Blick auf die Armbanduhr los. Sie kontrollierte immer ihre Laufzeit.

An der ersten Kurve nach dem Dorfausgang führte ein kleiner Weg direkt in die Weinberge. Während der ersten paar Hundert Meter geisterte der Mordfall Loulou noch durch ihren Kopf, doch dann richtete sich ihre Konzentration voll auf ihren Lauf, und sie dachte an nichts anderes mehr. Die Vögel sangen in den Bäumen, der Wind strich ihr sanft über die Arme, und die Weinstöcke leuchteten in einem satten Grün. Vor einem Weingut bog sie rechts ab und lief zum Stadion von Les Hugons. Dort ging es weiter zum Château Ruben und von hier aus in einem Bogen nach Süden auf die Garonne zu. Auf einem schattigen Treidelpfad, der neben dem ruhigen Fluss nach Norden verlief, kam sie zum Ausgangspunkt zurück.

In einem kleinen Lebensmittelladen am Kirchplatz kaufte sie eine Flasche kaltes Mineralwasser, da ihr Wasser im Auto brühwarm war. Gleich vor dem

Geschäft trank sie es zur Hälfte aus, ehe sie sich auf den Heimweg machte. Sie freute sich auf eine erfrischende Dusche, auf das Abendessen und vor allem auf ihre Familie.

Das Weingut Château de Montfort ihres Lebensgefährten, des Winzers Dominic de Montfort, war ein alter Familiensitz im Weinbaugebiet Entre-deux-Mers nicht weit vom Dorf Romagne. Diese kleinere Domaine brachte unter anderem erlesene Weißweine hervor.

Die Zufahrt zum Château de Montfort war von alten Pappeln gesäumt, die lange Schatten warfen. Neben der schmalen asphaltierten Straße erstreckten sich hügelige Weingärten mit akkurat in Reih und Glied gepflanzten Rebstöcken, so weit das Auge reichte.

Das Weingut war ein ockerfarbenes, von Weinlaub überwachsenes einstöckiges Gebäude mit einem roten Ziegeldach, weißen Sprossenfenstern und Klappläden. An der Ostseite erhob sich ein runder, von einer Schieferhaube gekrönter Turm, und daneben reihten sich einige Nebengebäude geduckt aneinander.

Pauline fand ihre Tochter und ihren Lebensgefährten auf der Terrasse. Sie deckten den wuchtigen Holztisch, der unter einer grün-weiß gestreiften Markise stand.

»*Maman*!«, jubelte Sarah. Pauline nahm ihre Tochter in den Arm und drückte ihr einen Kuss auf die Wange. »Das Essen ist gleich fertig.«

Sarah hatte ihre dunkelblonden Haare zu Zöpfchen geflochten, und die blauen Augen blitzten aufmerksam in ihrem sommersprossigen Gesicht.

»Prima, ich will mich nur noch schnell duschen und umziehen.«

Sie wandte sich Dominic zu. Seine dunklen Augen in seinem markanten Gesicht leuchteten vor Freude auf, als er sie ansah. »Salut, Pauline.«

Er gab ihr einen Kuss, und sie fuhr ihm durch die kinnlangen schwarzen Locken. Er war einen halben Kopf größer als sie, die breiten Schultern steckten in einem schwarzen T-Shirt, und sein Bart war sorgfältig geschnitten.

»Du hast zehn Minuten«, bemerkte er. »Welchen Aperitif darf ich Madame servieren?«

»Einen Pastis, bitte, ich bin gleich wieder da.«

*❦❧*

Als sie in einem Sommerkleid, die Haare hochgesteckt, die Lippen erdbeerrot geschminkt, auf der

Terrasse erschien, servierte Dominic die Vorspeise. Es gab Austern aus Arcachon, auf die sie einen Spritzer Zitronensaft träufelten. Dazu aßen sie gebuttertes Baguette, und die Erwachsenen tranken einen exquisiten kühlen Wein aus ihrer Domaine.

Während sie als Hauptgang gegrillte Dorade mit Koriander-Zitronen-Crème und Kartoffelgratin genossen, unterhielten sie sich über das Thema, das derzeit alle Winzer im Bordelais umtrieb: die Weindiebstähle.

»Die Schlösser an den Toren zu den Weinkellern sind ein Witz«, meinte Pauline. »Die könnte ich mit einer Haarnadel öffnen.«

»Du bist ja auch eine mit allen Wassern gewaschene Madame le Commissaire«, erwiderte Dominic, und sie lachten.

»Nein, im Ernst«, beharrte Pauline. »Ich finde, du solltest sie auswechseln und über die Installation einer Alarmanlage nachdenken. Die Videoüberwachung hilft auch nicht unbedingt. Damit kannst du bei Führungen Touristen erwischen, die eine Flasche von deinem Wein in ihren Rucksack packen. Professionelle Diebe setzen sich einfach Sturmmasken auf.«

»Hochwertige Alarmanlagen, die mit einer Security-Firma und der Polizei verbunden werden, sind teuer.«

»Ja, ich weiß.«

Sarah meldete sich mit einer Idee zu Wort. »Wir könnten Estelle und Émile nachts auf dem Grundstück frei laufen lassen.« Das waren ihre Schäferhunde.

Dominic grinste. »Die beiden würden einem Einbrecher noch die Hand ablecken, vor lauter Freude, weil Besuch kommt.«

»O nein, die beiden sind richtige Wachhunde, sie werden anschlagen, wenn ein Fremder das Anwesen betritt.«

»Wenn du meinst, ich denke darüber nach. Gibt es jetzt Dessert?«

»Ja, ich hole es. Machst du den Mokka?«

Die Tarte à l'Orange schmeckte vorzüglich.

»Sarah hat sie gebacken«, erzählte Dominic.

»Köstlich«, lobte Pauline ihre Tochter. Das Mädchen strahlte über das ganze Gesicht.

Nachdem sie abgeräumt hatten, stießen die beiden Erwachsenen an und genossen einen Schluck des fruchtigen Weins. Dann betrachteten sie in stillem Einvernehmen die Aussicht auf die sanften Hügel, die Waldinseln und die Sonne, die gerade hinter den golden leuchtenden Weinbergen verschwand.

»Es ist so schön hier«, murmelte Pauline und lächelte entspannt.

»*Maman*?«

»Ja, *chérie*? Ich glaube, es ist Bettgehzeit.«

Das Mädchen seufzte. »Ich muss morgen einen Aufsatz über den Klassenausflug von letzter Woche abgeben. Das Thema lautet: Was mir bei unserem Ausflug an das Cap Ferret am besten gefallen hat, nur drei Seiten.«

»Das weißt du seit letzter Woche?«

»Hm.«

»Also gut, hol deine Schultasche. Dominic, hilfst du auch mit?«

Rasch erhob er sich. »Tut mir leid, ich muss noch in den Keller, etwas erledigen.«

Schon war er verschwunden.

Über den Haut-Médoc wölbte sich ein stahlblauer Himmel, Sterne funkelten, und der silbrige Mond saß auf einem Wolkenbett. Im Weingut Château Comtesse-de-la-Francis waren zwei Fenster im ersten Stock des Seitenflügels erleuchtet. Vor den anderen Fenstern waren die flaschengrünen Klappläden geschlossen, und kein Lichtstrahl drang in die Dunkelheit. In dem weiß gestrichenen, von Weinlaub über-wachsenen Gebäude mit dem kompakten Kamin und dem flachen roten Ziegeldach war früher die Remise untergebracht. Auch im Hauptgebäude, das neben der Remise in einem Rosengarten lag, sowie im dahin-terliegenden Turm brannte kein Licht. In der Ferne schlugen die Kirchturmglocken von Arsac zwölfmal. Es war Mitternacht. Im Wald schrie ein Käuzchen.

Der Eigentümer des Weingutes, Jean-Baptiste Ar-mand, saß im Arbeitszimmer an seinem Schreibtisch aus Kirschbaumholz. Eine Tischlampe warf einen orangegelben Lichtkegel. Die altrosa gestrichenen, stuckverzierten Wände zierten goldgerahmte Ölge-mälde und Wandteppiche. Ein offener Kamin diente im Winter als Wärmequelle.

Armands Gesicht mit den buschigen Brauen und der kräftigen, leicht schiefen Nase war bleich, die Stirn nervös gerunzelt. Er war angespannt und lauschte. Als die Dachsparren knackten, fuhr er zu-sammen.

Während die Finger seiner linken Hand rhyth-misch auf die Tischplatte trommelten, hielt er in der anderen einen Brief. Der Inhalt des Briefes steigerte seine Unruhe, ebenso wie die Tatsache, dass meh-rere Anrufe mit unterdrückter Nummer auf seinem

Smartphone eingegangen waren. Der Anrufer hatte keine einzige Nachricht hinterlassen.

Als er den Motor eines Wagens hörte, der kurz darauf im Hof ausgeschaltet wurde, erstarrte er. Seine Gedanken überschlugen sich, und er war nicht im Stande, sich von der Stelle zu rühren. Jemand klingelte an der Tür Sturm, dann hieben Fäuste dagegen.

»Aufmachen!«, brüllte eine tiefe Stimme. »Wir wissen, dass du da bist.«

Panisch sah Armand sich um. Sollte er flüchten oder aufmachen und verhandeln? Die Männer wurden vor der verschlossenen Tür offenbar immer wütender und stießen Flüche aus. Armand hatte nicht die geringste Ahnung, wie er diese Angelegenheit aus der Welt schaffen konnte.

Plötzlich wurde es still vor dem Haus. Im Herzen des Winzers keimte Hoffnung auf, dass sie wieder gegangen waren. Aber er hatte kein Motorengeräusch gehört, oder doch?

Ein lauter Knall donnerte durch das Haus, etwas krachte laut, und dann hörte er Stiefel die Treppe herauftrampeln. Schon wurde die Tür zum Arbeitszimmer aufgerissen. Zwei Männer stürmten herein und bauten sich drohend vor ihm auf. Sie waren schwarz gekleidet und trugen Springerstiefel. Über die Köpfe hatten sie Sturmhauben gezogen. Armand fuhr mit aufgerissenen Augen zurück, sein Herz wollte aus der Brust springen.

Der linke Mann, ein bulliger hochgewachsener Typ, übernahm das Sprechen.

»Der Chef will sein Geld zurück, auf der Stelle. Du weißt, warum. Er tobt vor Wut wegen dir.«

»Welches Geld?«, fragte Armand und bemühte sich um eine feste Stimme.

Der Mann schnaubte verächtlich. »Keine Spiel-chen, sonst breche ich dir die Nase. Der Chef be-kommt fünfundneunzigtausend Euro von dir. Also her damit.« Er streckte die schaufelgroße Hand mit der Innenfläche nach oben aus und winkte mit den Fingern.

»Ich habe es nicht.«

»Erzähl keinen Blödsinn, vor ein paar Tagen hattest du es noch.«

»Aber meine Tochter ...«

»Deine Tochter interessiert uns nicht! Wir wollen das Geld.«

Der Winzer hob hilflos die Hände und wartete da-rauf, dass eine Kugel sich in seine Brust bohrte. Die-sen Typen war alles zuzutrauen, und er wusste keinen Ausweg mehr. Die Männer tauschten einen Blick.

»Also gut«, sagte der zweite Eindringling. »Weil wir so nett sind, räumen wir dir eine Frist bis morgen Abend ein. Wir kommen um Mitternacht, und du übergibst uns das Geld. Abgemacht?«

Armand nickte, seine Kehle war wie zugeschnürt.

»Okay, das wäre geklärt.« Der Mann zückte ein Springmesser und ließ es aufschnappen. Auf der langen schmalen Stahlklinge brach sich das Licht. »Siehst du das hübsche Spielzeug hier?«

Der Winzer starrte ihn panisch an.

»Ob du es siehst, habe ich gefragt?«

»Ja.«

»Wenn du morgen Abend das Geld nicht hast, schneide ich dir den rechten Ringfinger ab, oder vielleicht auch zwei. Schönen Abend noch.«

Er drehte sich um und verließ den Raum. Sein Partner folgte ihm wortlos. Armand hörte, wie der Motor gestartet wurde, kurz darauf war es grabesstill.

# 4. JUNI

Auf der Brücke standen einige Männer und Frauen im grellen Sonnenlicht und angelten. Unter ihnen floss die Isle, ein Nebenfluss der Dordogne, und strudelte moosgrün durch die Bögen der Brücke.

Monsieur le Commissaire Frédéric Rocard saß in sandfarbener Cargohose und kurzärmligem weißem Hemd auf einem Klappstuhl direkt am Ufer im Schatten einer Pinie. Seine beiden Angeln steckten in Rutenhaltern, die er fest in die schlammige Erde gedreht hatte. Im Eimer neben ihm zappelten zwei Zander und eine Regenbogenforelle.

Er war zweiundfünfzig Jahre alt, und der Dreitagebart unter seinen warmen braunen Augen ließ ihn verwegen aussehen. Unter seinen Augen lagen dunkle Schatten. Nur noch selten sah man ihn lächeln. Auch hatte er wieder zu rauchen angefangen.

Es war auf den Tag sechs Monate her, dass seine

Tochter Emma kurz vor ihrem achtzehnten Geburtstag nicht von der Schule nach Hause gekommen war. Später hatte sich herausgestellt, dass sie an jenem Tag gar nicht im Unterricht gewesen war. Emma hatte sich sehr auf ihren Geburtstag gefreut. Doch seit jenem Donnerstag gab es kein Lebenszeichen von ihr. Ihr Rucksack war verschwunden, ebenso ihr Handy, das nicht geortet werden konnte. In ihrer Geldschatulle, die sie in der Schreibtischschublade aufbewahrte, fand ihre Mutter fünfundsiebzig Euro. Emma galt offiziell als vermisst und wurde in ganz Europa gesucht, auch Interpol war eingeschaltet. Alle warteten auf eine vielversprechende Spur, damit endlich Bewegung in die Suche kam.

Seufzend fuhr Rocard sich durch die kurz geschnittenen grau melierten Haare und zündete sich die nächste Zigarette an. Sein Blick ruhte auf dem Fluss, als ob er dort Trost finden würde. Jedes Familienmitglied ging anders mit der Tragödie um. Seine Frau Agnès engagierte sich umso mehr in der Kirchengemeinde, organisierte Basare und backte Kuchen für den Seniorennachmittag. Sie hatte sechs Kilo abgenommen und sah älter aus, als sie war. Ihr sechzehnjähriger Sohn Pierre-Paul hatte seit dem Verschwinden seiner Schwester bereits zwei Schul-

verweise bekommen und stand kurz vor dem Raus-
wurf. Nur dank seiner Mathelehrerin hatte er noch
eine letzte Chance bekommen.

Rocard vergrub sich in seiner Polizeiarbeit und
machte Überstunden. In seiner Freizeit suchte er
nach Emma. Er hatte auf Social Media eine Such-
aktion organisiert, der sich laufend neue Mitglieder
anschlossen. Doch bisher ohne Ergebnis.

Beim Angeln versuchte er regelmäßig, abzuschal-
ten, sonst würde er noch verrückt werden.

Der Schwimmer der einen Angel zuckte, verschwand unter der Wasseroberfläche und hinterließ
ebenmäßige Kreise. Rocard klemmte seine Zigarette
in den Mundwinkel, stand auf und holte die Schnur
ein. Eine prächtige Forelle wand sich am Haken. Behutsam befreite er sie und setzte sie zu den anderen
Fischen in den Eimer. Daraufhin beschloss er, zusam-
menzupacken und im Bistro am Fischerhafen einen
Pastis zu trinken.

Nach einem Blick in den Rückspiegel rollte er
über die holprige gewundene Straße, die so schmal
war, dass er öfter anhalten musste, um entgegenkom-
mende Fahrzeuge vorbeizulassen.

Nachdem er sein Auto auf dem Parkplatz der Marina abgestellt hatte, suchte er sich einen freien Platz

unter einem Sonnenschirm auf der Wiese vor dem Lokal und bestellte einen Ricard. Während er seinen Blick über die bunten Boote gleiten ließ, kam ihm der Mordfall Loulou in den Sinn. Seine Chefin Pauline und seine Kollegen Mélanie und Louis waren von der Schuld des Gelegenheitsarbeiters Jean Maigret überzeugt. Rocard glaubte das nicht. Warum hätte Maigret sie töten sollen, wenn er sie doch abgöttisch verehrte?

Er favorisierte eine andere Theorie: Loulous letzter Gast war der Bäckermeister Gérard Besse gewesen, der wiederum einen unbekannten Mann neben der Wohnungstür hatte stehen sehen, als er das Apartment verlassen hatte. Von ihm gab es keine genaue Beschreibung, da Besse den Blick abgewendet hatte, um selbst nicht erkannt zu werden. Bei einem Verhör verstrickte sich der Bäckermeister in Widersprüche. Man vermutete, dass er den Mann neben der Wohnungstür erfunden hatte und womöglich selbst der Täter war … Eine laute Stimme riss ihn aus seinen Gedanken.

»Salut, Frédéric.«

Ein korpulenter Mann in Freizeitkleidung und mit einem karierten Anglerhut auf dem Kopf ließ sich neben ihn auf einen Stuhl fallen.

»Salut, Henri.« Henri war ein guter Freund von ihm, ein Winzer mit einem kleinen exklusiven Weinbaugebiet und ebenfalls ein passionierter Angler. »Darf ich dich zu einem Ricard einladen?«

»Aber gern, ich kann einen kühlen Schluck gebrauchen. Ist das eine Hitze heute.«

Rocard bestellte, und sie stießen an.

»Hast du schon von dem Weindiebstahl im Château Cheval Noir gehört?«, fragte Henri.

»Natürlich, Kollegen bearbeiten ihn.«

»Es war nicht der erste Einbruch. Die Winzer hier in der Gegend sind in heller Aufregung.«

»Ja, es deutet immer mehr auf eine Serie hin. Die Aufregung der Weinbauern kann ich gut verstehen, in ihren Kellern lagern Kostbarkeiten.«

»In meiner Cave auch, und ich habe Vorbereitungen getroffen. Neben meiner Zufahrt habe ich ein Gatter gebaut und zwölf Gänse untergebracht. Wenn jemand sich dem Grundstück nähert, machen sie mit ihrem Geschnatter einen Höllenlärm. Außerdem lehnt eine Schrotflinte an meinem Nachttisch.«

Rocard grinste. »Dann bist du ja bestens aufgestellt.«

»Das kann man wohl sagen, hoffentlich schnappen sie die Mistkerle bald.«

»Ja, das hoffe ich auch. Entschuldige bitte, Henri, ich muss los. Bis bald.«

»Bis bald, Frédéric.«

Rocard machte er sich auf den Weg nach Hause. Galgon lag ganz in der Nähe. Er wollte noch die Fische ausnehmen und sie zum Abendessen über dem Grillfeuer braten.

❧ ☙

Gegen Mitternacht klopfte es an seiner Arbeitszimmertür, und Agnès kam herein. Sie stellte eine Tasse Tee neben seinen Laptop, trat hinter ihn und drückte ihm einen zarten Kuss auf den Kopf. »Gibt es etwas Neues?«

»Leider nein.«

Sie nahm ihren ganzen Mut zusammen. »Hast du dir schon mal überlegt, dass Emma gar nicht gefunden werden will?«

»Das ist ausgeschlossen. Sie würde uns niemals freiwillig verlassen.«

❧ ☙

Kurz vor Mitternacht saß Jean-Baptiste Armand aufrecht und steif auf einem Sessel im kleinen Salon. Durch ein Fenster konnte er auf den Hof schauen, der sich dunkel und verlassen bis zur Einfriedungsmauer erstreckte. Er hatte kein Licht angeschaltet, und der Raum wurde nur spärlich vom Mondlicht erhellt. Er war sich sicher, dass ihn von außen niemand sehen konnte. In den Ecken des Raumes meinte er immer wieder Schatten kauern zu sehen.

Nach reiflichen Überlegungen hatte der Winzer beschlossen, sich der Konfrontation mit den Männern zu stellen, die ihn in der Nacht zuvor bedroht hatten. Er würde ihnen sagen, dass er erst mit seiner Bank sprechen müsse und ihnen das Geld zu einem späteren Zeitpunkt übergeben werde. Inständig hoffte er, dass sie dieses Angebot akzeptierten. Er konnte sich nicht länger verstecken.

Als die Standuhr Mitternacht schlug, konnte er durch das Fenster sehen, dass sich Scheinwerfer näherten. Wie zwei gelbe Augen schienen sie ihn zu fixieren. Schweiß brach ihm aus, und er begann unkontrolliert zu zittern. Sein mühsam zusammengekratzter Mut sank rapide, und Panikattacken fuhren wie Stromstöße durch seinen Körper.

Als er eine Autotür zufallen hörte, sprang er auf und rannte in die Küche, die sich ebenfalls im Erdgeschoss befand. Dort gab es hinter einer kaum sichtbaren Tapetentür einen Zugang zum Keller. Er holte eine Taschenlampe aus einer Schublade, entriegelte die Tür, riss sie auf und zog sie geräuschlos wieder hinter sich zu. Dann schaltete er die Lampe ein und stürzte die ausgetretenen Steinstufen hinunter. Er folgte dem niedrigen Gang, der parallel zur Südfassade unter der gesamten ehemaligen Remise verlief.

Klebrige Spinnweben strichen über seinen Kopf, die abgestandene, nach Moder riechende Luft verursachte ihm Übelkeit, und als er den rosigen Schwanz einer Ratte in einem Loch verschwinden sah, setzte sein Herzschlag für eine Sekunde aus. Verzweifelt hastete er weiter, bis er den westlichen Ausgang erreichte. Leise öffnete er die Tür einen Spaltbreit und lauschte in die Nacht.

Die Männer standen noch immer vor der Eingangstür, hämmerten dagegen und riefen seinen Namen. Schnell verließ er über bemooste rutschige Stufen den Keller und rannte auf der Rückseite des Hauses durch den Obstgarten, vorbei am alten Brunnen. Dann folgte er geduckt einem Pfad, der entlang eines Weinberges auf eine Anhöhe führte, und verbarg sich hinter dem Stamm einer Eiche. Wenige Meter daneben, geschützt von jungen Birken und Haselnusssträuchern, erhob sich ein Jägerstand, auf den er nun, so schnell er konnte, kletterte. Außer Atem ließ er sich auf dem Sitz nieder und spähte durch das Laubwerk.

Vom Hochsitz aus hatte er einen guten Blick auf sein Weingut, einen Teil des Hofes und die Zufahrt. Überall im Haus gingen nacheinander die Lichter an, sie suchten ihn offenbar auch auf dem Dachboden und im Keller. Nach etlichen langen Minuten hörte er Stimmen auf dem Hof, dann das Schlagen von Autotüren. Scheinwerfer flammten auf, und das Fahrzeug fuhr über die Zufahrt auf die Landstraße. Rasch war es in der Dunkelheit verschwunden. Armand wartete noch eine halbe Stunde, ehe er beschloss, ein paar Sachen zu packen und unterzutauchen, bis er einen neuen Plan hatte. Entschlossen kletterte er die Leiter hinunter und rannte zurück zum Obstgarten. Ein greller Schmerz fuhr durch seine Brust, und er setzte sich auf die Bank neben dem alten Brunnen, um kurz zu verschnaufen und darauf zu warten, dass der Druck in seiner Brust nachließe.

Plötzlich drang hinter ihm aus dem Mehlbeer-Gebüsch ein kaum vernehmbares Rascheln und Schaben. Er fuhr herum und starrte angstvoll auf die gedrungenen Schatten des Busches. Nichts war zu sehen, und die Geräusche waren verstummt. Waren die Männer zurückgekommen? Dann hätte er doch den Motor ihres Wagens gehört. Er versuchte, sich zu beruhigen. Es war bestimmt nur ein Tier gewesen, vielleicht ein Dachs auf der Suche nach Insekten oder Aas.

Gerade als er sich erheben wollte, spürte er einen heftigen Schlag auf seinem Kopf. Entsetzt riss er die Augen auf, dann wurde es dunkel um ihn, und er kippte benommen auf die Seite.

## 5. JUNI

Ein vorwitziger Sonnenstrahl fiel durch den Spalt der Vorhänge und kitzelte Mélanie Leroy an der Nase. Sie schlug die veilchenblauen Augen auf und blinzelte irritiert. Dann drehte sie sich schlaftrunken auf die Seite und tastete nach Claude, um sich an ihn zu kuscheln. Verblüfft stutzte sie, setzte sich abrupt auf und starrte auf die leere Betthälfte neben sich. Er war nicht da. Schlagartig fiel ihr ein, was gestern Abend passiert war. Sie hatten sich gestritten, wie so oft. Sie waren im Restaurant Les Pins im angesagten Viertel La Bastide rechts der Garonne zum Abendessen verabredet gewesen, und sie hatte sich verspätet, nicht zum ersten Mal.

Die Kommissarin mit der zierlichen Gestalt hatte über dem Aktenstudium im Fall der ermordeten Prostituierten Loulou die Zeit vergessen. Als sie eine Stunde zu spät zu ihrer Verabredung gekommen war und Claude zur Begrüßung ein Wangenküsschen hatte geben wollen, hatte er sein Glas Rotwein in einem Zug hinuntergestürzt, die Speisekarte auf den Tisch geknallt und war wütend gegangen.

Sie fuhr sich stirnrunzelnd durch den ebenholzschwarzen Pagenkopf und beschloss, erst einmal Kaffee zu kochen. Sie hatte ihren freien Tag eigentlich mit Claude verbringen wollen. Aber sie würde sich nicht bei ihm melden. Er wusste, dass sie ihren Job ernst nahm und ihr die Arbeit über alles ging. Ein wenig mehr Verständnis erwartete sie schon von ihm. Außerdem war auch er ein Arbeitstier. Claude Lasserre war ein aufstrebender Staatsanwalt am Geschworenengericht von Bordeaux, wo sie sich auch kennengelernt hatten. Damals waren ihr zuerst seine sympathischen weichen Gesichtszüge und die freundlichen blauen Augen mit den Lachfältchen aufgefallen.

Schwungvoll stieg sie aus dem Bett, zog ein T-Shirt über den Kopf, ging in die Küche und setzte Kaffee auf. Während er durchlief, trank sie, an der Küchenzeile lehnend, durstig ein Glas Milch. Dann betrat sie mit ihrer Kaffeetasse in der Hand den kleinen Balkon und setzte sich an das Bistrotischchen, das sie froschgrün lackiert hatte. In den Kästen, die am Geländer befestigt waren, verströmten ihre Kräuter einen würzigen Duft nach Thymian, Basilikum, Petersilie. In Pflanzenkübeln wuchsen Tomaten, Paprika, Ringelblumen und Vergissmeinnicht. Von der Decke hing ein Windspiel, das leise klimperte.

Mélanie liebte ihre grüne Oase inmitten der hektischen Großstadt Bordeaux. Ihre Wohnung ging auf den Innenhof hinaus, so dass der stetige Verkehrslärm kaum zu hören war. Sie bewohnte im Stadtteil Saint-Genès im Südwesten von Bordeaux am linken Garonne-Ufer eine Altbauwohnung mit hohen stuckverzierten Decken und Zierbalkonen vor den bodentiefen Fenstern. Normalerweise hätte sie sich eine solche Wohnung in dieser Lage nicht leisten können, aber die Eigentümerin der Wohnung, eine sehr nette alte Dame, hatte glücklicherweise bisher kein Interesse daran gezeigt, die Miete zu erhöhen.

Während Mélanie den starken schwarzen Kaffee genoss, dachte sie darüber nach, wie sie ihren freien Tag gestalten wollte.

❧ ❦

Nachdem sie sich angezogen hatte, besuchte sie das Café Albert Marquet, benannt nach Bordeaux' großem Maler der Moderne, am Port de la Lune. Dort gönnte sie sich im Schatten einer Markise einen großen Milchkaffee sowie zwei Croissants und las die Tageszeitung Sud Ouest.

Als sie anschließend auf der Promenade am Ufer entlangschlenderte, betrachtete sie interessiert die Zeichnungen der vielen Straßenmaler. Ein Aquarell, das den Port de la Lune während eines Sturms zeigte, gefiel ihr besonders gut.

Der junge Künstler, der einen Strohhut trug und auf der Kaimauer sitzend eine Zigarette rauchte, erhob sich lächelnd und tippte mit dem Zeigefinger an die Hutkrempe. »Bonjour Madame. Ich würde gern eine Zeichnung von Ihnen anfertigen. Sie sind wunderschön.« Er flirtete mit ihr.

Mélanie lachte. »Danke, Monsieur, aber das machen wirklich nur Touristen.«

Schließlich ließ sie sich doch überreden, und das Ergebnis war äußerst beeindruckend. Dem Maler, von dem sie jetzt wusste, dass er Jules hieß, war es gelungen, ihr Lächeln perfekt einzufangen. Er hatte sie mit weichen Strichen im Halbprofil gezeichnet, so dass ihre zarte Nase und die geschwungenen Lippen gut zur Geltung kamen.

»Es ist schön geworden«, sagte sie.

»Merci, Madame.«

Sie verabschiedeten sich, und Mélanie machte sich auf den Nachhauseweg. Unterwegs beschloss sie, das Porträt Claude zu schenken, als eine Art Friedensangebot.

Nachdem sie das Bild behutsam an die Wohnzimmerwand gelehnt hatte, verließ sie das Haus, ging zu ihrem kleinen roten Peugeot, der um die Ecke stand, und machte sich auf den Weg nach Branne, einer kleinen Ortschaft an der Dordogne östlich von Bordeaux. Dort fuhr sie an der Marina vorbei und folgte einer schmalen asphaltierten Straße, wobei sie den Schlaglöchern geschickt auswich. Dann bog sie in einen Feldweg ein, bis sie zu einer Hütte kam, die einige Meter oberhalb des Flusses lag, und stellte das Auto ab. Als sie ausgestiegen war, betrachtete sie die Dordogne, die ruhig zwischen Laubbäumen, Buschwerk und Schilf dahinströmte. Sonnenstrahlen ließen das Wasser glitzern, und es roch nach feuchter Erde.

Das Grundstück mit dem Steinhäuschen, dem schiefen Kamin und dem Backsteingrill hatte sie von einem alten Mann gekauft. Eines Tages war sie hier in der größten Mittagshitze mit ihrem Kajak vorbeigefahren, und er hatte am Ufer gesessen und geangelt. Sie hatten ein paar Worte gewechselt, dann hatte er sie zu einer kalten Orangina eingeladen. Er erzählte ihr, dass er aus gesundheitlichen Gründen sein geliebtes Refugium verkaufen müsse, dass sich aber niemand für das Grundstück interessiere. Einige Male im Jahr, wenn sich das Atlantikwasser zu einer Springflut, die die Einheimischen *mascaret* nannten, aufbaute und den Wasserpegel der Dordogne steigen ließ, wurde auch das Häuschen feucht. Kurzentschlossen und aus dem Bauchgefühl heraus hatte Mélanie das idyllische Anwesen gekauft.

Seitdem kam sie, sooft ihr Dienstplan es erlaubte, hierher und genoss die Ruhe und den Frieden. Ihr Kajak hatte sie in der Hütte untergebracht.

Im Häuschen schlüpfte Mélanie nun in ihren Bikini und in die Badeschuhe und setzte eine Baseballkappe auf. Dann trug sie ihr Kajak zum Ufer, setzte es auf das Wasser und legte die Paddel zurecht.

Mit regelmäßigen Schlägen paddelte sie flussaufwärts, und ab und zu konnte sie einen Reiher am Ufer beobachten, der nach Fischen Ausschau hielt. Eine braune Wasserschlange glitt am Boot vorbei. Die Blätter der Erlen und Weiden wurden vom Wind gekräuselt und raschelten. Nach einer Weile erreichte sie eine steinerne Brücke aus dem Mittelalter, die auf der rechten Seite mit einem kompakten Türmchen abschloss. Sie hieß Pont du Diable, Teufelsbrücke. Mélanie wendete und fuhr mit der Strömung zur Hütte zurück. Auf der ganzen Strecke waren ihr nur zwei Motorboote begegnet.

Sie suchte sich einen schattigen Platz und holte ein Sandwich mit Schinken, Käse und Salat sowie eine Flasche Wasser aus der Kühltasche. Während sie in Ruhe aß, sah sie auf den Fluss, dann checkte sie kurz ihr Handy und grinste. Claude hatte siebenmal angerufen und drei Textnachrichten hinterlassen, unter anderem eine Einladung zum Abendessen.

Doch Mélanie hatte keine Lust, nach Bordeaux zurückzufahren. Sie würde in den kleinen Supermarkt nach Branne fahren, am Abend den Grill anwerfen, zu den Steaks ein Glas Wein trinken und die letzte Akte im Mordfall Loulou durcharbeiten. Schlafen würde sie in ihrer Hängematte. Wenn sie am nächsten Morgen früh losfuhr, käme sie rechtzeitig zum Dienst.

## 6. JUNI

Eine pastellfarbene Morgenröte überzog den Himmel, und es war noch angenehm kühl, als Babette Delisse sich auf den Weg zum Château Comtesse-de-la-Francis machte. Sie lebte mit ihrem Mann in einem bescheidenen Häuschen in Arsac. Ihre Kinder, ein Mädchen und zwei Jungs, waren schon lange ausgezogen und hatten eigene Familien. Seit sechs Jahren gab es ein neues Familienmitglied: Luna, eine weiße französische Bulldogge mit schwarzen Ohren. Sie saß auf einem Kissen im Körbchen, das am Fahrradlenker befestigt war, und betrachtete interessiert die Landschaft, während Madame Delisse in die Pedale trat. Der Weg verlief auf wenig befahrenen Landstraßen ohne nennenswerte Steigungen und führte durch Weinberge, Ackerland und Wiesen. An den Grashalmen glitzerten Tautropfen, und die frische Luft roch nach feuchter Erde und wildem Salbei.

Als ihre Kinder erwachsen waren, hatte sie viele Jahre als Köchin in der Dorfgastwirtschaft gearbeitet, und sie hatte diese Tätigkeit gemocht. Doch dann suchte der Winzer Jean-Baptiste Armand eine Hauswirtschafterin, sie bewarb sich kurz entschlossen und bekam aufgrund bester Referenzen die Stelle. Sie war besser bezahlt, die Aufgaben waren vielfältiger, und – das Beste – sie konnte sich die Arbeit einteilen, wie sie wollte. Armand ließ ihr völlig freie Hand, und wenn er Gäste einlud, gab es immer großzügiges Trinkgeld.

Als sie das Weingut fast erreicht hatte, stieg sie ab und schob das Fahrrad den Hügel hinauf. Luna thronte in ihrem Korb. Schwer atmend warf Madame Delisse ihr einen vorwurfsvollen Blick zu. »Du könntest die letzten Meter laufen, dann müsste ich mich nicht so plagen.«

Luna wandte den Kopf ab und tat, als hätte sie nichts gehört.

»Verwöhnter Hund«, schimpfte Madame Delisse. Schuld war ihr Mann, er ließ der Bulldogge alles durchgehen. Gegenüber seinen Kindern war er nicht so nachsichtig gewesen.

Vor der Remise stellte sie das Fahrrad ab. Luna wartete, bis sie aus dem Korb gehoben und behutsam auf den Boden gesetzt wurde. Madame Delisse sperrte auf, und mit dem Hund betrat sie die Diele.

»*Bonjour* Monsieur Armand! Wir sind es, Babette und Luna.«

Sie bekam keine Antwort. Das war nicht ungewöhnlich, der Winzer war um diese Zeit oft schon in seinen Weinbergen oder in den Kellern beschäftigt. Ihr fiel sofort auf, dass die Luft abgestanden war und muffig roch. Das war merkwürdig. Armand riss am frühen Morgen meist die Fenster auf, um alles durchzulüften. Sie beschloss, zunächst einen Rundgang durch das Haus zu machen und die Fenster zu öffnen. Im Obergeschoss befanden sich Monsieur Armands Schlafzimmer, das Zimmer seiner Tochter Eveline, die derzeit nicht zu Hause wohnte, sein Arbeitszimmer, der große Salon und das Badezimmer.

Nach und nach öffnete sie alle Fenster, und frische Luft drang ins Haus. Im Erdgeschoss machte sie weiter. Das Haus war völlig leer.

Luna rollte sich gähnend in ihrem Körbchen zusammen und stieß einen tiefen Seufzer aus. Ihr Frauchen inspizierte die Küche, während sie sich eine bunt gemusterte Kittelschürze überzog, und beschloss, sich zunächst eine Tasse Kaffee zu gönnen. Erstaunt sah sie, dass schmutziges Geschirr sich in der Spüle stapelte, auf dem Herd stand eine fettige Pfanne und auf dem Küchentisch ein leeres Weinglas. Sie konnte sich nicht erinnern, dass so etwas schon einmal vorgekommen war. Misstrauisch öffnete sie den Kühlschrank und spähte hinein. Der Salat war welk, die Radieschen nicht mehr knackig, und der Käse war hart geworden. Verwundert schüttelte sie den Kopf. Das sah Armand gar nicht ähnlich. Warum hatte er die verdorbenen Lebensmittel nicht weggeworfen?

Einmal in der Woche legte Monsieur zweihundert Euro in die Nussbaumschale auf der Kommode, das Haushaltsgeld und ein kleiner Zuschuss für Madame Delisse, von dem das Finanzamt nichts wissen musste. Doch heute lag in der Schale kein Cent.

Allmählich wurde sie von Unruhe ergriffen. Dann fiel ihr ein, dass Monsieur erwähnt hatte, er werde vielleicht seine Tochter besuchen. Das würde die stickige Luft im Haus erklären, aber er hätte vor seiner Abreise doch erst recht aufgeräumt und Geld für frische Einkäufe hinterlassen.

Nachdenklich ließ Madame Delisse ihren Blick durch den Raum schweifen. Als sie das entriegelte Schloss an der Kellertür entdeckte, fröstelte sie. Die Tür stand einen Spaltbreit offen. Diesen Zugang schloss sie immer ab, dessen war sie sicher, nicht auszudenken, dass eine fette Ratte über die Treppe in die Küche lief. Beunruhigt ging sie zur Tür, lauschte in die Dunkelheit, ehe sie sie rasch absperrte und sich tief atmend dagegenlehnte.

Luna sprang aus dem Körbchen, trank aus ihrem Wassernapf und lief schwanzwedelnd zur Glastür mit dem Fliegengitter. Sie wollte in den Garten. Babette Delisse öffnete die Tür.

»Bleib schön im Obstgarten, *chéri*, Monsieur Armand mag es nicht, wenn du durch die Weinberge stromerst.«

Luna rannte über die Wiese und verschwand hinter einem Ginsterstrauch. Madame Delisse krempelte die Ärmel hoch und machte sich an den Abwasch. Durch die offen stehende Hintertür hörte sie Luna bellen. Es klang anders als sonst, regelrecht hysterisch. »Still jetzt!«, rief Madame Delisse streng. Die hohen, sich überschlagenden Laute machten sie ganz nervös.

Die Hündin reagierte nicht und kläffte weiter. Nachdem zwei, drei Minuten verstrichen waren, beschloss Madame Delisse nachzusehen, was da los war. Sie war es nicht gewöhnt, dass Luna sich so verhielt und trotz scharfer Stimme überhaupt nicht gehorchte. Vielleicht hatte sie ein verendetes Tier entdeckt?

Sie fand Luna am alten Brunnen, dessen brüchige

Steinmauer sie ohne Unterbrechung anbellte und dabei die Zähne fletschte. Als Madame Delisse sie am Halsband wegziehen wollte, schnappte sie nach ihr. Erschrocken zog sie die Hand zurück. Wahrscheinlich war etwas in dem Brunnen, vielleicht eine tote Ratte. Aber wie sollte sie da hineingekommen sein? Der Brunnen war mit zwei halbmondförmigen massiven Steindeckeln verschlossen. Resolut entschied sie sich nachzusehen. Sie packte eine der Platten und versuchte, sie hochzuheben und auf die Seite zu rücken. Der Deckel war sehr schwer, doch es gelang ihr, ihn zu bewegen. Er schabte über den Rand, und Madame Delisse starrte in das düstere Loch. Die dunkel schimmernde Wasseroberfläche lag mindestens drei Meter unter ihr. Wie tief das Wasser war, wusste sie nicht. Es war nichts zu sehen, doch Luna bellte ohne Unterlass.

»Was ist denn hier los?« Eine kräftige dunkle Stimme übertönte das Gebell.

Madame Delisse drehte sich um und erblickte den Verwalter des Weingutes, Grégoire Lenôtre, einen kräftigen Mann Mitte vierzig mit einem widerspenstigen dunklen Schopf.

»Bonjour, Monsieur Lenôtre. Luna ist so aufgeregt, sie lässt sich nicht beruhigen. Ich dachte, dass womöglich ein verendetes Tier im Brunnen liegt, aber es ist nichts zu erkennen.«

Lenôtre hob mühelos die Platte, so dass Sonnenlicht auf die Wasseroberfläche fiel.

»Ich kann auch nichts sehen, aber das hat nichts zu bedeuten. Das Wasser ist etwa vier Meter tief.«

Dann starrte er auf den rostigen Eimer, der neben dem Brunnenrand auf dem Boden lag, eine Gliederkette schlang sich wie eine bronzene Schlange um ihn. »Jean-Baptiste holt mit dem Eimer Wasser aus dem Brunnen, um damit seine Rosen zu gießen.«

Die Hauswirtschafterin sah ihn entsetzt an. »Sie glauben doch nicht, dass er beim Wasserschöpfen in den Brunnen gefallen ist?«

»Aber nein.«

Erleichtert stieß sie die Luft aus. »Natürlich nicht. Er wollte ja auch seine Tochter besuchen.«

»Das glaube ich nicht, er hätte es mir doch gesagt. Allerdings habe ich ihn gestern nicht im Büro getroffen.« Wieder spähte er mit zusammengekniffenen Augen in den Schacht und runzelte die Stirn. »Irgendetwas ist da, dicht unter der Wasseroberfläche. Aber ich kann es nicht erkennen …«

Er zog sein Handy aus der Tasche. »Ich rufe einen der Arbeiter an«, erklärte er. »Wenn ein totes Tier im Brunnen liegt, müssen wir es sofort herausholen, sonst wird das Wasser verseucht.« Der Anruf wurde angenommen. »Pass auf, Adrien. Komm mit ein paar Männern zum Brunnen und bring ein langes Seil aus der Werkstatt mit.«

Es dauerte keine fünf Minuten, und Adrien kam mit zwei Kollegen, in der Hand ein aufgerolltes Seil. Der alte knorrige Stallknecht Gilbert, der an seinem weißen Bart zupfte, folgte ihnen. Er hatte die Angewohnheit, überall auf dem Weingut aufzutauchen, wenn niemand mit ihm rechnete. Der Verwalter übernahm das Kommando. »Ihr lasst mich in den Brunnen hinab. Ich muss schauen, was da ist.«

Entschlossen schlang er sich das Seil um die Brust und machte einen speziellen Sicherungsknoten. Madame Delisse fühlte Übelkeit in sich aufsteigen und lehnte sich an einen Apfelbaum. Ein ungutes Gefühl überfiel sie. Luna kauerte sich winselnd neben sie. Es ist bestimmt ein Tier, versuchte sie sich zu beruhigen, vielleicht hatte Monsieur Armand vergessen, die Platten wieder an ihren Platz zu rücken.

Lenôtre stützte sich mit den Füßen an der Mauer ab, die drei Arbeiter und Gilbert hielten das Seil. Er erreichte die Wasseroberfläche. »Noch ein Stück weiter!«, rief er.

Als er bis zur Brust im Wasser war, tastete er suchend unter der schwarzbraunen Oberfläche umher. Er spürte eine kalte, glitschige Kante.

»Da ist ein Mauervorsprung«, rief er. Unter dem Stein fühlte er etwas Weiches über seine Hand streifen, es bewegte sich leicht, so wie Seegras oder Unterwasserpflanzen. Dann spürte er etwas Glattes, einen Höcker und einen Spalt, nicht hart, aber fester als das Seegras. Als sein Gehirn die Puzzleteile zusammensetzte, stieß er einen entsetzten Schrei aus.

»Das ist ein Gesicht, ein menschliches Gesicht!« Er ertastete einen Kragen und zog den Kopf der Gestalt aus dem Wasser. Sein Freund Jean-Baptiste starrte ihn aus glasigen Augen an, sein Gesicht war aufgedunsen und kalkweiß. Beinahe hätte er ihn vor Schreck losgelassen.

»Lasst Seil nach!«, brüllte er.

Er zog die Leiche noch ein Stück weiter aus dem Wasser, griff um den Körper herum, packte das Seil und schlang es zweimal unter den Achseln hindurch um den kalten Leib. Dann zog er es mit aller Kraft fest.

»Zieht uns langsam hoch!«

Zentimeter um Zentimeter glitten sie dem Licht entgegen nach oben, vorbei an giftgrünen Flechten und Mooskissen. Knapp unter dem Brunnenrand packten kräftige Hände ihn und zogen ihn mitsamt der Leiche aus dem Schacht über die Mauer. Lenôtre rappelte sich auf. Alle blickten fassungslos auf den toten Winzer.

»Ich rufe die Polizei«, sagte der Verwalter.

Gegen dreiundzwanzig Uhr verließ der Stallknecht Gilbert Coussau seine Hütte, die abgelegen an der nördlichen Grenze des Anwesens von Jean-Baptiste Armand in einem Kiefernwäldchen kauerte. Über den blaugrauen Nachthimmel zogen Wolken, die sich immer wieder vor den zunehmenden Mond schoben und die Umgebung in tiefe Schatten tauchten. In der Ferne ertönte der Ruf einer Schleiereule. Es duftete würzig nach wilder Kamille.

Gilbert war dunkel gekleidet und trug feste Stiefel, seine rechte Hand umklammerte den Lauf eines Jagdgewehrs. Zielstrebig, ein Bein nachziehend, machte er einen weiten Bogen um die Haupt- und Nebengebäude des Weingutes und näherte sich dann der Remise. Unweit davon erhoben sich auf einem Hügel dicht stehende Eiben, dazwischen wucherte dorniges Brombeergestrüpp. Gilbert erklomm die Anhöhe und ließ sich auf einem Baumstumpf nieder.

Von dort aus hatte er einen guten Ausblick auf die gewundene Straße, die zum Château führte. Von der Zufahrt aus jedoch war es unmöglich, ihn dort oben zu entdecken. Entschlossen legte er sich auf die Lauer. Er hatte alle Zeit der Welt.

Vor zwei Tagen, gegen Mitternacht, hatte chronische Schlaflosigkeit ihn wie so oft aus seiner Hütte getrieben, und er hatte eine Runde gedreht. Dabei fiel ihm ein Lichtschein auf, der aus dem ersten Stock der Remise drang und sein Misstrauen erweckte. Es war Evelines Zimmer, die zurzeit nicht auf dem Weingut war. Wer außer ihr hatte mitten in der Nacht dort etwas zu suchen? Beunruhigt verfolgte er, wie ein Licht nach dem anderen in den Fenstern aufleuchtete und kurz darauf wieder erlosch. Als er, sein Gewehr im Anschlag, die Remise fast erreicht hatte, lag sie dunkel vor ihm. Die Stille wurde plötzlich von zuschlagenden Fahrzeugtüren und einem Motorengeräusch durchdrungen. Hastig setzte er sich in Bewegung, doch als er das Haus umrundet hatte, konnte er nur noch erkennen, dass ein dunkler Wagen mit ausgeschalteten Scheinwerfern den Hof verließ, beschleunigte und in der Dunkelheit verschwand. Er meinte darin die Umrisse von zwei Personen gesehen zu haben, aber sicher war er sich keineswegs.

Aufgeschreckt hatte er nach Jean-Baptiste zu suchen begonnen, doch er hatte ihn nirgends finden können, weder in der Remise noch im Obstgarten noch im angrenzenden Weinberg. Irgendwann hatte er aufgegeben.

Jetzt prüfte er, ob sein Gewehr schussbereit war, und wartete darauf, dass die Einbrecher zurückkämen. Er würde sie abknallen. Sie hatten Jean-Baptiste auf dem Gewissen, und er würde ihn rächen. Geduldig harrte er aus, schnupfte Tabak und trank ab und zu einen Schluck Armagnac aus dem Flachmann. Als der Morgen dämmerte und sich ein sanfter rosa Schein über den Horizont ausbreitete, gab er auf. Sie waren nicht zurückgekehrt, aber vielleicht in der kommenden Nacht. Gilbert war bereit.

# 10. JUNI

Pauline und Sarah frühstückten zusammen in der Küche und unterhielten sich über das bevorstehende Wochenende. Dominic war nach einem schnellen Mokka bereits im Weinberg unterwegs. Die Morgensonne schien durch das Fenster, der Himmel war azurblau und wolkenlos, es würde wieder ein heißer Tag werden.

Nachdem Pauline ihre Tochter an der Haltestelle des Schulbusses abgesetzt und ihr zum Abschied einen Kuss gegeben hatte, machte sie sich auf den Weg zum Hauptquartier im Stadtteil Saint-Pierre.

Pauline Castelot hatte nach dem Baccalauréat an der Universität von Montpellier Rechtswissenschaft und Psychologie studiert und mit Auszeichnung abgeschlossen.

Danach entschied sie sich für die gehobene Laufbahn im Polizeidienst. Seit zwei Monaten war sie nun

Chefin einer neuen Gruppe von Sonderermittlern, bestehend aus insgesamt vier Kommissaren. Diese Einheit war direkt dem Innenministerium und dem jeweiligen Präfekten des Départements unterstellt. Sie ermittelte unabhängig von den Kommissariaten vor Ort und wurde nur in besonderen und brisanten Fällen eingesetzt. Das konnte zum Beispiel der Fall sein, wenn die Ermittlungen der zuständigen Polizei oder der *police judiciaire* ins Stocken geraten waren und ein großes öffentliches Interesse bestand. Ihr Einsatzgebiet umfasste Südwestfrankreich. Wenn die Gruppe keinen Sonderauftrag hatte, untersuchte sie ungeklärte Altfälle, die sogenannten Cold Cases.

Pauline Castelot fand einen der letzten freien Stellplätze in der Tiefgarage, überquerte einen begrünten Platz und lief über die Treppe in den zweiten Stock des Gebäudes, in dem sich die Einsatzzentrale befand. Es handelte sich um eine ehemalige Altbauwohnung, die nun zwei Büros, ein Besprechungszimmer, ein Archiv, eine kleine Asservatenkammer und eine Teeküche beherbergte. Im Eingangsbereich saß ihre Sekretärin Michelle Chollet am Schreibtisch und empfing sie mit einem freundlichen »Bonjour, Pauline«.

»Bonjour, Michelle. Sind die Kollegen schon da?«

»Ja, im Besprechungsraum.«

»Gibt es Kaffee?«

Michelle lächelte. »Ich bin schon unterwegs.«

»*Merci beaucoup*.«

Michelle mit den kräftigen Kajalschatten um die Augen, dem stark geschminkten Mund, der ständig wechselnden extravaganten Frisur und den Tattoos, die auf den ersten Blick gar nicht in ein Büro zu passen schien, war für die Sonderermittler inzwischen unentbehrlich geworden. So war beispielsweise ihr Talent, mit schwer erreichbaren abgeschirmten Personen innerhalb kürzester Zeit Termine zu vereinbaren, beeindruckend.

Im Besprechungsraum mit den kahlen weißen Wänden saßen die Kollegen um den ovalen Tisch.

Frédéric Rocard hielt eine Mappe hoch. »Der DNA-Abgleich im Prostituiertenmordfall ist gerade hereingekommen.«

»Mach es nicht so spannend, was steht drin?«, fragte Pauline Castelot.

Er klappte die Mappe auf und überflog den Inhalt des Laborberichtes, dann blickte er stirnrunzelnd in die Runde. »Die DNA-Abgleiche zwischen der Prostituierten Solange Breton, in der einschlägigen Szene bekannt als Loulou, und dem Gelegenheitsarbeiter

Jean Maigret sowie dem Bäckermeister Gérard Besse sind negativ.«

Castelot schüttelte unwirsch den Kopf und schlug mit der flachen Hand auf den Tisch. »Das gibt es doch nicht, ich war mir sicher, dass einer der beiden Hauptverdächtigen der Täter ist. Jetzt müssen wir noch mal von vorn anfangen.«

Mélanie Leroy sah sie mit ernster Miene an. »Dieser unbekannte Mann, der neben der Wohnungstür stand, war vielleicht doch keine Erfindung des Bäckermeisters, um den Verdacht auf jemand anders zu lenken.«

»Ja, schon möglich«, stimmte Louis Pierrot ihr zu. »Aber die Personenbeschreibung von Besse ist ungenau, ein Mann zwischen dreißig und fünfzig, mittelgroß, weder dick noch dünn, in Arbeitskleidung, eine Schiebermütze auf dem Kopf, das kann so ziemlich jeder Mann sein, damit kann man nichts anfangen.«

»Wir müssen noch einmal die Aussagen aller damaligen Zeugen überprüfen«, entschied Castelot. »Womöglich haben wir etwas übersehen.«

»Nach achtundzwanzig Jahren ...«, sagte Rocard skeptisch.

»Viele Optionen haben wir nicht mehr.«

Es klopfte, und Michelle brachte das Tablett mit

dem Kaffee. Schwungvoll stellte sie es auf den Tisch. Kaum war sie aus der Tür, klopfte es erneut. Als niemand reagierte, da sie dachten, Michelle hätte etwas vergessen, ertönte ein energisches Hämmern.

»Herein!«, rief Pauline.

Die Tür ging auf, und Marcel Castelot, der Polizeipräfekt des Départements Gironde, trat in den Raum. Er trug die schwarze Uniform mit den goldenen Schulterklappen, der Bandschnalle und der goldverzierten schwarzen Mütze. Auf seinem Gesicht lag ein besorgter Ausdruck.

»Darf ich die Runde stören?«, fragte er, setzte sich, ohne eine Antwort abzuwarten, an den Tisch und legte einen Aktenordner vor sich. Pauline versuchte, ein Lächeln über diese rhetorische Frage zu unterdrücken. So war er, seit sie ihn kennengelernt hatte, direkt und durchsetzungsstark, absolut loyal dem jeweiligen Staatspräsidenten gegenüber, sein Beruf war der Mittelpunkt seines Lebens – ein Beamter durch und durch. Sie hatten sich auf ihren Wunsch hin vor sechs Jahren scheiden lassen. Sarah war ihr gemeinsames Kind, und sie teilten sich das Sorgerecht. Ihr Lebensmittelpunkt war auf dem Weingut bei Dominic, mit dem sie seit vier Jahren zusammenlebte.

Der Präfekt kam sofort zur Sache. »Ihr habt sicher

von den Einbrüchen in die Weingüter gehört. Vor acht Tagen hat man einen Security-Mitarbeiter angeschossen. Dann wurde vor vier Tagen ein Winzer namens Jean-Baptiste Armand auf seinem Anwesen in der Nähe von Arsac in einem Brunnen tot aufgefunden. Hinweise aus der Bevölkerung brachten bisher kein Ergebnis. Die *police judiciaire* hat nach wie vor keine heiße Spur. Das öffentliche Interesse an diesen Geschehnissen ist außerordentlich groß, die Medien überschlagen sich inzwischen mit Spekulationen und Forderungen nach Aufklärung. Der Wein-Adel übt massiven Druck aus. Der Innenminister ruft mich inzwischen dreimal am Tag an, Tendenz steigend.« Seine Miene verfinsterte sich zusehends.

Leroy schenkte ihm eine Tasse Kaffee ein.

»Merci, Mélanie.«

»Aber das mit dem Winzer Armand war doch ein Unfall, oder nicht?«, fragte sie.

»Nein, das war kein Unfall. Die Rechtsmedizinerin Madame le Docteur Richard hat mich heute Morgen angerufen, es handelt sich zweifelsfrei um ein Tötungsdelikt. Am besten, ihr sprecht so bald wie möglich selbst mit ihr.«

»Du überträgst uns die Ermittlungen?«, fragte Pauline Castelot nach.

»Ja, der Innenminister weiß schon Bescheid, dass die Sonderermittlungsgruppe Saint-Pierre den Fall übernimmt. Er steht voll und ganz hinter dieser Entscheidung.«

Er wies auf den Tisch. »In der Mappe sind alle bisherigen Unterlagen zu dem Fall, viel ist es nicht.« Er erhob sich. »Ich wünsche euch einen raschen Erfolg. Wenn ich euch, wie auch immer, unterstützen kann, sagt mir Bescheid. Merci.«

Dann wandte er sich an Pauline, und ein kurzes Lächeln erschien auf seinem Gesicht. »Kann ich dich bitte kurz sprechen? Vielleicht in deinem Büro?«

Sie folgte ihm in den Flur und weiter ins Arbeitszimmer, das sie sich mit Louis Pierrot teilte. Michelle sah ihnen neugierig hinterher.

In ihrem Büro setzten sie sich gegenüber an die beiden Schreibtische. Der Präfekt musterte sie und schenkte ihr sein charmantestes Lächeln.

»Gut siehst du aus, Pauline, wunderschön wie immer.«

»Marcel!«

»Ja, ich weiß. Geht es dir gut? Bist du immer noch mit diesem Winzer zusammen?«

»Ja.«

»Und Sarah?«

»Sarah geht es auch gut. Leider nimmt sie die Schule nicht ganz so ernst, wie sie sollte.«

Er grinste. »In ihrem Alter hat mich auch alles mehr interessiert als die Schule. Das kommt schon noch.«

»Bestimmt.«

»Ich mache am Wochenende mit zwei Freunden einen Segeltörn nach Brest. Ich möchte dich fragen, ob ich Sarah mitnehmen darf?«

Pauline brauchte nicht lange zu überlegen, Sarah würde begeistert sein. »Einverstanden.«

»Merci, Pauline. Es ist mir sehr wichtig, viel Zeit mit ihr zu verbringen.«

»Ich weiß, Marcel. Pass gut auf sie auf.«

Als er den Raum verlassen hatte, starrte sie die Tür an und dachte darüber nach, warum sie ihn damals verlassen hatte. Er war charmant, aufmerksam, verantwortungsbewusst, ein guter Liebhaber, doch etwas hatte gefehlt. Er war ihr als Partner zu konventionell gewesen, nie konnte er die Arbeit mal zur Seite schieben.

Energisch schüttelte sie diese Gedanken ab. Sie und ihr Team hatten einen Fall zu lösen, einen überaus wichtigen öffentlichkeitswirksamen Fall. Sie ging zu Michelle in den Empfangsbereich.

»Was kann ich für dich tun?«, fragte sie.

»Ich brauche dringend einen Termin in der Rechtsmedizin bei Madame le Docteur Richard, es geht um den Winzer Jean-Baptiste Armand. Außerdem liegt eine Mappe auf dem Besprechungstisch, kannst du den Inhalt für alle Kollegen kopieren?«

Minuten später hatten alle die Unterlagen vor sich liegen, und der Termin in der Rechtsmedizin war für zwölf Uhr angesetzt.

Das Rechtsmedizinische Institut von Bordeaux lag im Stadtteil Capucins in der Rue Chantre, einer engen, kurzen Straße ganz in der Nähe des überdachten Marché des Capucins, der sowohl bei den Einheimischen als auch bei den Touristen sehr beliebt war … Leroy steuerte den Dienstwagen und quetschte sich fast direkt vor dem dreistöckigen gelb verputzten Gebäude aus dem achtzehnten Jahrhundert in eine Parklücke. Über eine breite steinerne Treppe erreichten sie das Hauptportal und betraten den Eingangsbereich. Der diensthabende Beamte saß hinter einer Panzerglasscheibe und bat um ihre Dienstausweise. Nachdem sie sich in das Besucherbuch eingetragen hatten, nickte ihnen der Polizist freundlich zu. »Zu wem möchten Sie?«

»Zu Madame Richard«, antwortete Castelot.

»Sind Sie angemeldet?«

»Ja, wir haben einen Termin um zwölf Uhr.«

»Sie hat ihr Büro im ersten Stock, hinten links, Zimmer zehn.«

Sie benutzten die Treppe und gingen durch einen langen Flur vorbei an zwei Obduktionssälen, deren Milchglasfenster ihnen die Sicht verwehrten. Beim zweiten Saal hatte jemand vergessen, die Tür zu schließen, und ihr Blick fiel auf zwei Edelstahltische mit Abflüssen in der Mitte, die auf dem weiß gefliesten Boden standen und von kaltem weißem Licht angestrahlt wurden. Daneben waren auf einem Tisch medizinische Instrumente und nierenförmige Schalen aufgereiht. Es roch leicht nach Desinfektionsmittel und Zitronenreiniger.

Louis Pierrot wandte den Blick ab. Er liebte seine Arbeit, aber Obduktionen waren ihm ein Gräuel. Als er seine Ausbildung absolviert und der ersten rechtsmedizinischen Untersuchung beigewohnt hatte, war ihm sofort übel geworden. Als der Arzt schließlich zum Y-Schnitt angesetzt hatte, war er vor den Augen seiner Kommilitonen umgekippt. Diese peinliche Situation würde er nie vergessen. Er drückte sich vor gerichtsmedizinischen Untersuchungen, wann immer er konnte, und seine Kollegin Leroy sprang häufig für ihn ein.

Pauline Castelot klopfte an die Tür, neben der auf einem Schild *Dr. Denise Richard* stand. Sie kannte die Rechtsmedizinerin nicht, vielleicht war sie neu.

Die Tür wurde geöffnet, und eine blasse Frau mit schwarz gerahmter Brille, deren Gläser die grauen Augen vergrößerten, und einem strengen Haarknoten begrüßte sie mit einem kühlen Lächeln. Ihr Arztkittel war bis zum Hals zugeknöpft.

»Kommen Sie doch bitte herein. Ich freue mich, das Sonderermittlerteam Saint-Pierre kennenzulernen«, sagte sie und wies auf eine puristische Sitzgruppe in Cremeweiß. »Nehmen Sie Platz. Ich habe Kaffee, Wasser und Gebäck bringen lassen, Sie können sich gerne bedienen.«

Rocard ließ seinen Blick aufmerksam durch den Raum schweifen. An der cremefarben gestrichenen Wand hingen zwei pastellfarbene abstrakte Gemälde, die auf einen anspruchsvollen Kunstgeschmack schließen ließen. Auf den Fenstersimsen blühten grüne Orchideen in lackierten Tontöpfen. Der Schreibtisch war akribisch aufgeräumt und glänzte im einfallenden Licht. Akten stapelten sich parallel zur Schreibtischkante, und ein silberner Füllfederhalter lag in einer Schale aus Murano-Glas.

Pauline Castelot kam auf den Anlass ihres Besuches zu sprechen: »Der Polizeipräfekt, Monsieur Castelot, hat uns heute Morgen die Ermittlungen übertragen. Ein toter Winzer, ein verletzter Wachmann, jede Menge gestohlener Weine der besonders teuren Sorten, all das macht viele einflussreiche Leute nervös. Der Präfekt sagte, Sie hätten heute früh die Obduktion vorgenommen.«

Madame Richard nickte. »Ja, ich wollte den Leichnam schon früher untersuchen, bin aber erst heute dazu gekommen. Personalengpass, Sie wissen schon.« Sie deutete auf eine Mappe, die auf dem Glastisch lag. »Darin befindet sich eine Kopie meines Berichtes für Ihre Unterlagen.«

Rocard sah sie freundlich an. »Können Sie uns bitte erläutern, was Sie herausgefunden haben?«

»Selbstverständlich. Das Opfer wurde gegen acht Uhr dreißig am Morgen des sechsten Juni gefunden. Der Notruf wurde um acht Uhr siebenundvierzig abgesetzt. Sein Tod trat unter Berücksichtigung der Totenstarre, der Leichenflecken sowie der Körpertemperatur zwischen ein Uhr und drei Uhr in der Nacht des fünften Juni ein.«

»Das heißt, er war seit circa dreißig Stunden tot, plus minus eine Stunde.«

»Ja, genauer kann ich es nicht sagen, das ist immer schwierig, wenn ein Leichnam so lange im Wasser liegt.«

»Lag er so lange im Wasser?«, wollte Leroy wissen. »Dreißig Stunden?«

»Ja, in etwa.«

»Hat ihn jemand hineingestoßen?«

»Der Sachverhalt ist komplizierter. Die *police judiciaire* Bordeaux und ich haben versucht, den Ablauf der Tat zu rekonstruieren. Wissen Sie Bescheid über den Brunnen?«

»Ja«, bestätigte Pierrot. »Uns liegt ein Bericht der Spurensicherung vor. Das Wasser ist etwa vier Meter tief, die Temperatur beträgt achtzehn Grad. Bis zur Wasseroberfläche sind es vom Brunnenrand drei Meter. Normalerweise wird er mit zwei Steinplatten abgedeckt, damit niemand hineinfallen kann. Wenn jemand hineinfällt, käme er ohne Hilfe nicht mehr heraus, weil es keine Leiter oder Tritte im Inneren gibt. Eine Platte wiegt einundzwanzig Kilo.«

Madame Richard nickte anerkennend. »Sie haben Ihre Hausaufgaben gemacht. Also, der Ablauf der Tat muss folgendermaßen gewesen sein.« Sie trank einen

Schluck Wasser, dann fuhr sie fort. »Monsieur Armand hat einen schweren Schlag auf den Hinterkopf bekommen, mit einem stumpfen Gegenstand, einem Stein vielleicht oder einem Hammer. Dabei kam es zu einer Schädelfraktur. Er hatte einen Bluterguss um die Augen, Verletzungen am Gehirn und Hirnblutungen. Nicht lebensgefährlich, wenn sie zeitnah ärztlich versorgt worden wären. Aber sie müssen zu einer Benommenheit oder gar einer kurzen Bewusstlosigkeit geführt haben. Daraufhin wurde der schwer verletzte Mann in den Brunnen geworfen. Trotz dieser Wunde hat er versucht, den Brunnenrand zu erreichen.« Sie rieb sich die Schläfen. »Das wissen wir aufgrund der Spuren unter seinen Fingernägeln, dort befanden sich Steinabrieb vom Mauerwerk, Putz und Flechten. Die Spurensicherung hat abgebrochene Fingernägel von ihm in der inneren Mauerwand gefunden. Die Tat wurde auf eine überaus grausame Weise begangen. Man muss sich vorstellen, dass er sehr geschwächt war und unter extremen Schmerzen litt. Trotz einer gewissen Orientierungslosigkeit muss ihm klar gewesen sein, dass er keine Chance hatte, hinaufzuklettern. Schließlich war es sein Brunnen, dessen Konstruktion er kannte. Trotzdem hat er gekämpft, in absoluter Dunkelheit, da der Brunnen durch die Platten verschlossen war. Nach einigen Minuten müssen ihn die Kräfte verlassen haben, er konnte nicht mehr schwimmen oder sich durch Bewegungen der Arme und Beine über Wasser halten. Bei einer begrenzten Fläche hält das niemand lange durch, höchstens ein paar Minuten. Er ist untergegangen und ertrunken.«

In Gedanken versunken griff sie nach ihrer Kaffeetasse und trank sie aus.

»Ich hoffe für ihn, dass er wieder in Bewusstlosigkeit gefallen war. In seiner Lunge befand sich Wasser. Unter bestimmten Umständen steigt der Leichnam aufgrund der Entstehung von Fäulnisgasen auf. Das könnte die Ursache dafür sein, dass er nicht auf dem Grund des Brunnens gefunden wurde. Die Faktoren für das Auftauchen sind äußerst komplex, eine feste Formel gibt es nicht. Wenn die Gase entweichen, sinkt der Körper wieder.«

Sie sah in die Runde. Einen Moment lang sagte niemand etwas, dann meinte Louis Pierrot kopfschüttelnd: »Was für ein schrecklicher Tod, den wünscht man niemandem.«

Madame Richard nickte. »Das kann man wohl sagen. Er war für sein Alter von achtundvierzig Jahren in relativ guter gesundheitlicher Verfassung. Übergewicht, Beginn einer Arthritis, nichts, wogegen man nicht etwas hätte unternehmen können.«

»Danke für Ihre Ausführungen«, sagte Castelot. »Gibt es noch etwas, das wir wissen müssen?«

»Ja, ich habe unter den Fingernägeln nicht nur Mauerabrieb gefunden, sondern auch marginale Hautschuppen, die nicht vom Opfer stammen. Ich habe sie ins Labor gegeben. Bevor er in den Brunnen geworfen wurde, muss er sich gewehrt haben.«

»Das ist ein wichtiger Hinweis.«

»Ja. Eine Sache noch: In seiner rechten Hosentasche fand mein Assistent ein Ledermäppchen mit einem kleinen Schlüssel darin. Diese Gegenstände befinden sich auch im Labor.«

»Ein Schlüssel? Das ist interessant.«

»Dürfen wir Monsieur Armand sehen?«, fragte Rocard.

»Ja, natürlich. Folgen Sie mir bitte.«

Gemeinsam betraten sie den ersten Obduktionssaal, an der Wand hinter den Edelstahltischen befanden sich die Kühlfächer. Richard erteilte ihrem Assistenten eine Anweisung, worauf er ein Fach öffnete und den Leichnam von Jean-Baptiste Armand auf der Trage herauszog und das Gestell ausklappte.

Die Kommissare betrachteten den Mann, der bis

zum Hals mit einem sterilen Tuch bedeckt war. Das volle Gesicht war durchscheinend blass, bis auf den Bluterguss um die Augen. Madame Richard zog Handschuhe über und drehte Armands Kopf behutsam auf die Seite, so dass sie die Verletzung sehen konnten.

»Da hat jemand kräftig zugeschlagen«, meinte Leroy.

»Ja, in der Tat«, bestätigte die Ärztin.

Castelot warf noch einen letzten Blick auf den Mann, dann wandte sie sich an die Rechtsmedizinerin. »Dann gehen wir jetzt. Wenn noch Fragen auftauchen, melden wir uns. *Merci beaucoup.*«

»*De rien.*«

Als sie wieder auf der Straße standen, sagte Louis: »Es ist schon nach eins, lasst uns mittagessen gehen. Ihr habt doch sicher auch Hunger?«

Die Kollegen waren einverstanden. Mélanie hatte während ihrer morgendlichen Besprechung mit der Haushälterin Babette Delisse telefoniert und von ihr erfahren, dass sie sich den ganzen Nachmittag im Weingut von Monsieur Armand aufhalten und noch einiges im Haus in Ordnung bringen wollte. Mélanie hatte ihr strikt untersagt, irgendetwas anzufassen, und sie gebeten, einfach auf sie zu warten.

Sie beschlossen, zur Place du Parlement zu fahren, die ganz in der Nähe ihrer Einsatzzentrale lag. Dort, in der Altstadt von Bordeaux, befand sich ihr Lieblingsrestaurant, »Le Lyon d'Or«, das sie hin und wieder in der Mittagspause aufsuchten. Früher hatten hier Handelssegler die Fässer mit dem begehrten Rotwein gleich aus den Lagerhallen der Weingrossisten in ihre Schiffsbäuche gerollt. Heute lag der Hafen ein Stück meerwärts.

Sie ließen sich von einem Kellner einen Tisch unter einem blauen Sonnenschirm zuweisen. Nachdem sie ihre Getränke serviert bekommen hatten, entschieden sie sich für das Tagesmenü, das mit Kreide geschrieben auf einer Schiefertafel angepriesen wurde:

Wellhornschnecken aus dem Atlantik, wahlweise Lamm mit Knoblauch oder gegrillte Wildente, Rohmilchkäse aus dem Périgord und als Dessert Erdbeeren mit Sahne, Sirup, Mandeln und Puderzucker.

Während sie auf das Essen warteten, beobachteten sie das rege Treiben rund um den steinernen Brunnen mit den Wasserspielen. Kinder standen auf dem Sockel, bespritzten sich ausgelassen mit Wasser und kreischten vor Vergnügen. Gut besuchte Bars, Cafés und Restaurants säumten den Platz, dahinter erhoben sich ockerfarbene Patrizierhäuser mit Zierbalkonen und flachen Dächern, die von ornamentierten Steinbalustraden begrenzt wurden. Schleierwolken zogen über den azurblauen Himmel, und eine Möwenschar verschwand kreischend hinter Dachkaminen. Die Gäste aßen zu Mittag und unterhielten sich, manche lachten und gestikulierten lebhaft, die Stimmung war entspannt.

Als sie die Schnecken mithilfe kleiner Spießchen aus den gewundenen Schalen zogen, traf Pauline eine Entscheidung. »Ich schlage vor, dass wir den Fall Loulou zunächst ruhen lassen und unsere Ermittlungen auf die aktuellen Vorfälle konzentrieren.«

Die Kollegen stimmten ihr zu, der Vorschlag war vernünftig.

»Es erstaunt mich, dass der *police judiciaire* der Fall so schnell entzogen wurde«, bemerkte Frédéric.

Mélanie stimmte ihm zu, während sie sich über die nächste Schnecke hermachte. »Der öffentliche Druck muss gewaltig sein, und jetzt sollen wir ihm standhalten.«

Louis griff nach dem Endstück des Baguettes. »Ich versuche die ganze Zeit, den gesamten Tathergang zu rekonstruieren. Stellt euch Folgendes vor: Der Win-

zer bekommt mit, dass in seinem Weinkeller eingebrochen wird. Statt die Polizei zu rufen, sieht er nach,
was da los ist. Jemand schlägt ihn nieder, er wird zum
alten Brunnen geschleppt und hineingeworfen. Warum hat man ihn nicht einfach niedergeschlagen, um
ihn für eine Weile außer Gefecht zu setzen, und die
Zeit genutzt, um abzuhauen?«

Pauline runzelte die Stirn. »Vielleicht hat Armand
die Situation falsch eingeschätzt.«

»Ja, vielleicht. Aber dennoch ist es eine Sache, Wein
zu stehlen, und eine ganz andere, jemanden zu töten.
Das will mir nicht so recht in den Kopf.«

»Womöglich haben die Einbrecher die Nerven
verloren«, spekulierte Mélanie.

»Nach den Berichten zu schließen, sind das Profis«,
widersprach Louis. »Solche Leute verlieren nicht so
einfach die Nerven, die wissen ganz genau, was sie
tun.«

»Mich stört der Ablauf auch«, kam Frédéric ihm zu
Hilfe. »Da stimmt etwas nicht.«

»Wir brauchen mehr Hintergrundinformationen«,
stellte Pauline fest. »Es ist noch viel zu früh, um sich
festzulegen. Wir müssen für alles offen sein.«

Das sahen ihre Kollegen genauso.

Nachdem sie ihren Mokka getrunken und bezahlt

hatten, machten sie sich auf den Weg zum Château Comtesse-de-la-Francis.

*C⟋ ⟍⟋*

Mélanie Leroy übernahm das Steuer. Sie überholte ständig und hupte auch gern mal, wenn ein anderer Autofahrer den Weg nicht schnell genug frei machte. Auf beiden Seiten der Landstraße erstreckten sich Weinberge, die kein Ende zu nehmen schienen. Schließlich war das Bordelais das größte Anbaugebiet der Welt. Am Ende jeder Rebenreihe blühten Rosen in Gelb, Weiß, Rosa und Rot. Diese Zierde hatte den Grund, dass Mehltau und andere Krankheiten hier zuerst ansetzten, bevor sie auf die Reben übergingen.

Sie stellten den Wagen vor dem Haupthaus ab, und als sie gerade ausstiegen, kam eine Frau in einer schwarz-weißen Kittelschürze über dem dunklen Rock aus dem Rosengarten auf sie zu.

»*Bonjour, Mesdames et Messieurs*, ich bin die Hauswirtschafterin von Monsieur Armand, Babette Delisse.«

Ihre Augen waren rot und geschwollen, und sie putzte sich die Nase. Pauline Castelot stellte sich und die Kollegen vor.

»Danke, dass Sie sich Zeit für uns nehmen. Können wir irgendwo ungestört reden?«

Madame Delisse deutete auf einen Sitzplatz neben der Remise, der von einem grünen Schirm beschattet wurde. »Ich habe dort für uns gedeckt. Ich dachte, Sie möchten vielleicht eine Tasse Kaffee und ein Wasser. Heute ist es wirklich sehr heiß.«

Das idyllische Plätzchen war ausgestattet mit weißen Gartenmöbeln, darum herum Feigenbäumchen in Tontöpfen und violette Chilipflanzen. Die Hauswirtschafterin schenkte für alle Getränke ein.

»Probieren Sie die Madeleines, ich habe sie heute Morgen selbst gebacken, mit in Rum eingelegten Rosinen und Schokoladenstreuseln.«

Pauline Castelot sah sie freundlich an. »Es tut mir sehr leid, dass Sie Ihren Chef verloren haben. Wie war Ihr Verhältnis zu ihm?«

»Es war gut, sehr gut sogar. Monsieur Armand war ein freundlicher Mensch, und er hat es mir überlassen, wie ich den Haushalt führe. Eigentlich hat er sich dafür gar nicht interessiert, Hauptsache alles lief wie am Schnürchen. Sein Interesse galt dem Weinanbau. Er hat mich oft für meine Kochkünste gelobt.«

»Würden Sie uns bitte schildern, was am Morgen des sechsten Juni passiert ist?«

Sie erzählte von dem muffigen Geruch im Haus, dem schmutzigen Geschirr in der Küche, dem fehlenden Haushaltsgeld und der unverriegelten Kellertür.

»Doch damit nicht genug«, fuhr sie fort. »Mein Hund Luna wollte vor die Tür und hat kurz darauf im Obstgarten am alten Brunnen wie verrückt gebellt. Ich konnte sie nicht beruhigen und wusste nicht mehr, was ich machen sollte.«

Sie griff nach ihrem Glas Wasser und trank es in einem Zug leer.

»Wie ging es dann weiter?«

Sie rang um Fassung, als sie vom Fund der Leiche erzählte, und wischte sich eine Träne von der Wange. »Was für ein schrecklicher Unfall … Wahrscheinlich wollte er mit dem Schöpfeimer Wasser für die Rosen aus dem Brunnen holen und ist hineingefallen. Der arme Monsieur, es ist eine Tragödie.«

Castelot beschloss, ihr die Wahrheit zu sagen. Spätestens morgen würden alle Medien von den Geschehnissen berichten, wahrscheinlich würde die Bevölkerung schon in den Abendnachrichten darüber informiert werden.

»Es war kein Unfall, Madame Delisse. Monsieur Armand ist getötet worden.«

Fassungslos starrte die Hauswirtschafterin sie an. »Jemand hat ihn getötet?«

»Ja.«

»*Mon Dieu*, das kann doch nicht sein, was für eine Katastrophe! Wer sollte ihn denn töten? Er war doch ein so netter Mann! Wissen Sie schon, wer es war?«

»Nein, wir fangen gerade erst an zu ermitteln.«

»Ich verstehe.« Ihre rosige Gesichtsfarbe hatte sich in ein fahles Weiß verwandelt.

Rocard zeigte auf das Haupthaus.

»Hat er dort gewohnt?«

»Nein. Vor fünf Jahren ist er in die Remise gezogen.«

»Wissen Sie den Grund dafür?«

»Oh ja. Monsieur Armand war mit einer Kolumbianerin verheiratet, die er auf einer Südamerika-Rundreise kennengelernt hatte. Joanna war eine richtige Schönheit mit dicken schwarzen Locken, temperamentvoll und extrovertiert. Am Anfang waren die beiden sehr glücklich zusammen. Er hatte nur noch Augen für sie. Mit der Geburt ihrer Tochter Eveline war ihr Glück perfekt.« Sie griff nach einem Keks. »Damals war ich noch nicht hier beschäftigt, aber er hat mir die Geschichte einmal erzählt.«

Sie tupfte sich die feuchten Augen mit einem Taschentuch ab.

»Doch Joanna hatte Sehnsucht nach ihrer Familie und ihrem Heimatland, die immer schlimmer wurde. Schließlich verfiel sie in schwere Depressionen. Nichts hat geholfen, keine Medikamente und keine Therapie. Vor fünf Jahren ist sie zurück nach Kolumbien gegangen und hat die Scheidung eingereicht. Monsieur Armand konnte es nicht ertragen, ohne sie im Haupthaus weiterzuleben.«

»Was ist mit Eveline passiert, hat sie ihre Mutter begleitet?«

»Nein, sie wollte in Frankreich bei ihrem Vater bleiben. Es kam sogar zu einer Gerichtsverhandlung, doch die Richterin hatte Verständnis für Evelines Argumentation. Sie war damals zwölf Jahre alt und wusste schon genau, was sie wollte.«

»Steht das Haupthaus jetzt leer?«, fragte Pierrot.

»Nein, nicht ganz. Im Erdgeschoss befindet sich die Verwaltung des Weingutes. Im ersten Stock wohnt derzeit niemand. Ich halte die Zimmer in Ordnung, es ist ja gut möglich, dass Mademoiselle Eveline irgendwann eine eigene Wohnung beziehen möchte, schließlich wird sie an Weihnachten achtzehn Jahre alt.«

»Hat Monsieur Armand noch mehr Kinder?«

»Nein, nur Eveline. Sie ist ihrer Mutter wie aus dem Gesicht geschnitten, und Monsieur Armand hat sie vergöttert. Was soll jetzt nur aus dem armen Mädchen werden?«

»Ist sie hier?«, wollte Leroy wissen.

»Nein. Sie ist derzeit in einer Reha-Einrichtung für Kinder und Jugendliche in Rochefort.«

»War sie krank?«

»Als sie fünfzehn war, wurde Leukämie bei ihr diagnostiziert. Sie war immer wieder monatelang stationär in der Kinder- und Jugendklinik von Bordeaux und hat sich verschiedenen Therapien unterziehen müssen. Nichts hat geholfen, und wir hatten schreckliche Angst, dass sie sterben wird. Monsieur Armand war nur noch ein Schatten seiner selbst. Dann schlug der behandelnde Arzt eine Therapie vor, die in den USA angewendet wird und sehr erfolgversprechend ist. Monsieur und Eveline waren einverstanden. Es hat lange gedauert, und es gab Rückschläge, aber das Verfahren hat schließlich angeschlagen. Die Therapie ist in Europa nicht anerkannt, deshalb hat die Krankenkasse die Kosten nicht übernommen. Sie hat Monsieur Armand ein Vermögen gekostet.«

»Eveline ist gesund?«, fragte Castelot.

»Ja, Gott sei Dank! Vor vier Monaten wurde sie aus dem Krankenhaus entlassen und war ein paar Wochen zuhause. Doch sie war sehr schwach, deshalb schlug ihr Arzt vor, dass sie eine Reha machen solle. Die Wahl fiel auf die Einrichtung in Rochefort, die einen sehr guten Ruf hat. Dort werden die Kinder und Jugendlichen auch unterrichtet, damit sie nicht noch mehr Schulstoff versäumen. Vorgestern Morgen war mein erster Gedanke, Monsieur sei sie besuchen gefahren, er hatte so etwas erwähnt. Dabei ist er nie abgereist.«

»Wohnen noch mehr Leute in der Remise?«

»Nur Monsieur Armand und Eveline.«

»Ist Ihnen in letzter Zeit etwas aufgefallen, das anders war als sonst? Seltsame Vorfälle, Unregelmäßigkeiten? Jedes Detail kann bedeutsam sein.«

»Nein, alles war wie immer.«

»Wissen Sie, ob Ihr Chef Feinde hatte? Hatte er Streit oder Ärger mit jemandem?«

»Nein, davon weiß ich nichts.«

»Danke für Ihre Auskünfte, Madame Delisse, und für die nette Bewirtung. Wir würden uns die Remise gerne ansehen, ist das in Ordnung?«

»Aber ja, ich schließe für Sie auf.«

Madame Delisse verschwand im Rosengarten, und die Kommissare betraten das Haus. In der Diele war es angenehm kühl. Unter einer schlichten Garderobe befand sich ein Schuhschrank. Auf einer Matte standen zwei Paar Gummistiefel, froschgrün und geblümt, Größe vierundvierzig und siebenunddreißig. Der kleine Salon war im Louis-quatorze-Stil eingerichtet, es gab viel purpurfarbenen Samtplüsch und goldgerahmte Stuhllehnen. Mélanie betrachtete sich im Vorbeigehen in einem reich verzierten Spiegel. Der Einrichtungsstil des Raumes gefiel ihr nicht, er war für ihren Geschmack zu pompös. Sie zog ein paar Schubläden auf, besah sich den Inhalt, Urkunden, Zertifikate, Fotos von Reitturnieren, und schloss sie dann wieder. Sie konnte nichts Interessantes entdecken.

Das Esszimmer verfügte über einen ovalen Tisch mit einer filigranen Intarsienarbeit. Acht lederbezogene Stühle gruppierten sich darum. In der Glasvitrine befanden sich das Geschirr, Wärmeplatten, Kerzenhalter und Damast-Tischdecken.

Frédéric entdeckte an der Stirnseite zwischen zwei Fenstern ein quadratisches Ölgemälde, das die Zitadelle von Blaye, einst uneinnehmbarer Wächter am Wasserweg nach Bordeaux, hoch über der Gironde zeigte. Es gefiel ihm ausnehmend gut. In dem Raum gab es keinerlei Auffälligkeiten, die etwas mit ihrem Fall zu tun zu haben schienen.

Die Küche, das Revier von Babette Delisse, war penibel aufgeräumt, die Edelstahlflächen glänzten, ebenso die Küchenfront und die Bodenfliesen im Schachbrettmuster. Neben dem Gas- und Elektroherd stand ein hoher knallroter Kühlschrank, der nicht so recht zu der übrigen Einrichtung passen wollte. Louis war begeistert, er erinnerte ihn an alte amerikanische Filme, die er irgendwann einmal gesehen hatte. Aufmerksam ließ er seinen Blick durch die Küche schweifen. Die Hauswirtschafterin hatte noch vor dem Fund der Leiche gelüftet, das Geschirr gespült und den Kellerzugang verriegelt.

Die Bibliothek beeindruckte Pauline: Bücher, Folianten, historische Abhandlungen, Bildbände und Fachliteratur über Weinanbau standen auf massiven dunklen Eichenregalen, die bis zur Decke reichten. Einige Bände waren auch in englischer und deutscher Sprache abgefasst. Über der gemütlichen Leseecke mit einem Ohrensessel hing ein Kronleuchter. Daneben war ein Klavierhocker zu einer kleinen Bar umfunktioniert worden. Es gab erlesenen Calvados aus der Normandie, Armagnac aus der Gascogne und Pernod aus dem Lubéron. Es roch nach Zigarrenrauch und einem Hauch von Sandelholz. Pauline Castelot stellte sich vor, wie schön es wäre, es sich in diesem Sessel bequem zu machen und in aller Ruhe zu schmökern. Doch dafür fand sie fast nie Zeit.

Die Badezimmerarmaturen glänzten, flauschige Badetücher hingen auf einer metallenen Sprossenwand. Weder dort noch in der Abstellkammer bemerkten die Polizisten etwas Auffälliges.

Sie stiegen die Treppe hinauf in den ersten Stock. Louis öffnete das Medizinschränkchen im Badezimmer, doch der Inhalt war unspektakulär: Aspirin, Ibuprofen, Nasenspray, Pflaster. Seltsam war lediglich, dass sich in einer Schachtel Kinderpflaster mit den farbenfrohen Abbildungen von wilden Tieren befanden. Vermutlich ein Überbleibsel aus Evelines Kindheit, dachte Louis.

Das Schlafzimmer von Armand war schlicht eingerichtet: ein französisches Bett mit anthrazitfarbenem Laken, ein begehbarer Kleiderschrank und ein Nachttisch mit einer antiken Lampe. In der Schublade lagen zwei Kriminalromane von Georges Simenon: »Maigret und das Geheimnis im Schloss« und »Maigret und der Verrückte von Bergerac«. Auf dem Tischchen stand ein silbergerahmtes Bild. Eine schöne junge Frau mit südländischen ebenmäßigen Gesichtszügen lachte in die Kamera und hatte den Arm um eine jüngere und schlankere Version von Jean-Baptiste Armand gelegt.

Mélanie ging davon aus, dass es sich um Joanna handelte. Eine weitere Fotografie zeigte ein etwa zehnjähriges Mädchen in stolzer Pose auf einem Schimmel, das in die Kamera grinste und ein Victoryzeichen machte.

Eveline Armands Zimmer war mädchenhaft in Weiß und Rosa eingerichtet. Pauline vermutete, dass sie aufgrund ihrer schweren Erkrankung nicht so häufig zuhause gewesen war, um den Raum in eine chaotische Teenagerbude zu verwandeln. Ihre Tochter Sarah zeigte bereits die ersten Anzeichen, obwohl sie erst neun Jahre alt war.

Der große Salon ähnelte ein wenig dem kleinen im Erdgeschoss, doch die Moderne hatte in Form eines riesigen Flachbildschirms und einer hochwertigen Stereoanlage Einzug gehalten. Auch gab es eine bequeme Couch mit bunten Kissen und einige prächtige Grünpflanzen. In der Musiksammlung überwogen Opern-CDs, und es gab Filme über Weinanbau, Reisedokumentationen und amerikanische Klassiker.

Ansonsten fanden sie auch hier nichts, was ihnen weiterhelfen konnte.

Im Arbeitszimmer stießen sie auf einen Biedermeier-Sekretär, dessen Schublade verschlossen war. Frédéric tastete den oberen Rand des Möbelstückes ab und fand tatsächlich einen Schlüssel. Bei solchen Verstecken fragte er sich immer, warum die Leute den Schlüssel nicht einfach gleich stecken ließen.

Sie fanden in der Schublade Miet- und Pachtverträge, Lieferverträge mit Weingroßhändlern, Tabellen mit Aufstellungen über Einnahmen und Ausgaben, Dokumente über Aktiendepots, Steuererklärungen und Kontoauszüge. Der Winzer hatte ein Privatkonto und ein Geschäftskonto bei der Crédit Agricole. Pauline blätterte die Auszüge durch und stutzte. Das Privatkonto war mit neunundsiebzigtausend Euro im Minus, das Geschäftskonto mit vierundfünfzigtausend Euro im Plus, das ergab zusammen ein Minus von fünfundzwanzigtausend Euro. Sie zeigte ihren Kollegen, was sie gefunden hatte. Alle waren ebenso erstaunt wie sie.

»Ein Winzer, der Weinberge im Haut-Médoc besitzt und Grands Crus Classés verkauft, müsste doch einen gewaltigen Umsatz machen«, wunderte sich Frédéric.

»Die Nachfrage nach diesen Spitzenweinen ist weltweit enorm. Aber wenn diese Zahlen tatsächlich stimmen, stünde er kurz vor der Insolvenz.«

»Ich verstehe das nicht«, entgegnete Pauline. »Dominic besitzt eine eher kleine Domaine und macht dennoch erheblichen Umsatz.« Ratlos schüttelte sie den Kopf. »Wir müssen mit dem Verwalter reden, womöglich kann er uns diesen Umstand erklären. Vielleicht existiert noch ein Konto mit größeren Umsätzen bei einer anderen Bank, oder er hat Geld in andere lukrative Branchen investiert.«

»Das könnte sein«, stimmte Louis ihr zu. »Fragen wir ihn.«

Sein Blick fiel auf einen Brief, der halb verdeckt unter Lieferscheinen lag. Er zog ihn hervor und las den Absender. Der Brief war vor ein paar Tagen in Rochefort abgestempelt und vom Empfänger mit einem Brieföffner oder einem Messer aufgeschlitzt worden.

»Hier ist ein Brief von Eveline Armand an ihren Vater«, verkündete er.

»Liest du ihn vor?«, forderte seine Chefin ihn auf.

Er zog den handgeschriebenen Brief aus dem Umschlag und räusperte sich.

*»Cher Papa!*

Ich mache gute Fortschritte und sammle immer mehr Kraft. Jeden Morgen schwimme ich im Hallenbad, und am Nachmittag mache ich mit anderen Patienten kleinere Wanderungen. Wir sind eine lustige Truppe und haben viel Spaß. Ich habe auch wieder mehr Appetit und esse ziemlich viel, auch Obst und Gemüse, ehrlich. Du kannst stolz auf mich sein.

Aber vor einigen Tagen ist etwas Seltsames passiert, das du wissen solltest. Jemand hat versucht, in mein Zimmer einzudringen. Wie du weißt, wohne ich im ersten Stock, und es ist ein Kinderspiel, an der Regenrinne entlang auf den Balkon zu klettern. Es war mitten in der Nacht, und ich war glücklicherweise wach. Eine dunkle Gestalt hat versucht, die Balkontür aufzuhebeln. So schnell ich konnte, bin ich aus dem Zimmer gerannt und habe um Hilfe gerufen. Als ich mit der Nachtschwester und zwei alarmierten Patienten in das Zimmer zurückkehrte, stand die Tür zum Balkon sperrangelweit offen, aber es war niemand mehr da, auch nicht auf dem Balkon oder auf der Wiese.

Das Personal hat mir nicht geglaubt, Papa. Sie sagten, ich hätte geträumt und mir die ganze Geschichte eingebildet. Das stimmt aber nicht, ich weiß, was ich gesehen habe, und ich weiß auch, dass du mich immer ernst

103

nimmst. Mein Psychotherapeut hat versichert, er sei fest davon überzeugt, dass ich die Wahrheit erzähle. Aber ich habe den Eindruck, dass er das nur behauptet, um mich nicht noch mehr aufzuregen.

Immerhin habe ich ein Zimmer im vierten Stock auf der anderen Seite des Hauses bekommen, und es ist unmöglich, dort hinaufzuklettern. Auch darf ich die Tür zu meinem Zimmer nachts absperren. Ich klemme trotzdem jeden Abend vor dem Schlafengehen eine Stuhllehne unter die Klinke, sicher ist sicher. Außerdem habe ich dem Hausmeister ein Teppichmesser geklaut und in der Stadt ein Pfefferspray gekauft, damit ich mich notfalls verteidigen kann.

Mach dir keine Sorgen, liebster Papa, ich kann sehr gut auf mich aufpassen. Dennoch würde ich mich sehr freuen, wenn du mich so schnell wie möglich besuchst. Außerdem wünsche ich mir, dass ich bald nach Hause kann, dann reiten wir zusammen in den Weinbergen aus, so wie früher. Das wird wunderbar!

Ich freue mich auf dich! Und bring doch bitte Erdnussbutterschokolade mit, die gibt es hier nirgends.

Liebe, liebe Grüße

Deine Eveline.«

❧ ☙

Sie hatten alle Kellerräume inspiziert und nichts Ungewöhnliches entdeckt. Sechs Kisten Grand Cru Classé, Jahrgang 2008, standen in einem verschlossenen düsteren feuchten Abteil, dessen veraltetes Schloss zu knacken ein Kinderspiel für Mélanie gewesen war. Nun stellte sich die große Frage, warum ein derart teurer Spitzenwein nicht im Weinkeller gelagert wurde, sondern in einem winzigen Gewölbe voller Spinnennetze, dessen Raumklima und Luftfeuchtigkeit für diesen edlen Tropfen alles andere als günstig waren.

Die Polizisten gingen durch den duftenden Rosengarten zu der Eingangstür der Verwaltung. Da sie offen stand, betraten sie den schmalen kurzen Flur, der durch einen offenen Durchgang zu einem Büro mit zwei Arbeitsplätzen führte. Neben der Tür war ein Schild angebracht: *Buchhaltung, Personalverwaltung*.

Eine Frau mit langen aschblonden Haaren saß mit dem Rücken zu ihnen an einem mit Papieren übersäten Schreibtisch und telefonierte. Sie hatte eine hohe schrille Stimme und schien sich über irgendetwas aufzuregen. Ihre Kollegin, die ihr gegenübersaß, blickte konzentriert auf den Bildschirm ihres Computers und runzelte die Stirn. Als sie aufsah, bemerkte sie die Besucher und lächelte gezwungen.

»Bonjour, kann ich Ihnen helfen?«

Castelot hielt ihren Ausweis hoch und stellte sich vor. »Wir möchten mit dem Verwalter Grégoire Lenôtre sprechen. Ist er da?«

Das Lächeln verschwand. »Ja, in seinem Büro. Vom Gang aus links nach hinten, das letzte Zimmer auf der linken Seite.«

»Danke.«

Sie kamen an einer Teeküche vorbei, aus der einladender Kaffeeduft drang. Die Tür zum Büro des Verwalters stand offen, er saß hinter seinem Schreibtisch und blätterte, die Stirn in Falten gelegt, in einem Aktenordner. Castelot klopfte an den Türrahmen.

»Bonjour, Monsieur Lenôtre. Wir sind von der Polizei und möchten Ihnen einige Fragen stellen.«

Überrascht sah er sie an. »Mich haben schon zwei Männer von der Kriminalpolizei Bordeaux befragt.«

»Ja, ich weiß.« Das Protokoll dieser Befragung war nicht sehr aufschlussreich gewesen. »Die Zuständigkeiten haben sich geändert, außerdem gibt es neue Erkenntnisse. Dürfen wir hereinkommen?«

»Ja, selbstverständlich.« Er erhob sich und wies auf eine Sitzecke. »Nehmen Sie bitte Platz. Darf ich Ihnen einen Kaffee anbieten?«

Sie lehnten dankend ab, und er setzte sich zu ihnen

an den Tisch. Der Verwalter blickte gelassen mit neutralem Gesichtsausdruck in die Runde.

»Was kann ich für Sie tun?«

Pauline Castelot übernahm die Gesprächsführung. »Wie Sie sich sicher denken können, geht es um den Tod von Jean-Baptiste Armand.«

Er nickte.

»Sie haben ihn aus dem Brunnen geholt, nicht wahr?«

»Ja, das ist richtig.«

»Das war eine gewagte Aktion, das hätte sich nicht jeder getraut, sondern lieber die Polizei gerufen. Chapeau!«

Geschmeichelt lächelte er. Pauline fiel auf, dass er ebenmäßige weiße Zähne hatte und Augen von der Farbe eines Bergsees.

»Wir versuchen hier immer, uns selbst zu helfen, auf einem Weingut passiert ständig irgendetwas, worum man sich kümmern muss, und es ist zu umständlich, auf Hilfe zu warten. Wir haben eine eigene Werkstatt, die sehr gut ausgestattet ist, dort werden zum Beispiel auch die Fahrzeuge gewartet.«

»Ich habe eingangs gesagt, dass es neue Erkenntnisse gibt. Monsieur Armands Tod war kein Unfall. Jemand hat ihn getötet.«

Er faltete die Hände und presste sie an seine Lippen, er fixierte einen unsichtbaren Punkt auf dem Tisch. Schließlich fasste er sich wieder.

»Das ist eine entsetzliche Nachricht, aber ich muss sagen, dass ich damit gerechnet habe. Jean-Baptiste war ein kräftiger, praktisch veranlagter Mann, der immer, wenn er Zeit hatte, mit anpackte. So jemand fällt nicht einfach in einen Brunnen.«

Castelot sah das genauso.

»Es gab in den letzten Monaten einige Einbrüche in Weingüter, ein Objektschützer wurde angeschossen. Ich kann mir vorstellen, dass Jean-Baptiste die Diebe überrascht hat.«

Dazu wollte sich Pauline Castelot erst mal nicht äußern.

»Wie groß ist das Weingut?«

»Es umfasst fünfzig Hektar Rebfläche.«

»Dann ist es eines von den größeren Châteaux.«

»Da haben Sie recht.«

»Sie erzeugen Grands Crus Classés?«

»Ja, unter anderem. Diese Klassifizierung haben wir uns hart erarbeitet.«

»Wie lange arbeiten Sie schon hier?«, erkundigte sich Pierrot.

»Fast sieben Jahre, ich liebe meine Arbeit.«

»Wie war das Verhältnis zu Ihrem Chef?«

»Wir haben gut zusammengearbeitet und uns ergänzt. Wenn es Konflikte gab, haben wir sie auf eine vernünftige Weise geregelt.«

»Waren Sie auch privat befreundet?«

»Nicht sehr eng, würde ich sagen. Aber wir sind manchmal nach Feierabend ausgeritten und haben danach ein gutes Glas Rotwein zusammen getrunken. Ab und zu sind wir mit seinem Motorboot auf das Meer hinausgefahren und haben geangelt. Diese Leidenschaft verband uns.« Er lächelte versonnen.

»Wo liegt das Boot?«

»In der Marina von Arcachon. Es heißt *Eveline II.*«

»Wie viele Mitarbeiter beschäftigen Sie?«, erkundigte sich Leroy.

»Wir haben einen festen Stamm von vierzehn Mitarbeitern, darüber hinaus Hilfskräfte und während der Weinlese Saisonarbeiter und Erntehelfer. Junge Leute, oft Studenten, kommen aus der ganzen Welt und wollen Trauben ernten. Sie zelten dann auf der großen Wiese und sind zufrieden, wenn sie verpflegt werden und ein Taschengeld bekommen. Für viele von ihnen ist es Urlaub, den sie hier verbringen wollen, und die Helfer haben viel Spaß zusammen.«

»Wie steht es um die Finanzen des Weinguts?«,

wollte Rocard wissen. »Wir haben Kontoauszüge gefunden. Es sieht nicht gut aus, oder?«

Lenôtre seufzte. »Sie haben recht. Wir hatten letztes Jahr im April Frost, minus sechs Grad am Morgen, das war eine Katastrophe. Aufgrund des starken Frostes haben wir fünfundachtzig Prozent der Ernte verloren. Um größere Schäden zu verhindern, machten wir im April ein Strohfeuer. Als das nichts nützte, kamen Helikopter zum Einsatz, um kalte und warme Luft auszutauschen, und wir gossen die Weinberge mit warmem Wasser. Sie können sich sicherlich vorstellen, was das gekostet hat. Ein Jahr vorher war es wiederum so heiß und trocken, dass es zu einer verfrühten Reifung und zu einem unvollendeten Geschmack der Trauben kam.« Nachdenklich rieb er sich das Kinn.

»Hinzu kam, dass Eveline, Jean-Baptistes Tochter, vor zwei Jahren an Leukämie erkrankte.«

»Das hat uns Madame Delisse erzählt.«

»Dann hat sie sicher auch erwähnt, dass die Behandlungskosten sehr hoch waren.«

»Ja.«

»Die Ausgaben für die Scheidung fielen auch ins Gewicht. Joannas Forderungen waren maßlos.«

»Hatte Monsieur Armand eine Vorstellung, wie er diese finanzielle Krise überwinden könne?«

»Er hatte verschiedene Ideen. Eine davon war, mehr Direktvermarktung zu betreiben. Die meisten Château-Besitzer sehen es nicht gerne, wenn sich viele Besucher auf ihrem Weingut aufhalten, aber er hatte sich dennoch dazu entschlossen. Es sollten regelmäßig Busausflüge vor allem mit Touristen stattfinden, um mit ihnen Führungen durch die Weinberge und die Weinkeller zu veranstalten. Anschließend war eine Weinprobe mit Verköstigung angedacht. Wenn die Leute Urlaub machen, sind sie häufig in Kauflaune, und sie erstehen auch teure Weine.«

Rocard zeigte sich skeptisch.

»Hätte diese Maßnahme ausgereicht, um die Finanzen zu sanieren?«

Der Verwalter schüttelte den Kopf. »Kaum. Jean-Baptiste hatte noch mehr Pläne auf Lager. Er wollte ein Feinschmeckerlokal und ein Landhotel eröffnen, vielleicht sogar eine Schönheitsfarm. Ihm schwebte ein Institut für Vinotherapie vor.«

Die Kommissare sahen ihn verblüfft an. Auf der ernsten Miene von Lenôtre tauchte kurz ein amüsiertes Lächeln auf. »Die Gäste sollen keinen Wein trinken, um sich besser zu fühlen. Es geht um Produkte aus Weintraubenkernen, die der Gesundheit durchaus förderlich sind.«

111

»Ich verstehe«, behauptete Rocard. »Dafür hätte er investieren müssen.«

»Ja, er hätte wohl einige Weinberge verpachten oder sogar verkaufen müssen, eine Schreckensvision für jeden Winzer.«

»Das kann ich mir vorstellen. Wie geht es jetzt weiter?«

»Ich habe keine Ahnung, aber ich wünsche mir, dass es weitergeht. Wir waren jahrelang der aufsteigende Stern.«

»Gibt es ein Testament?«

»Das weiß ich nicht.«

Castelot fiel noch etwas ein. »Bei unserem Rundgang durch die Remise haben wir gesehen, dass im Keller in einem Abteil sechs Kartons mit einem Grand Cru Classé stehen. Ist das nicht ein ungewöhnlicher Lagerplatz für Wein?«

Der Verwalter sah sie entsetzt an. »Das kann nicht sein, die räumlichen Bedingungen wären schädlich für den Wein.«

»Es ist aber so, haben Sie eine Erklärung dafür?«

»Nein, aber das geht einfach nicht. Nach unserem Gespräch werde ich mich sofort darum kümmern.«

»Haben Sie denn eine Vermutung, wer Ihren Chef getötet haben könnte?«

»Wie schon gesagt, Weindiebe.«

»Wurde im Weinkeller eingebrochen?«

»Nein, aber ich denke, er wird sie vorher überrascht haben.«

»Wie ist der Weinkeller gesichert?«

»Wir haben speziell verriegelte Zugänge, Videoüberwachung, Alarmanlagen und eine Security-
Firma, die nachts Kontrollfahrten unternimmt.«

»Wie heißt diese Firma?«

»Sécurité Aquitaine.«

»Gab es in letzter Zeit seltsame Vorgänge im Château?«

Er brauchte nicht lange zu überlegen. »Mir ist
nichts aufgefallen. Das einzig Seltsame ist, dass offenbar ein Spitzenwein im Keller der Remise steht. Das
ist ungeheuerlich.«

»Merci, Monsieur Lenôtre. Wenn uns noch etwas
einfällt, melden wir uns.«

»Jederzeit gerne.«

»Wir möchten mit den Mitarbeitern sprechen, die
dabei waren, als der Leichnam aus dem Brunnen ge-
borgen wurde. Können Sie das ermöglichen?«

»Ich werde sie anrufen und herbestellen. Am Ende
des Flurs befindet sich ein kleiner Besprechungsraum.
Dort können Sie auf sie warten und ungestört mit ih-

nen reden. Ich lasse Ihnen Kaffee und kalte Getränke bringen.«

Kurz darauf saßen sie im Besprechungszimmer, tranken Kaffee und warteten auf die vier Männer, die dem Verwalter geholfen hatten, den Leichnam zu bergen. Nach den Aufzeichnungen der Kriminalpolizei hießen sie Adrien Leblanc, Philippe Roche, Benoît Veille und Gilbert Coussau und waren seit Jahren festangestellt.

Nach wenigen Minuten betraten drei Männer in grünen Arbeitsoveralls und Sicherheitsstiefeln den Raum. Castelot zeigte ihnen ihren Dienstausweis und stellte sie vor.

»Setzen Sie sich bitte, wir wollen mit Ihnen sprechen. Darf ich Sie zunächst bitten, sich vorzustellen?«

Einer der Männer ergriff das Wort. Er war groß gewachsen, breitschultrig und hatte wachsame stahlgraue Augen. Um die blonden welligen Haare hatte er ein rotes Tuch geschlungen. »Ich bin Adrien Leblanc, der Vorarbeiter.«

Er hatte eine tiefe kräftige Stimme, und Leroy schätzte ihn auf Mitte fünfzig. Er deutete auf einen schmächtigen jungen Mann mit gebräuntem Gesicht und blonder Haartolle, der einen eingeschüchterten Eindruck machte. »Das ist Philippe Roche, er arbeitet hauptsächlich im Weinkeller.«

Der dritte Mann, ein etwa fünfunddreißigjähriger Hüne mit gegelten Haaren und eng zusammenstehenden Augen, der sich eine Zigarette hinter das Ohr geklemmt hatte, stellte sich selbst vor. »Mein Name ist Benoît Veille, ich bin Kfz-Mechaniker.«

Castelot bedankte sich. »Ein Angestellter fehlt, Gilbert Coussau. Hat er heute frei?«

»Nein«, antwortete Leblanc. »Er ist eigentlich immer hier, aber wir haben ihn nicht gefunden.«

»Haben Sie versucht, ihn auf seinem Handy zu erreichen?«

»Das hat er meistens ausschaltet. Er mag diese modernen Geräte nicht.«

»Okay, fangen wir ohne ihn an. Wir haben im Todesfall von Jean-Baptiste Armand die Ermittlungen aufgenommen. Es war kein Unfall, er wurde getötet.«

Aufmerksam beobachtete sie die Reaktionen der Männer.

Leblanc starrte sie an, dann schüttelte er ungläubig den Kopf. Roche riss die Augen auf.

»Das ist ja furchtbar«, stammelte er.

Veille fuhr sich irritiert durch die Haare und ruinierte seine Frisur. »Haben Sie schon einen Verdacht?«

»Nein, dafür ist es noch zu früh.«

Rocard ergriff das Wort. »Kennen Sie jemanden, der einen Groll gegen ihn hegte?«

Leblanc schüttelte den Kopf. »Wissen Sie, wir hatten gar nicht so viel mit ihm zu tun, unser direkter Vorgesetzter ist Grégoire.«

Roche bestätigte das. »Wenn wir uns über den Weg liefen, war er immer freundlich, manchmal haben wir ein paar Worte gewechselt, so ganz allgemein. Meistens ging es um Wein.«

Veille spielte mit der Zigarette. »Das stimmt nicht ganz. Er hat mich hin und wieder in der Werkstatt aufgesucht und mit mir über die anstehenden Reparaturen gesprochen. Er kannte sich für einen Winzer sehr gut in technischen Details aus.«

»Sie haben keine Idee, wer ihn getötet haben könnte?«

Die drei verneinten.

Leblanc kratzte sich unruhig am Kopf. »Verlieren wir jetzt unsere Jobs?«

»Das kann ich Ihnen wirklich nicht sagen.«

»Ist Ihnen in letzter Zeit etwas Ungewöhnliches

aufgefallen, etwas, das anders war als sonst?«, fragte Pierrot.

»Wir haben unseren letzten Lohn nicht pünktlich zum Ersten des Monats bekommen wie sonst immer, sondern erst ein paar Tage später«, erzählte Veille. »Grégoire hat uns erklärt, dass es Probleme mit dem Buchhaltungsprogramm gäbe.«

»Aha ...«

»Ich hatte einmal den Eindruck, dass Weinkisten im Keller fehlen, aber ich war mir nicht sicher«, erzählte Roche.

»Ich habe Adrien darauf angesprochen, und er hat vermutet, dass sie umgestellt wurden.«

Der Vorarbeiter nickte. »Das kommt öfter vor. Wir führen vierteljährlich eine Inventur durch. Bei der großen Menge an Wein ist das wichtig.«

Einen Moment zögerte er. »Mir ist etwas aufgefallen, aber wahrscheinlich hat es überhaupt nichts zu bedeuten. Es war vor ungefähr drei Wochen. Gilbert hat mich mitten in der Nacht angerufen und mir gesagt, dass ihn sein Rheuma so sehr plage, dass er kaum laufen könne. Deshalb könne er nicht nach den Pferden sehen, sie seien jedoch unruhig und jemand müsse nach dem Rechten schauen. Also versprach ich ihm, mich darum zu kümmern. Ich wohne hier gleich in der Nähe, bin in mein Auto gestiegen, und fünf Minuten später war ich hier und bin in den Stall gegangen. Die Pferde hatten sich beruhigt, es war alles in Ordnung. Vielleicht war ein Fuchs in den Stall eingedrungen und hatte dann das Weite gesucht.« Er atmete tief durch. »Als ich aus dem Stall kam, hörte ich leise Stimmen im Hof und ging nachschauen, was da los war. Ein Lieferwagen stand vor der Remise, und drei Männer luden etwas auf die Ladefläche, zwei konnte ich nicht erkennen, der dritte war Monsieur Armand.«

»Was haben Sie dann gemacht?«, wollte Leroy wissen.

»Ich bin zur Hütte von Gilbert gelaufen. Dort habe ich ihm erzählt, was ich beobachtet hatte. Daraufhin meinte er, ich hätte richtig reagiert, Armand sei der Eigentümer und könne auf seinem Grund und Boden machen, was er wolle.«

»Was war das für ein Lieferwagen?«

»So ein Kastenwagen. Es war zu dunkel, um die Marke zu erkennen.«

»Welche Farbe hatte er?«

»Schwarz oder dunkelgrün, schwer zu sagen. Aber ich habe einen Teil des Kennzeichens gesehen. Der Mond kam für Sekunden hinter einer Wolke hervor.«

Leroy beugte sich interessiert vor. »Was konnten Sie erkennen?«

»Es war das Kennzeichen von Libourne, dann ein B oder ein D, ein M oder ein N, und die erste Ziffer eine Drei oder eine Neun.«

»Was meinen Sie, was die Männer eingeladen haben?«

»Ich weiß es nicht, das konnte ich nicht erkennen.«

»Danke für Ihre Aussage.«

Castelot blickte in die Runde. »Wo befindet sich die Hütte von Gilbert Coussau?«

»Auf dem Grundstück an der nördlichen Mauer«, erklärte Leblanc. »In dem Kiefernwäldchen. Das sind nur ein paar hundert Meter von hier.«

»Wohnen noch mehr Angestellte auf dem Anwesen?«

»Nein, nur Gilbert. Wenn er nicht dort ist, finden Sie ihn wahrscheinlich im Pferdestall.«

»Merci, Messieurs. Wenn wir noch Fragen haben, melden wir uns.«

※～ ～※

Als die Polizisten über einen ausgetretenen Pfad nach Norden gingen, stand die Sonne am Horizont und färbte das Weinlaub golden. Die Hitze des Tages ließ ein wenig nach, und ein lauer Wind strich über die Bauernwiese. Die Hütte im Kiefernwäldchen war nicht schwer zu finden, zwischen Baumstämmen konnte man geschichtete Holzscheite unter einem Vordach erkennen, und ein gemauerter Kamin spitzte durch das Nadeldach. Sie folgten einem gewundenen schattigen Weg, der unter den Fächern der Kiefern und vorbei an Brombeersträuchern verlief. Plötzlich schoss eine gelbe Schlange mit einem dunklen Zickzackband auf dem Rücken aus einem Holunderbusch, schlängelte vor Paulines Füßen über den Pfad und verschwand blitzschnell im Gestrüpp. Sie zuckte zusammen.

»Was war das für eine Schlange?«, fragte sie erschrocken. »Eine Ringelnatter?«

»Nein, das war eine Kreuzotter«, wusste Frédéric.

»Sind die nicht giftig?«

»Ja, aber ein gesunder Erwachsener stirbt nicht an dem Biss, keine Sorge.«

Sie grinste. »Das beruhigt mich. Seht mal, da vorn ist die Hütte von Monsieur Coussau.«

Ein stattliches Blockhaus mit himmelblauen Fensterläden tauchte vor ihnen auf, und ein alter Mann mit schlohweißen Haaren und einem struppigen Bart saß auf der überdachten, mit Geranien begrünten Veranda. Er hatte den Blick auf einen Teich gerichtet, in dem Goldfische und mehrere Kois in Gold, Orange und Schwarztönen schimmerten und mit ihren runden Mäulern nach Futter schnappten. In der Mitte des Wassers plätscherte ein Springbrunnen.

Als Louis auf einen Ast trat, fuhr der Mann herum und starrte sie mit finsterer Miene an. »Wer sind Sie? Was machen Sie hier?«

»Wir sind von der Polizei und möchten mit Ihnen reden«, erklärte Castelot. »Sie sind doch Gilbert Coussau?«

»Ja, der bin ich. Allerdings will ich nicht mit Ihnen reden. Gehen Sie wieder, und lassen Sie mich in Ruhe.«

Pauline blieb professionell freundlich. »Wenn Sie sich weigern, nehmen wir Sie mit auf die Wache und befragen Sie dort, es ist Ihre Entscheidung, Monsieur.«

»Dürfen Sie das?«

»Ja, dazu bin ich befugt.«

»Früher wäre ich über die Mauer gesprungen und abgehauen«, sagte er mehr resigniert als zornig. »Niemals hätten Sie mich erwischt, keiner konnte mich zu irgendetwas zwingen. Aber inzwischen bin ich ein alter Mann geworden.«

»Dürfen wir zu Ihnen auf die Veranda kommen?«

»Also gut«, knurrte er. »Wenn es sich nicht vermeiden lässt.«

Als sie über die kleine Treppe auf den Holzdielenboden gelangt waren, zeigte er auf eine Sitzbank, die ihm gegenüber stand. Zwischen ihnen stand ein alter Holztisch.

Castelot legte ihren Ausweis auf den Tisch und stellte die Kollegen vor.

»Es geht um Monsieur Armand«, erklärte sie. »Das interessiert Sie doch bestimmt?«

»Natürlich interessiert mich das, ich werde nur nicht gerne überrumpelt.«

»Das verstehe ich, aber bitte haben Sie auch Verständnis dafür, dass wir unsere Arbeit machen. Einverstanden?«

Gilbert entschloss sich, wenigstens das Nötigste mit den Polizisten zu sprechen. Eher würden sie sowieso nicht gehen. Außerdem fand er Gefallen an der jungen Polizistin mit den Haaren wie Schlehen im Winter, veilchenblauen Augen und der kecken Nase. Sie erinnerte ihn an seine Frau, die er sehr geliebt und aufgrund einer schweren Erkrankung viel zu früh verloren hatte. Er zwirbelte seinen Bart und nickte. »Einverstanden.«

»Ich möchte Ihnen den Grund unseres Besuches erklären«, sagte Pauline.

»Ich kenne den Grund.«

»Ja?«

»Jean-Baptiste ist getötet worden, deshalb sind Sie hier.«

»Woher wissen Sie das?«

»Er fällt doch nicht einfach in seinen eigenen Brunnen, so ein Unsinn. Das waren die verdammten Weindiebe. Wenn ich die erwische, verpasse ich ihnen eine Ladung Schrotkugeln.«

»Langsam, langsam«, versuchte Rocard, ihn zu beschwichtigen. »Woher wissen Sie, dass es Weindiebe waren?«

»Wer soll es denn sonst gewesen sein?«

»Vor ungefähr drei Wochen hat der Vorarbeiter Leblanc in der Nacht auf dem Hof zwei Männer zusammen mit Monsieur Armand gesehen. Sie luden etwas in einen Lieferwagen. Wissen Sie davon?«

»Adrien hat es mir erzählt, aber warum sollte mich das interessieren? Es ist Jean-Baptistes Château, ich meine, es war sein Château, da wird er doch ein Fahrzeug beladen dürfen.«

»Wie war Ihre Beziehung zu Monsieur Armand?«, fragte Leroy.

123

»Gut, ich habe ihn schon als Kind gekannt. Sein Vater und ich waren eng befreundet. Damals war ich als Pferdepfleger für das Gestüt verantwortlich. Wir haben damals einige wunderbare Rassepferde gezüchtet. Jetzt sind es nur noch vier.«

»Welche Aufgaben haben Sie?«

»Ich kümmere mich um die Tiere, und ich bin Mädchen für alles.«

»Sie sind der einzige Angestellte, der auf dem Anwesen wohnt?«

Er lächelte, und seine Augen wirkten heller. »Angestellter trifft es nicht ganz, Madame le Commissaire.«

»Ich verstehe. Aber ich wundere mich, dass Monsieur Armand Ihnen keine Wohnung angeboten hat. Im Winter muss es in dieser Hütte bitterkalt sein.«

»Das hat er getan, er wollte über der Werkstatt eine Wohnung für mich ausbauen. Auf diese Idee kam er immer wieder zurück. Aber ich bevorzuge es, in der Hütte zu wohnen. Es ist ein einfaches Leben im Einklang mit der Natur, und glauben Sie mir, wenn ich im Blockhaus den Holzofen anschüre, wird es richtig schön warm.«

»Wussten Sie, dass Monsieur Armand in erheblichen finanziellen Schwierigkeiten steckte?«

»Ja, das hat er mir erzählt. Es war ein Tief, aus dem

er wieder herausgekommen wäre. Jean-Baptiste war charakterlich so stark wie sein Vater und genauso fähig.«

»Haben Sie etwas bemerkt, das Ihnen sonderbar vorkam?«

»Nein, ich kann Ihnen leider nicht weiterhelfen, und ich habe Ihnen alles gesagt, was ich weiß. Wenn Sie mich jetzt bitte entschuldigen würden, ich möchte gerne zu Abend essen.«

Auf ein kurzes Nicken von Castelot hin erhoben sich die Polizisten. Es war offensichtlich, dass sie aus dem Mann nichts mehr herausbekommen würden, zumindest nicht zum jetzigen Zeitpunkt.

»*Au revoir*, Monsieur Coussau«, sagte Leroy und reichte ihm ihre Visitenkarte. »Ich wünsche Ihnen einen schönen Abend.«

Er brummte etwas in seinen Bart, das sie nicht verstehen konnte.

*❧ ☙*

Als sie Bordeaux erreichten, war es schon ziemlich spät geworden. Louis schlug vor, in ihrer Stammkneipe, der Barracuda Bar am Quai Richelieu, nach dem ereignisreichen Tag noch ein Glas Wein zu trinken, doch die Kollegen hatten andere Pläne.

Frédéric war froh, als er endlich zuhause war. Auf der Autobahn hatte es einen Auffahrunfall gegeben, und er hatte eine halbe Stunde im Stau gestanden. Er fand Agnès auf der Terrasse. Sie saß am Tisch, ein Glas Rotwein vor sich, und war in ein Buch vertieft. Ihre Katze Gigi lag zusammengerollt mitten im Kräuterbeet auf der warmen Erde und schlief. Als seine Frau Schritte hörte, wandte sie ihm den Kopf zu und lächelte. »*Bonsoir,* Frédéric, da bist du ja endlich. Komm, setz dich zu mir und trink ein Glas Wein mit mir.«

Er gab ihr einen Kuss und ließ sich ihr gegenüber in einen Korbsessel fallen. »*Bonsoir*, Agnès. Es war ein langer Tag.«

Er schenkte ein, und sie stießen an. »Was hast du heute gemacht?«, erkundigte er sich.

»Ich war einkaufen und anschließend mit einer Freundin einen Kaffee trinken. Nachmittags habe ich im Garten gearbeitet und gekocht.«

»Was gibt es Feines?«

»Ratatouille mit Rinderhack, dazu Baguette und selbstgemachte Knoblauchbutter.«

»Das hört sich großartig an. Isst Pierre-Paul mit uns?«

»Ich weiß es nicht. Heute Morgen habe ich ihn

kurz gesehen, als er in der Küche Milch aus dem Karton trank, dann ist er gegangen.«

»War er in der Schule?«

»Ich denke schon, sonst hätte jemand aus dem Sekretariat angerufen. Sie haben ihn im Auge.«

»Ich mache mir große Sorgen um den Jungen.«

»Ich auch. Er vermisst seine Schwester.«

❧ ☙

Nach dem Abendessen trank Fréderic noch ein Glas Wein mit seiner Frau. Pierre-Paul war nicht aufgetaucht. Dann zog er sich in sein Arbeitszimmer zurück und fuhr den Computer hoch. Zielstrebig ging er auf die Facebook-Seite, die er für die Suche nach seiner Tochter eingerichtet hatte. Sie hieß: »Wer weiß, wo Emma ist?«.

Er hatte berichtet, was geschehen war, und einige aktuelle Fotos von ihr gepostet. Als er die Seite nach umfangreichen Recherchen eingerichtet hatte, war er überrascht gewesen, wie viele Menschen jedes Jahr alleine in Frankreich als vermisst gemeldet wurden. Es waren Hunderte. Er hatte auch herausgefunden, dass es etliche private Foren gab, die selbst die Initiative ergriffen und deren Zweck darin bestand, eine vermisste Person zu finden. Es schmerzte ihn zu wissen, dass er beileibe nicht der Einzige war, der einen so grausamen Schicksalsschlag erlitten hatte. Wie immer versuchte er, sich nicht das Schlimmste auszumalen, und wie immer gelang es ihm nicht. Emma konnte tot sein.

Heute hatte er fünf neue Nachrichten bekommen. Vier davon waren gut gemeinte Nachfragen. Aber als er die fünfte Nachricht las, war er sofort wie elektrisiert. Olivier, ein Rechtsanwalt aus Arcachon, der häufig am Gericht in Bordeaux zu tun hatte, hatte ihm eine Nachricht geschrieben. Seine Frau war vor vier Jahren verschwunden, aus heiterem Himmel. Sie war am Strand gejoggt und nicht zurückgekehrt. Es gab keine Zeugen, keine Spuren, keine Lösegeldforderungen, und die Polizei tappte nach wie vor im Dunkeln.

Oliviers Nachricht war exakt um dreiundzwanzig Uhr vier eingegangen. Er hatte geschrieben, dass er kurz nach dem Aussteigen aus dem Zug, den er täglich nach Bordeaux nahm, auf dem Weg in die Halle in einer Ecke zwischen einem Fahrkartenautomaten und einer Sitzbank Emma gesehen habe. Sie habe sich in einer Gruppe von jungen Leuten befunden, die auf einer Decke saßen, Wein aus der Flasche tranken und offensichtlich bekifft waren. Ein Schäferhund sei auch dabei gewesen. Er gehe davon aus, dass die Gruppe sich dort noch länger aufhalten werde.

Frédéric sprang auf, lief in den Flur und holte seine Autoschlüssel. Im Haus war es dunkel, und es hatte den Anschein, als sei Agnès bereits zu Bett gegangen.

Er setzte sich in sein Auto und fuhr, so schnell er konnte, zum Bahnhof Saint-Jean. Da um diese Zeit nicht mehr so viel Verkehr war, schaffte er die Strecke in knapp vierzig Minuten, das war Rekordzeit. Er parkte im Halteverbot, rannte vor einem einfahrenden Stadtbus, dessen Fahrerin erschrocken hupte, über die Fahrbahn und stürzte in die Eingangshalle. Er drängte sich an Menschen und ihrem Gepäck vorbei, um zu den Bahnsteigen zu gelangen. Beinahe wäre er über einen schlafenden Clochard gestolpert. Als er an den Schließfächern vorbeikam, erblickte er eine alte Dame fast zu spät und konnte gerade noch abbremsen, bevor er sie umrannte.

»*Excusez-moi*, Madame«, rief er und wollte weiterlaufen.

Doch sie stand mitten im Weg und sah ihn durch ihre dicken Brillengläser mit wässrig blauen Augen an, ihr Blick wirkte verzweifelt. Die lila ondulierten Löckchen waren ein wenig in Unordnung geraten. »Können Sie mir bitte helfen, Monsieur?«

Frédéric seufzte leise. »Was kann ich für Sie tun, Madame?«

»Mein Koffer befindet sich in diesem Schließfach. Ich fahre mit dem Nachtzug nach Biarritz zu einer lieben Freundin. Mir ist der Schlüssel für das Fach aus der Hand gefallen, und ich kann ihn nicht mehr finden. Meine Augen sind so schlecht geworden, Monsieur, und mein Zug fährt in zehn Minuten. *Mon Dieu*, ich werde ihn verpassen.«

»Beruhigen Sie sich bitte, Madame, wir werden ihn finden. Wahrscheinlich ist er unter die Fächer gerutscht.«

Schon ging er in die Hocke und spähte in den Hohlraum. Dort lag der Schlüssel. Er hob ihn auf und zeigte ihn der Frau. »Voilà, hier ist Ihr Schlüssel.«

»Können Sie bitte aufschließen? Ich bin ganz zittrig vor Aufregung.«

»Selbstverständlich.«

Er schloss auf, hob den Rollkoffer aus dem Fach und stellte ihn auf den Boden. »Ich wünsche Ihnen eine gute Reise, Madame. Jetzt muss ich aber weiter. Kommen Sie zurecht?«

Fréderic lief zu der Ecke, die ihm Olivier beschrieben hatte. Er wusste, wo der Regionalzug nach Bordeaux hielt. Kurz davor blieb er stehen und starrte auf die Gruppe. Es waren zwei Mädchen und drei junge Männer, die eine Weinflasche kreisen ließen und sich unterhielten. In einem umgedrehten Hut lagen ein paar Münzen, der Schäferhund hatte den Kopf auf seine Pfoten gelegt und schien zu schlafen. Die junge Frau, die mit dem Gesicht zu ihm saß, war blond, hatte ein rundes Gesicht und war stark geschminkt. Das andere Mädchen saß mit dem Rücken zu ihm. Sie hatte lange braune Haare, so wie Emma, und war von ebenso zierlicher Statur. Die blau gemusterte Bluse kam ihm bekannt vor. Kurz wandte sie den Kopf und sagte etwas zu einem der jungen Männer, so dass er sie im Halbprofil sah. Sie hatte Emmas zarte Stupsnase, und die lebhafte Geste, die sie ausführte, erinnerte ihn an seine Tochter. Ein tiefes Gefühl der Erleichterung und der Freude durchströmte ihn, und ein Lächeln breitete sich auf seinem Gesicht aus. Das war Emma, ganz sicher. Er hatte sie endlich gefunden.

Nun konnte er sich nicht mehr zurückhalten, ging zu dem Mädchen und legte ihm eine Hand auf die Schulter. »Emma, ich bin so glücklich, dass du wohlauf bist.«

Die blonde Frau und die Männer sahen ihn überrascht an. Das Mädchen mit den braunen Haaren drehte den Kopf und musterte ihn irritiert mit glasigen Augen. Sie waren dunkel, nicht grün mit goldenen Tupfern wie die seiner Tochter. Sie sah ihr ein wenig ähnlich, aber sie war es nicht. Sofort ließ er sie los und trat einen Schritt zurück.

»Entschuldigen Sie bitte, Mademoiselle, eine Verwechslung ... Es tut mir leid, ich wollte Sie nicht ...«

Er wandte sich ruckartig um und ging.

# 11. JUNI

Kurz vor neun traf Pauline im Hauptquartier ein und stieß in der Teeküche auf Michelle und Frédéric, die sich über einen Brand unterhielten, der in den frühen Morgenstunden im Containerhafen ausgebrochen war und um ein Haar eine Ladung Bordeauxwein vernichtet hätte.

»Bonjour«, sagte Pauline.

Die beiden lächelten sie an. »Bonjour.«

Pauline musterte die Sekretärin. »Du hast eine neue Frisur, Michelle?«

»Ja! Stell dir vor, der charmante Mann, Jacques, den ich vor einigen Wochen auf dem Blumenmarkt kennengelernt habe und mit dem ich schon einige Male verabredet war, mag traditionelle Frisuren. Wie findest du sie?«

Pauline betrachtete die geflochtenen dicken Zöpfe, die zu einem Kranz um den Kopf gesteckt waren.

»Toll!«

Michelle strahlte. »Danke. Mélanie und Louis sind im Besprechungsraum, Kaffee und Gebäck kommen gleich.« Geschäftig rauschte sie aus dem Zimmer.

Pauline sprach Frédéric direkt an. »Du siehst furchtbar aus. Willst du dir nicht ein paar Tage frei-nehmen?«

»Nein, wenn ich nur zuhause sitze, drehe ich durch.«

»Was ist mit Emma?«

»Ich habe gestern einen Hinweis bekommen, dass sie sich am Bahnhof Saint-Jean aufhalte, sie war es aber nicht.«

»Das tut mir leid. Sag Bescheid, wenn ich etwas für dich tun kann.«

Nachdem das Team sich um den Tisch versammelt hatte, begannen sie mit der Besprechung. Zunächst fasste Louis zusammen, was geschehen war, bevor sie die Ermittlungen übernommen hatten.

»Innerhalb der letzten neun Monate wurden bei der Polizei in Bordeaux Einbrüche und Diebstähle in insgesamt acht Weingütern gemeldet, bei denen ausschließlich Wein gestohlen wurde.« Er sah auf seine Notizen. »Darunter waren die fünf bekanntes-ten Châteaux, und damit auch die teuersten Spitzen-

134

weine des Weinanbaugebietes Bordelais. Die Schätzungen über den jeweiligen Schaden bezifferten sich immer zwischen sechzigtausend Euro und zweihundertzwanzigtausend Euro. Im gleichen Zeitraum wurden aus vier Weindepots edle und teure Weine aus dem Bordelais entwendet. Alle Lager waren mit sehr guten Alarmanlagen gesichert, ebenso fast alle Weinkeller. Außerdem gab es teilweise eine Spezial-Security-Objektüberwachung.«

»Welche Sicherheitsfirmen waren das?«, wollte Mélanie wissen.

»Drei Châteaux wurden von Sécurité Aquitaine bewacht, drei Weingüter von der Firma Proségur, zwei Châteaux und ein Depot von French Security, einem englischen Franchiseunternehmen. Drei Depots hatten keinen Wachdienst beauftragt.«

»Das Château Comtesse-de-la-Francis nimmt die Dienste von Sécurité Aquitaine in Anspruch«, erinnerte Pauline.

»Richtig«, entgegnete Louis. »Ebenso das Château Cheval Noir, wo der Wachmann angeschossen wurde. Das ist eines von den drei Weingütern, für deren Schutz Sécurité Aquitaine verantwortlich ist.« Er strich sich eine widerspenstige Haarsträhne aus der Stirn und fuhr mit seinem Bericht fort. »Die Namen der Weingüter wurden nicht bekanntgegeben, zum einen wegen eventueller Imageschäden, zum anderen wollte man nicht den Eindruck erwecken, dass dort leicht einzubrechen sei, um nicht noch mehr kriminelle Nachahmer zu aktivieren.«

»Ich frage mich, ob diese Art der Informationspolitik klug war?«, warf Frédéric ein.

»Eher nicht«, meinte Pauline. »Ich glaube nicht, dass man heutzutage noch etwas unter Verschluss halten kann. Außerdem reden die Leute.«

Louis näherte sich dem Ende seiner Ausführungen.

»Die Einbrecher waren Profis, so viel steht fest. Sie hinterließen so gut wie keine Spuren und reinigten beim Verlassen der Keller und Geschäfte sogar die Böden mit einem starken handelsüblichen Chlorreiniger.« Er legte seine Mappe auf den Tisch und griff nach der Kaffeekanne. »Mehr Informationen haben wir im Moment nicht.«

»Merci, Louis«, sagte Pauline.

»Was gibt es noch? Der Bericht der Spurensicherung liegt vor. Sie haben das weitläufige Terrain um den Brunnen durchkämmt, dazu gehört auch ein Gartenschuppen, und nichts gefunden.«

»Womöglich hat der Täter die Waffe, also beispielsweise einen Hammer, mitgenommen, um keine Spur zu hinterlassen«, überlegte Mélanie.

»Falls die Tatwaffe ein Stein war, könnte der Täter ihn ins Wasser geworfen oder vergraben haben. Wer weiß?«

Pauline griff nach einem Beweismittelbeutel und reichte ihn weiter. »Das ist der Schlüssel, den der Assistent von Madame Richard in einem Ledermäppchen in der Hosentasche von Jean-Baptiste Armand gefunden hat.«

In der Klarsichthülle befand sich ein Schlüssel aus Metall. Auf dem kreisrunden Griff waren die Zahl Achtundvierzig und die Buchstabenfolge GBSJ eingraviert.

»Auf dem Schlüssel befinden sich die Fingerabdrücke des Winzers und viele andere, allerdings verwischt. Auf dem Lederetui konnten nur seine Fingerabdrücke sichergestellt werden. Das Format des Schlüssels ist zu klein für ein Türschloss. Im Château Comtesse-de-la-Francis passt er nirgends, nicht in die Schlösser von Schubläden, Fächern, Aktenschränken oder Geldkassetten, weder in der Remise noch im Haupthaus.«

Frédéric griff nach dem Beutel und betrachtete nachdenklich das Indiz. Genau so einen Schlüssel hatte er erst vor Kurzem in der Hand gehabt. Jetzt fiel es ihm wieder ein. Natürlich! Er glich dem Schlüssel, den die alte Dame im Bahnhof Saint-Jean verloren hatte. Zufrieden lächelnd wandte er sich an die Kollegen. »GBSJ: Gare de Bordeaux Saint-Jean, Schließfach Nummer achtundvierzig.«

»Großartig!« Mélanie lächelte ihn an.

Pauline nickte ihm anerkennend zu, dann kam sie auf die Hautschuppen zu sprechen, die unter den Fingernägeln von Armand gefunden worden waren. »Die Ergebnisse der DNA-Analyse liegen bisher nicht vor, das kann noch etwas dauern.« Sie runzelte die Stirn. »Das Labor ist unterbesetzt. Mélanie, gibt es schon Ergebnisse aus den gestrigen Befragungen?«

Die Kommissarin blätterte in einer Akte. »Die Suche nach dem Lieferwagen läuft. Wie ihr wisst, ist Libourne mit seinen achtundzwanzigtausend Einwohnern die zweitgrößte Stadt im Département Gironde, es kann also noch dauern, bis wir den Kreis der infrage kommenden Fahrzeughalter einschränken können.«

»Es könnte auch sein, dass die Nummernschilder gestohlen waren, oder es handelte sich um gefälschte Doubletten, das wäre noch unauffälliger, weil niemand den Diebstahl seiner Nummernschilder meldet«, ergänzte Louis.

Einen Augenblick wurde er von dem Teller mit den verlockenden Gebäckstücken abgelenkt, dann warf er die Frage in den Raum: »Was haben die Männer eingeladen?«

»Weinkisten?«, spekulierte Pauline. »Was hätte das zu bedeuten?«

»Das muss nichts bedeuten. Der Stallknecht Gilbert Coussau hat recht, wenn er sagt, dass so ein Vorgang auf einem Weingut völlig normal sei.«

»Oder auch nicht.«

Er grinste. »Exakt.«

»Gilbert hat uns nicht alles erzählt«, vermutete Mélanie.

Frédéric stimmte ihr zu. »Er weiß genau, was auf diesem Château vor sich geht, er sieht viel, und er hört viel, aber er sagt es uns nicht. Sein Verhalten Armand gegenüber ist absolut loyal.«

»Auch über seinen Tod hinaus?«

»Auf jeden Fall.«

Louis ging an das Whiteboard, griff nach einem roten Stift und schrieb in großen Druckbuchstaben: *Der Fall Médoc.* »Jeder Fall braucht einen Namen, ich finde, der passt gut.«

139

Niemand hatte etwas dagegen.

Anschließend formulierte Louis die offenen Fragen und notierte sie.

*Warum werden nur ganz bestimmte Weine in teilweise kleiner Stückzahl geraubt?*

*Handelt es sich um Diebstähle auf Bestellung?* Dann ergänzte er eine Arbeitshypothese: *Da es offensichtlich kein Einzeltäter sein kann, handelt es sich um eine bandenmäßig organisierte Gruppe.*

Während er seine Ausführungen betrachtete, rieb er sich nachdenklich das Kinn. »Was ich nicht verstehe, ist, warum der Winzer Armand auf so grausame Weise sterben musste? Wir sprechen hier von Profis, die nur ein Ziel haben: so viel Profit wie möglich zu machen. Wenn jemand sie stört, eliminieren sie diese Person durch einen gezielten Schlag oder einen Streifschuss. Sie töten niemanden, wenn es nicht unbedingt sein muss.«

Nach der Besprechung beschlossen Pauline und Louis, zunächst den Inhalt des Bahnhofsschließfaches zu überprüfen. Von der Rue Mérignac aus fuhren sie am ehemaligen Zollamt vorbei, das das Musée des Douanes beherbergte. Der Boulevard führte direkt am Ufer der Garonne entlang, die an der Stelle wie eine Mondsichel gewunden war. Der Pont de Pierre überspannte den fast fünfhundert Meter breiten Fluss in siebzehn Bögen. Darunter strömte das Wasser glänzend und gurgelte um die Steinsockel. In der Ferne erhob sich die Église Sainte-Croix.

Der Bahnhof Saint-Jean lag im Süden von Bordeaux. Das Viertel war ein ärmliches Wohngebiet, manche Häuser wirkten heruntergekommen, andere standen seit vielen Jahren leer, die Fenster mit Brettern vernagelt. Aus den gepflasterten Gehwegen, dicht an den Fassaden der Gebäude, wuchsen hohe Stockrosen in rotvioletter Blütenpracht.

Louis parkte den Dienstwagen auf dem gebührenpflichtigen Parkplatz, und sie steuerten die Eingangshalle an. Aus einem Doppeldeckerbus stiegen japanische Touristen und machten begeistert Selfies, bevor ihr Reiseleiter sie weiterscheuchte.

Der Bahnhof war ein Prunkstück des Klassizismus mit einer cremeweiß gestrichenen, stuckverzierten Fassade und dem eindrucksvollen Dach, das an einen Metallbaldachin erinnerte. Einst war Saint-Jean der größte Bahnhof der Welt gewesen.

In der Halle herrschte wie immer ein reges Treiben. Gerade drängten Dutzende Reisende hinaus auf den Bahnsteig, auf dem der TGV in fünfzehn Minuten mit dem Ziel Paris abfahren würde. Die Fahrzeit betrug drei Stunden.

Die Schließfächer befanden sich auf der rechten Seite der Halle. Das Schließfach Nummer achtundvierzig fanden sie im dritten Durchgang auf der linken Seite. Pauline streifte einen Einmalhandschuh über die rechte Hand, nahm den Schlüssel aus dem Beutel und versuchte, die Tür aufzuschließen. Das Schloss klemmte, wahrscheinlich weil die Tür eingedellt und verzogen war. Sie drehte den Schlüssel vorsichtig, bis er schließlich griff. Dann zog sie die Tür auf.

Im Inneren des Faches roch es muffig, und auf dem Boden stand eine rehbraune Ledertasche, sonst nichts. Pauline nahm sie heraus und zog den Reißverschluss auf. Neugierig schauten sie hinein, und Louis stieß einen Pfiff aus, als er die Bündel, zusammengehalten von Banderolen, sah.

»Das sind mindestens dreihunderttausend Euro«, stellte er fest. »Sieh mal an.«

✦◠ ◡✦

Die Wachfirma Sécurité Aquitaine lag im Viertel La Bastide rechts der Garonne. Dort begann die Peri-

pherie der Stadt mit ihren Schnellstraßen, Super-
märkten, Ausstellungshallen, Wohnblocks und Indus-
trieanlagen. Die Räume der Firma befanden sich im
Erdgeschoss eines neu verputzten weißen Hauses. Die
gläserne Eingangstür wurde mit einer Videokamera
überwacht.

Als die Polizisten klingelten, öffnete sie sich auto-
matisch, ohne ein Geräusch zu verursachen. Der durch
eine gläserne Kuppel lichtdurchflutete Eingangsbereich war mit schlichter Eleganz eingerichtet, und
die tomatenrote Sitzlandschaft aus Leder hob sich fast
leuchtend von den kalkweißen Wänden ab. Schwarz-
Weiß-Lithographien zeigten Motive aus dem histori-
schen Bordeaux. Auf einem Schild war eingraviert:

*Sicherheitsfirma Sécurité Aquitaine*

*Inhaber Omar Darzi*

Durch eine offen stehende Tür kam ein Mann im
Rollstuhl auf sie zu, der ein weißes Hemd und eine
roséfarbene Krawatte mit winzigen Jollen darauf trug
und sie interessiert musterte. Der schmale Mund lächelte, die schwarzen Augen blickten kühl und wach-
sam. Um sein Handgelenk wand sich ein türkisblau
schillerndes Schlangentattoo.

Hinter ihm erschien eine hochgewachsene schlanke
Frau mit kurz geschnittenen platinblonden Haaren.

»*Bonjour, Mesdames et Messieurs*«, sagte der Mann. »Was führt Sie zu mir?«

Sie zeigten ihre Dienstausweise.

»Wir wollen mit dem Eigentümer der Wachfirma sprechen, Monsieur Darzi«, sagte Pauline Castelot.

»Das bin ich«, stellte er sich vor und wies auf die junge Frau neben ihm. »Das ist Katrine Lund, meine rechte Hand und Assistentin. Sie ist mir eine große Hilfe. Seit einem Autounfall vor einigen Jahren bin ich querschnittsgelähmt.«

Rocard hatte den Eindruck, dass es sich bei Darzi um einen energischen, selbstbewussten Mann handelte.

Die Stimme des Mannes wurde um einige Nuancen kälter, als er fragte: »Was wollen Sie von mir?«

»Der Winzer Jean-Baptiste Armand fiel einem Verbrechen zum Opfer«, erklärte Castelot. »Ein Wachmann Ihrer Firma wurde angeschossen, und es gab Weindiebstähle unter anderem in den Châteaux, für deren Sicherheit Ihr Unternehmen garantierte.«

Mit gerunzelter Stirn sah er sie an. »Ja, so stellt sich die Situation leider dar.« Er wies auf die Sitzgruppe. »Nehmen Sie bitte Platz. Darf ich Ihnen etwas zu trinken anbieten?«

»Nein, danke.«

»Ich möchte, dass Madame Lund bei diesem Gespräch dabei ist. Das ist doch kein Problem, oder?«

»Nein.«

Sie setzten sich um den Tisch. Darzi rieb seinen sorgfältig gestutzten Bart. »Es geht also um drei Weingüter, die von meiner Firma bewacht werden.«

»Was ist mit dem Château Comtesse-de-la-Francis?«

»Auch dafür habe ich einen Sicherheitsauftrag, aber soweit ich informiert bin, wurde dort nicht eingebrochen.«

»Das wird noch untersucht.«

»Okay. Ich denke, Ihnen ist klar, was das für mein Unternehmen bedeutet? Das ist ein Imageschaden, ein Vertrauensverlust seitens der Auftraggeber und potenziellen Kunden gegenüber meiner Firma, zusammengefasst eine geschäftliche Katastrophe.«

Rocard nickte. Da gab es nichts zu beschönigen.

»Die Eigentümer einiger Weingüter haben sich bereits bei mir gemeldet und mit Kündigung der Verträge gedroht. Sie verlangen ein neues Sicherheitskonzept.«

»Ihr Unternehmen gilt als sehr kompetent, erfolgreich und wirtschaftlich stabil. Kann es sein, dass die

Konkurrenz Ihnen schaden will, um Sie aus dem Wettbewerb zu drängen?«

Er schüttelte den Kopf. »Das kann ich mir nicht vorstellen. Alle sind gut ausgelastet und machen tüchtig Umsatz, im Bordelais gibt es etwa dreitausend Weingüter, von den Depots gar nicht zu reden.«

»Haben Sie einen anderen Verdacht?«, fragte Leroy.

»Ich will ganz offen zu Ihnen sein: Ja, ich habe in der Tat einen Verdacht. Ich vermute, dass einer meiner Angestellten ein Maulwurf ist.«

»Wie meinen Sie das genau?«

»Er verkauft interne Informationen über die Sicherungssysteme der Châteaux, die Alarmanlagen, die Videoüberwachungen und die Zeiten der Kontrollfahrten.«

»Haben Sie jemanden konkret im Verdacht?«

»Ich bin mir nicht sicher, aber vieles deutet auf eine bestimmte Person hin.«

»Auf wen?«

»Frank Mastiaux.«

»Was bringt Sie darauf?«, fragte Castelot.

»Da muss ich etwas weiter ausholen. Ich kenne Frank seit der Schule, wir waren damals schon dicke Freunde. Irgendwie bekam er nie etwas auf die Reihe und scheiterte so ziemlich an allen Aufgaben und

Herausforderungen. Dann haben wir uns lange Jahre aus den Augen verloren, doch eines Tages tauchte er plötzlich hier auf und hat mich nach Arbeit gefragt. Ich habe ihn eingestellt, um der alten Zeiten willen.« Er und seine Assistentin tauschten einen Blick. »Eine Weile lief es gut, er war pünktlich und zuverlässig, eine echte Bereicherung. Doch dann hat seine Frau ihn verlassen, und er hat sich geweigert, Unterhalt für die beiden Kinder zu zahlen. Deshalb kam es zu einer Lohnpfändung, und infolgedessen reicht sein Einkommen nicht mehr für seinen Lebensunterhalt, oder sagen wir besser: für seinen Lebensstil.«

»Was wollen Sie damit sagen?«, hakte Leroy nach.

»Es gibt Gerüchte, dass er häufig in Spielhallen verkehrt. Einige seiner Kollegen glauben, dass er spielsüchtig ist.«

»Haben Sie mit ihm geredet?«

»Ja, aber er hat alles abgestritten. Ich habe ernsthaft über eine Kündigung nachgedacht, aber ich war mir eben nicht sicher. Deshalb habe ich einen anderen Plan durchgeführt und ganz kurzfristig die Zeiten der Kontrollfahrten geändert, indem ich meine jeweiligen Angestellten auf ihren Fahrten angerufen und die neuen Uhrzeiten durchgegeben habe. So kam es leider zu dem Zwischenfall mit meinem Angestellten Alain, der auf Château Cheval Noir angeschossen wurde. Die beiden Sicherheitsleute kamen früher als geplant und haben die Weindiebe überrascht. Es konnte keiner damit rechnen, dass ein Einbrecher sofort das Feuer eröffnen würde.«

Nachdenklich schwieg er für einen Augenblick, dann straffte er die breiten Schultern und fuhr fort. »Einmal habe ich ihm eine Falle gestellt. Ich habe ihn angerufen und den Zeitplan geändert, aber er hat sich nicht daran gehalten, so dass es zu einem weiteren Einbruch kam. Hinterher hat er mir erzählt, dass er deshalb so spät zu dem Château kam, weil der Dienstwagen nicht ansprang. Eine schwache Batterie, so erklärte er es mir.«

»Hätte nicht eine zweite Person bei ihm sein sollen, die das hätte bestätigen können?«, fragte Pierrot nach.

»Der Kollege hatte sich kurzfristig krankgemeldet, und ich konnte so schnell keinen Ersatz finden. Katrine hat mich am nächsten Tag mit dem betreffenden Fahrzeug in unsere Werkstatt gefahren, und dort wurde mir mitgeteilt, dass die Batterie tatsächlich altersschwach sei. Daraufhin habe ich sie selbstverständlich sofort auswechseln lassen.« Er sah ernst in die Runde. »Ich werde Frank kündigen, sonst steht mein Unternehmen vor dem Aus.«

»Lassen Sie erst uns mit ihm reden«, forderte Castelot. »Vielleicht gesteht er.«

Darzi überlegte. »In Ordnung, dann hätte ich einen wasserdichten Kündigungsgrund. Es war dumm von mir, ihm wegen einer alten Freundschaft so lange die Stange zu halten.«

Dazu äußerte Pauline sich nicht. »Hat er heute Dienst?«

»Er hat ein paar Tage Urlaub genommen.«

»Geben Sie uns bitte seine Adresse.«

»Er wohnt im Bahnhofsviertel, Rue Malbec 14.«

»Können Sie ein Foto von ihm an mein Smartphone senden?« Sie schrieb ihre Nummer auf und reichte ihm den Zettel. »Merci, Monsieur Darzi, wir melden uns.«

Nachdem Darzi sie zur Tür begleitet und sie verabschiedet hatte, sahen er und Katrine sich an. Ihre Augen funkelten eisig. »Für einen Geschäftsmann bist du zu philanthropisch«, sagte sie. »Du hättest auf mich hören und ihn früher feuern sollen.«

»Ich weiß.« Er lächelte sie an. »Das wird schon wieder, Chérie. Komm, lass uns mittagessen und ein Glas Wein trinken gehen.«

Für den Nachmittag hatte Michelle Pauline Castelot und ihr Team in der Reha-Klinik für Kinder und Jugendliche in Rochefort angekündigt. Sie fuhren von La Bastide auf die Stadtautobahn, zogen an der Mautstation ein Ticket und fädelten sich auf der A10 in die rechte Spur ein. Bei der ruhigen Verkehrslage und dem offensiven Fahrstil von Louis würden sie die geschichtsträchtige Hafenstadt in einer guten Stunde erreichen. Rochefort lag fünfzehn Kilometer von der Küste entfernt, wo die Gezeiten für einen beachtlichen Tidenhub sorgten. Geschützt wurde es durch die Île d'Oléron, die wie ein gestrandeter Fisch vor der Mündung lag.

Sie durchquerten das Stadtzentrum, kamen an der von Platanen beschatteten Place Colbert vorbei, auf der ein Trödelmarkt stattfand, und gelangten an den Fluss. Dort trug eine Schwebefähre Touristen an das andere Ufer.

Die Klinik lag außerhalb der Stadt auf einem grünen Hügel, und es gab fünf vierstöckige Gebäude in unterschiedlichen Farben, die verstreut in einem Park lagen. Zwischen den Bäumen, Sträuchern und Blumenrabatten standen Bänke. Im Schatten einer knorrigen Pinie spielten vier Jugendliche Tischtennis. Im orangenen Haus befand sich im Erdgeschoss ein Hallenbad mit einem Schwimmbecken, in dem Patienten ihre Bahnen zogen. Daneben nahm eine Kindergruppe in einem flachen Becken mit Schwimmnudeln an einer Wassergymnastikstunde teil. Durch ein geöffnetes Fenster drang Musik heraus.

Die Anmeldung befand sich im blauen Haus. Hinter der Empfangstheke saß eine Frau mittleren Alters mit einer unvorteilhaften asymmetrischen Frisur, die sie anlächelte und freundlich begrüßte. Rocard zeigte seinen Dienstausweis und erklärte ihr, worum es ging.

»Sie wollen zu Eveline Armand? Sie ist im Aufenthaltsraum im ersten Stock. Gehen Sie einfach die Treppe hoch.«

Der Aufenthaltsraum entpuppte sich als weitläufige grüne Oase mit mannshohen Bananenstauden, Palmen und Zitronenbäumchen, über die sich eine gewaltige Glaskuppel wölbte. An deren Westseite spannte sich ein Segel, um die grellen Sonnenstrahlen abzuschirmen. Dennoch war es heiß und stickig. Jenseits der Kuppel zog eine Schar Silbermöwen über den lichtblauen Himmel in Richtung Atlantik. Dieser gläserne Kokon vermittelte das Gefühl, über der Erde zu schweben.

Neben einem Goldfischteich saß ein Mädchen auf einer cremefarbenen Leinencouch und starrte auf die sich tummelnden Fische und das wogende Seegras. Sonst war niemand zu sehen. Sie trug eine hellblaue Baseballkappe, unter der dunkle Locken hervorlugten. Ihr Profil war zart und ebenmäßig. Neben ihr lagen ein Smartphone und die Zeitschrift *Paris Match*. Als sie Schritte hörte, wandte sie ihnen das Gesicht zu. Die Augen hinter den Brillengläsern waren vom Weinen gerötet, die Lider geschwollen. Sie stand auf und begrüßte sie.

»*Bonjour*, mein Name ist Eveline Armand. Sie sind bestimmt die Polizisten aus Bordeaux.«

Castelot nickte. »Ja, das sind wir.«

Eveline wies auf die weichen Sessel, die um den Tisch gruppiert standen. Leroy fand, dass man von ihrer tiefen Trauer regelrecht angesprungen wurde. Eveline wirkte am Boden zerstört.

»Warum lässt man dich hier alleine?«, fragte sie. »Darf ich du sagen?«

»Klar, kein Problem.«

»Du solltest doch Menschen um dich haben, die dir beistehen.«

»Das habe ich auch, Ärzte und Therapeuten kümmern sich um mich, aber ich will lieber alleine sein, da kann ich besser nachdenken. Meine Gruppe macht einen Ausflug, und ich bin wegen unserer Verabredung hiergeblieben. Das macht mir gar nichts aus, wir machen ständig Unternehmungen.«

Castelot sagte: »Zunächst möchten wir dir unser aufrichtiges Beileid aussprechen.«

Sie schluckte. »*Merci beaucoup.*«

»Wie hast du vom Tod deines Vaters erfahren?«

»Mein Therapeut, Silvain Buteil, hat es mir gesagt, nachdem die *police judiciaire* hier angerufen hatte. Da ging ich noch von einem Unfall aus, doch gestern Abend las ich in einer Pressemeldung im Internet, dass er getötet wurde. Deshalb hatte ich heute Morgen eine außerplanmäßige Sitzung mit meinem Therapeuten.«

»Hast du vor, zu deiner Mutter nach Kolumbien zu gehen?«, wollte Pierrot wissen.

Entschlossen schüttelte sie den Kopf. »Nein, da will ich nicht hin. Wir haben zwar ein gutes Verhältnis und telefonieren hin und wieder, ich habe sie auch schon zweimal in Cartagena besucht, aber dort leben möchte ich nicht. Ich will auf unser Weingut zurück, zu Gilbert, Babette, Grégoire und den anderen, und dort mitarbeiten. Dabei geht es mir bestimmt besser, als im Hallenbad mit diesen albernen Nudeln herumzuhantieren. Manchmal komme ich mir vor wie im Kindergarten. In einigen Monaten werde ich sowieso achtzehn, dann kann ich machen, was ich will. Ich habe mit Papas Anwalt telefoniert, er hat versprochen, mich in den nächsten Tagen abzuholen und nach Hause zu bringen. Schließlich ist das hier kein Gefängnis.«

»Du solltest doch hier zu Kräften kommen?«

»Ich bin bei Kräften, ich will auf unser Gut zurück und wieder eine richtige Schule besuchen. Ich werde das Baccalauréat machen und mich anschließend an der Universität von Bordeaux einschreiben. Mein Wunsch ist es, Tierärztin zu werden.«

»Wir haben im Arbeitszimmer deines Vaters einen Brief von dir gefunden«, sagte Castelot. »Darin schreibst du, dass dich jemand hier in der Rehaklinik in deinem Zimmer überfallen wollte.«

»Manchmal denke ich, wenn Papa sich danach sofort auf den Weg zu mir gemacht hätte, würde er jetzt noch leben. So habe ich ihn überhaupt nicht mehr gesehen. Haben Sie schon einen Verdacht, wer ihn getötet hat?«

Castelot schüttelte den Kopf. »Leider noch nicht, aber ich verspreche dir, dass wir denjenigen finden werden.«

Rocard runzelte die Stirn. So ein Versprechen machte man bei der Polizei üblicherweise nicht.

Castelot kam auf den Fall zurück. »Was ist in jener Nacht geschehen?«

»Es war gegen zwei Uhr, ich konnte nicht schlafen und betrachtete die Sterne. Da tauchte plötzlich wie aus dem Nichts eine schwarze Person auf dem Balkon auf und versuchte, die Tür auszuhebeln.«

»Hatte sie ein Werkzeug dabei?«

»Ja, ein Nageleisen, damit geht das ganz schnell.«

»Du kennst dich aber gut aus.«

Sie schien sich darüber zu freuen. »Wenn ich zuhause bin, helfe ich oft in der Werkstatt mit. Benoît hat mir beigebracht, wie man Reifen wechselt, die Bremsen kontrolliert und einen Ölwechsel macht.«

»Kannst du die Person beschreiben?«

»Sie war schwarz gekleidet. Das Gesicht konnte ich nicht erkennen.«

»War es eine Frau oder ein Mann?«

»Es könnte beides gewesen sein, die Person war klein und schlank, aber es gibt ja auch kleine Männer.«

»Das hast du recht. Wie ging es weiter?«

»Ich bin aus dem Zimmer gerannt und habe Hilfe geholt, aber die Person war verschwunden.«

»Du meinst, sie ist über den Balkon geflohen?«

»Ja, anders geht das nicht, die Nachbarbalkone sind zu weit weg. Aber über die Regenrinne ist es möglich, das habe ich selbst ausprobiert.«

Rocard musste ein Lächeln unterdrücken. Eveline war genauso unerschrocken und zupackend wie seine eigene Tochter. Bei dem Gedanken an sie fuhr ihm ein greller Schmerz durch die Brust.

Eveline starrte düster auf die Goldfische.

»Das Personal hat mir nicht geglaubt, dass da jemand war. Sie meinten, ich hätte schlecht geträumt. Aber da war jemand, das weiß ich genau.«

»Wir glauben dir«, beteuerte Rocard. »Kannst du dir vorstellen, warum jemand deinen Vater töten sollte?«

»Nein, ganz und gar nicht. Selbstverständlich gab es immer wieder mal Ärger oder Meinungsverschiedenheiten mit Kunden oder Großhändlern, aber deswegen tötet man niemanden. Die Angelegenheit wird geklärt und fertig, das hat mein Vater immer gesagt.«

»Als du nach dem Krankenhausaufenthalt wieder zuhause warst, war da etwas anders als sonst, kam es zu sonderbaren Vorfällen?«

»Mir fällt nichts ein.«

»Wir haben im Moment keine Fragen mehr«, sagte Castelot. »Wir lassen unsere Visitenkarten hier und bitten dich anzurufen, wenn dir etwas einfällt. Das gilt auch, wenn du unsere Hilfe brauchst. Das meine ich ernst.«

Dafür erntete sie ein schiefes Lächeln. »Merci, Madame le Commissaire.«

»Wir möchten mit deinem Therapeuten reden. Weißt du, wo wir ihn finden können?«

Eveline sah auf ihre Armbanduhr. »Um diese Zeit ist er mit den Therapiestunden fertig und raucht meist im Pavillon in Ruhe eine Pfeife. Wenn Sie aus dem Haus gehen, führt rechterhand eine Treppe zu einem Schachfeld, gehen Sie daran vorbei und weiter zu einem Birkenwäldchen.«

Sie fanden Evelines Psychotherapeuten tatsächlich im Pavillon. Er saß auf einer Bank, betrachtete eine Blaumeise, die auf einem Birkenzweig wippte, und zog genüsslich an seiner Pfeife. Ein würziger Duft lag in der Luft, Pierrot meinte einen Hauch Zimt wahrzunehmen.

»Sind Sie Silvain Buteil?«, vergewisserte sich Castelot.

Wasserblaue Augen musterten sie. »Ja, und wer sind Sie?«

»Wir möchten mit Ihnen über Eveline Armand sprechen«, erklärte Castelot. »Dürfen wir uns zu Ihnen setzen?«

»Selbstverständlich.« Der kleine schlanke Mann mit den nach hinten gekämmten grauen Haaren wies auf eine weitere Bank. Er trug eine braune Cordhose, ein rot-weiß kariertes Hemd und eine burgunderrote Fliege. Mit einem Finger schob er die Nickelbrille auf der Nase zurecht.

»Zunächst muss ich Sie darauf hinweisen, dass ich der Schweigepflicht unterliege. Ich kann nur allgemeine Fragen beantworten.«

»Wir ermitteln in einem Mordfall.«

»Ich weiß, und ich werde mich bemühen, Ihnen zu helfen. Was möchten Sie über Eveline wissen?«

»Es geht um den Einbruch in ihr Patientenzimmer. Wie beurteilen Sie diese Schilderung?«

»Sie hat Ihnen sicherlich erzählt, dass das Personal ihr nicht geglaubt hat.«

»Haben Sie ihr geglaubt?«

Er wiegte abwägend den Kopf. »Wir haben lange darüber gesprochen, und ich habe mir viele Gedanken gemacht. Ich glaube, dass sie sich den Vorfall mit an Sicherheit grenzender Wahrscheinlichkeit eingebildet hat.« Nachdenklich zog er an seiner Pfeife.

»Eveline leidet an einer posttraumatischen Belastungsstörung, ausgelöst durch den langen Krankenhausaufenthalt, die anstrengende Therapie, die Ungewissheit und vor allem die Angst vor dem Tod. Es war lange Zeit nicht klar, ob sie es schafft. Sie ist ein tapferes Mädchen, aber in so einer dramatischen Lebenssituation hat jeder unvorstellbare Angst. Deshalb kann ich mir gut vorstellen, dass es diesen Einbrecher nicht gibt, er ist sozusagen ein Phantom. Ich will damit nicht behaupten, dass sie lügt. Sie glaubt, dass sie ihn gesehen hat. Möglich ist auch, dass sie einen Alptraum hatte und die Vorstellung von der Realität nicht unterscheiden konnte.«

»Sind Sie sicher?«, wollte Leroy wissen.

Milde lächelte er sie an. »Nein, das ist meine Einschätzung.«

»Wie geht es jetzt mit ihr weiter?«

»Sie will die Klinik so schnell wie möglich verlassen und so, wie ich sie kenne, wird sie das schaffen. Rechtlichen Beistand hat sie bereits organisiert, einen Rechtsanwalt der renommiertesten Sozietät in Bordeaux. Wenn das Jugendamt sich querstellt, wird er eine einstweilige Verfügung erwirken. Sie ist schließlich kein Kind mehr.«

»Nach dieser schlimmen Krankengeschichte hat

sie auch noch ihren Vater verloren«, merkte Rocard an.

»Sie ist stark, und ich gebe ihr recht mit der Einschätzung, dass sie unter diesen Umständen in ihrem gewohnten Umfeld am besten aufgehoben ist. Bevor sie abreist, werde ich ihr jedoch empfehlen, die Psychotherapie fortzusetzen. In Bordeaux wird sich sicher ein geeigneter Therapeut finden.«

Stirnrunzelnd sah er auf seine Pfeife. Sie war ausgegangen, und er steckte sie mit einem langen Streichholz wieder an.

»Eine Frage habe ich noch, Monsieur Buteil«, meldete sich Leroy. »Ich weiß, dass Sie über die Inhalte der Sitzungen nichts sagen dürfen, aber vielleicht ist Ihnen etwas aufgefallen, das uns weiterhelfen könnte. So ganz allgemein?«

Er lächelte. »So ganz allgemein … Sie sind hartnäckig, Madame le Commissaire. Also gut, ich glaube, so viel kann ich sagen: Eveline hat immer wieder über Alpträume geklagt, deren Inhalte in keinem Zusammenhang mit ihrer Lebenssituation standen. Natürlich sind die Botschaften verschlüsselt, doch auch im übertragenen Sinne scheinen sie sich auf etwas anderes zu beziehen, aber vielleicht täusche ich mich auch. Sie selbst konnte sich das auch nicht erklären.«

»Sie meinen, ihr ist noch etwas Schlimmes passiert?«

»Die Psychotherapie ist keine exakte Naturwissenschaft, es ist mir nur aufgefallen.«

»Merci, Monsieur Buteil.«

Gegen neunzehn Uhr klingelten Pauline Castelot und Frédéric Rocard bei dem Wachmann Frank Mastiaux in der Rue Malbec 14. Er wohnte in einem zweistöckigen Haus, dessen Fassade mit fleckigen Steinplatten versehen war. Neben dem himmelblauen Kellerzugang, durch den in früheren Zeiten Eierkohlen geschüttet worden waren, erhob sich eine schneeweiß blühende Stockrose. Der blaue Lack der Haustür blätterte ab. Das angrenzende Nachbarhaus war pink gestrichen und beherbergte ein Nagelstudio. Autos quälten sich dicht an dicht durch die zugeparkte Kopfsteinpflasterstraße, ab und zu hupte ein Fahrer genervt. Es roch nach Abgasen.

Niemand reagierte auf das Klingeln. Frédéric betätigte die Türglocken für das Erdgeschoss und den zweiten Stock, um wenigstens in den Hausflur zu gelangen, doch die Bewohner schienen ebenfalls nicht zuhause zu sein.

»Ich gehe rein«, schlug er vor. »Vielleicht ist er doch da und macht die Tür nicht auf.«

Castelot nickte das illegale Eindringen etwas widerwillig ab, und schon hatte er mithilfe eines Multipicks und eines passenden Spanners das Schloss geknackt und verschwand im Haus. Keine fünf Minuten später war er zurück. »Die Wohnung ist leer.«

»Wo könnte er sein?«, überlegte Pauline.

Frédéric deutete auf ein grell erleuchtetes grünes Neonschild, das sich die Straße hinunter deutlich von der tristen Hauswand absetzte. »Da ist eine Spielhalle, versuchen wir unser Glück.«

Obwohl es draußen noch taghell war, flackerten Neonröhren an der hohen Decke und tauchten den rechteckigen Raum, der wie eine ehemalige Lagerhalle aussah, in kaltes weißes Licht. An den Wänden standen verschiedene Spielautomaten und Flipper, die kakophonisch lärmten, hektisch blinkten und fast alle besetzt waren. Es waren überwiegend Männer zugange, aber auch einige Frauen, die sich auf die Automaten konzentrierten und ihre Umgebung nicht wahrzunehmen schienen. Dicker Zigarettenqualm waberte durch den Raum. An der Kopfseite gab es eine schmuddelige Bar, vor der sich vier Hocker reihten, auf denen Gäste saßen und schweigsam tranken. Keiner redete mit seinem Nachbarn. Neben der Tür, die zu den Toiletten führte, lehnte ein Wachmann in schwarzer, martialisch wirkender Uniform und rauchte gelangweilt. Aus Lautsprechern schallte Rap-Musik, von der Mélanie Kopfschmerzen bekam. Sie fragte sich, wie einsam, verzweifelt und spielsüchtig jemand sein musste, um sich freiwillig in diesem öden Raum aufzuhalten, dessen Atmosphäre deprimierend war.

Frank Mastiaux umklammerte eine Flasche Kronenbourg, warf Münzen in einen einarmigen Banditen und verlor. Im Vergleich zu der Porträtfotografie aus der Personalakte, die Darzi geschickt hatte, sah er völlig heruntergekommen aus. Sein eingefallenes Gesicht war fahl, die dunklen Haare ungepflegt, die Jeans fleckig und das Hemd zerknittert. Verzweifelt starrte er auf den Automaten, als hätte der sein letztes Geld gefressen. Die Hand mit der Bierflasche zitterte unkontrolliert. Die andere Hand ballte er zur Faust und versetzte dem einarmigen Banditen einen kräftigen Hieb. Schon stand der Wachmann neben ihm.

»Raus hier, du versoffener Penner«, wies er ihn in barschem Befehlston an.

Mastiaux fuhr zusammen, und zunächst hatte es den Anschein, als wolle er auf den uniformierten Mann losgehen, doch er überlegte es sich anders, stellte stattdessen resigniert die leere Bierflasche ab und schlich wie ein geprügelter Hund auf den Ausgang zu. Die Kommissare folgten ihm.

Auf der Straße sprach Castelot ihn an und zeigte ihren Ausweis. »Wir wollen mit Ihnen sprechen, Monsieur Mastiaux.«

Aus blutunterlaufenen Augen versuchte er, ihrem Blick standzuhalten, dann winkte er ab und ging einfach weiter. Sein Gang wirkte unsicher. Rocard stellte sich ihm in den Weg. »So funktioniert das nicht, Monsieur. Wo können wir in Ruhe reden?«

Der Mann starrte ihn nur an, dann hetzte sein Blick flackernd hin und her, als suche er einen Fluchtweg.

»Sie wohnen hier in der Nähe, gehen wir doch in Ihr Appartement.«

»Lassen Sie mich in Ruhe.«

»Okay, dann werden Sie uns jetzt auf die Wache begleiten.«

Verunsichert musterte er Rocard und lenkte ein. »Also gut, kommen Sie mit.«

Sie begleiteten ihn zu seiner Haustür und über eine ausgetretene Treppe, die von einer nackten Glühbirne beleuchtet wurde, in den ersten Stock. In seiner Wohnung knipste er das Licht an und führte sie durch einen winzigen Flur in das Wohnzimmer. Auf dem Tisch stapelten sich leere Pizzakartons, umgefallene Bierflaschen lagen kreuz und quer, ein überquellender Aschenbecher stand an der Kante, und eine halb volle Flasche billiger Weinbrand thronte in der Mitte des Stilllebens. Auf dem Fußboden lagen verstreut Zeitschriften, Wettscheine und Kleidungsstücke. Die Luft war abgestanden, und es roch säuerlich. Sie setzten sich auf das Sofa und einen Stuhl, den Mastiaux heranzog.

»Verdammt, sagen Sie mir endlich, was Sie von mir wollen. Ich habe mein letztes Geld verspielt, ich habe keinen Cent mehr in der Tasche, und dann tauchen auch noch Sie auf.«

Castelot und Rocard tauschten einen Blick. Sie wollte, dass er die Befragung übernahm.

»Wir haben heute mit Ihrem Chef gesprochen«, begann er. »Es ging um die Einbrüche in Weingüter, die die Dienstleistungen von Sécurité Aquitaine in Anspruch nehmen. Ihr Chef ist davon überzeugt, dass Sie etwas damit zu tun haben.«

»Ich? Ich bin doch kein Einbrecher!«

»Nein, aber er hat den Verdacht, dass Sie interne

Informationen an die Einbrecher weitergeben, damit sie ungestört die Weinkeller ausräumen können. Das ist juristisch gesehen Beihilfe zu einer Straftat.«

»Was reden Sie denn da? So ein Unsinn! Diese Vorwürfe können Sie nicht beweisen. Verlassen Sie sofort meine Wohnung!«

Rocard ignorierte die Aufforderung und setzte ihn weiter unter Druck. »Zunächst ging es schlicht um Informationen, die Sie weitergegeben haben, danach fanden die Einbrüche statt, bei denen Wein gestohlen wurde. Dann ist das Ganze eskaliert, ein Wachmann wurde angeschossen, ein Winzer ermordet. Jetzt kommen Sie nicht mehr mit einem blauen Auge davon, das ist Beihilfe zu gefährlicher Körperverletzung und Mord. Das ergibt etliche Jahre im Gefängnis.«

Der Wachmann sah ihn entsetzt an. »Aber …«

»Wenn Sie jetzt kooperieren und ein Geständnis ablegen, kann sich das strafmildernd auswirken.« Rocard machte eine kurze Pause, dann ging er ihn scharf an. »Wer hat in der Nacht vom vierten auf den fünften Juni Jean-Baptiste Armand getötet?«

Mastiaux fuhr erschrocken zusammen. »Sie irren sich, damit habe ich nichts zu tun! Über dieses Weingut wollten sie überhaupt keine Infos, es hat sie nicht interessiert.«

Sein Gesicht wurde feuerrot, auf seiner Stirn bildeten sich Schweißtropfen.

»Wer sind ›sie‹?«

»Hören Sie, ich habe wirklich nichts gemacht, nur ein bisschen aus dem Nähkästchen geplaudert. Das sind doch keine Geheimnisse. An Informationen über Alarmanlagen oder Videoüberwachungen kann man doch herankommen, wenn man zum Beispiel an einer Weinverkostung und einer Führung teilnimmt und sich ein wenig umsieht.«

»So einfach ist das nicht, das wissen Sie ganz genau. Sie haben die Zeiten der Kontrollfahrten verraten, damit die Weindiebe leichtes Spiel hatten.«

»Ich werde meinen Job verlieren.«

»Vermutlich, aber das interessiert mich nicht. Ich will jetzt Namen hören.« Rocards Stimme war kalt wie Eis.

»Ich kenne keine Namen.«

»Wie ist das Ganze abgelaufen?«

Er seufzte. »Kann ich mir ein Glas Weinbrand einschenken? Meine Nerven flattern.«

»Nein. Ich höre.«

»Eines Tages hat mich in der Spielhalle ein Mann angesprochen und sich als Michel vorgestellt.«

»Wie sah er aus?«

»Ganz durchschnittlich, mittelgroß, eher schlank, um die vierzig, dunkle Haare. Er trug Jeans, Sportschuhe und einen Kapuzenpullover.« Mastiaux stockte und starrte ins Leere.

»Weiter!«

»Ich hatte wieder einmal mein ganzes Gehalt verspielt, wollte aber unbedingt weitermachen, ich war mir sicher, dass eine Glückssträhne bevorstand. Er bot mir Geld an, zweihundert Euro, dafür wollte er wissen, wie man im Château Beauregard die Alarmanlage ausschaltet und wann der Sicherheitsdienst nach dem Rechten sieht. Erst habe ich mich geweigert, aber ich musste doch weiterspielen.« Gierig blickte er auf die Schnapsflasche. »Also sagte ich ihm, was er wissen wollte, und er drückte mir hundert Euro in die Hand. Den Rest wollte er mir bei unserem nächsten Treffen geben. Er verlangte, dass wir uns eine Woche später in einer Kneipe in der Nähe des Bahnhofs treffen.« Zermürbt rieb er sich die Augen. »Von da an hatten wir regelmäßig Verabredungen, den Zeitpunkt gab immer er vor. Er rief von Telefonzellen auf meinem Handy an, und ich hatte zu erscheinen. Ich wollte das nicht, und als mir klar wurde, was da lief, wollte ich aussteigen, aber dieser Michel hat mich erpresst. Ich würde schon viel zu tief drinstecken, und mein Chef werde sich sicher brennend für meine Aktivitäten interessieren, drohte er mir.«

»Wann treffen Sie sich wieder?«

»Morgen um neunzehn Uhr.«

»Wie heißt die Kneipe?«

»Im Au Brochet d'Or, Zum Goldenen Hecht, Rue Lafiteau 3.«

»In Ordnung. Sie werden hingehen und ihm falsche Informationen geben. Wir kümmern uns um den Rest. Falls Sie sich absetzen, werden wir Sie zur Fahndung ausschreiben.«

»Wo sollte ich denn hin?«

»Halten Sie sich an unsere Absprache. Bonsoir, Monsieur Mastiaux.«

Als die Polizisten die Wohnung verlassen hatten, griff Mastiaux nach der Schnapsflasche und leerte sie in einem Zug. Niedergeschlagen dachte er an seine Familie, die er verloren hatte. Nie im Leben hätte er es für möglich gehalten, so tief zu fallen.

❧ ☙

Louis stellte seinen Citroën auf einem Dauerparkplatz in einer Tiefgarage ab und lief die wenigen Meter zu dem kleinen Kanal, der zur Garonne führte. Silberpappeln, an denen Fahrräder lehnten, reihten sich am Ufer, auf der anderen Seite der Straße erhoben sich rote Backsteinhäuser. Hier lag sein Hausboot. Den Rumpf hatte er taubenblau gestrichen, die Sprossenfenster und die Tür weiß lackiert. Zum Kanal hin gab es eine Terrasse, die knapp über dem Wasser schwebte. Darauf waren die unterschiedlichsten Gefäße verteilt, die er auf Trödelmärkten gesammelt und bepflanzt hatte. In der Dämmerung leuchteten an der Reling winzige solarbetriebene Lampions in allen Farben.

Über einen Steg gelangte er an Bord. Dicht neben seinem Boot lag das seiner Nachbarin, die Vordächer berührten sich beinahe. An der lindgrünen Seitenwand hatte sie ein Magnetschachbrett befestigt, auf dem sie gegeneinander spielten. Wenn jemand nach Hause kam, das Boot verließ oder einfach Lust hatte, machte er einen Zug. Persönlich sahen sie sich nur selten. Gestern hatte es so ausgesehen, als ob er gewinnen würde, jetzt klebte sein gestürzter König am Brett, schachmatt durch einen genialen Zug von ihr.

»Bonsoir, Louis«, erklang eine sanfte Stimme.

Er schaute um die Ecke und entdeckte sie auf ihrem Außensitz. »Bonsoir, Romy.«

»Haben Sie Lust auf ein Glas Rotwein?«

»Gerne.« Er setzte sich zu ihr, und sie schenkte ein. »À votre santé.«

Schweigend tranken sie und blickten auf das grün-schwarze Wasser, auf dessen Oberfläche sich die Straßenlampen spiegelten. Die Duftlichter auf dem Tisch flackerten im Abendwind, und es roch nach Lavendel. Im Kerzenlicht sahen Romys rote Locken aus wie ein Feuerschweif. Sie umrahmten ihr blasses Gesicht mit den Sommersprossen und den grünen Katzenaugen.

»Wie sind Ihre Geschäfte heute gelaufen?«, erkundigte er sich.

Sie sammelte Treibholz am Atlantikufer und bemalte es mit maritimen Motiven. Ihr Verkaufsstand war ein einfacher Holztisch zwischen zwei Pappeln. Die Touristen waren begeistert von ihren Kunstobjekten.

»Ich kann mich nicht beklagen. Das Motiv mit den Wolken und den Möwen geht besonders gut.«

»Wenn die Touristen wieder abgereist sind, freuen sie sich über ein schönes Souvenir.«

Wieder schwiegen sie eine Weile und genossen die Ruhe und den Wein.

»Didier ist tot«, sagte sie unvermittelt. Didier war ein alter Clochard, der manchmal auf einer Bank am Ufer übernachtete.

»Didier? Was ist denn passiert?«

»Er lag einfach tot auf der Bank. Ein Leichenwagen hat ihn mitgenommen.«

Louis dachte wehmütig an den sympathischen alten Mann, der obdachlos gewesen war und so gerne Armagnac getrunken hatte. Manchmal hatte er sich zu ihm auf die Bank gesetzt, ihm eine Flasche spendiert, dazu eine Schachtel filterlose Gitanes, und sie hatten sich über Gott und die Welt unterhalten.

»Er sollte auf einem städtischen Friedhof begraben werden«, erzählte sie, »ohne Kreuz und Schildchen. Ich finde das traurig, deshalb habe ich beschlossen, die Kosten dafür zu übernehmen. Übermorgen ist die Beerdigung.«

Louis lächelte sie an. Sie sah wunderschön aus, und er fragte sich, warum ihm das vorher noch nie aufgefallen war?

»Gehen wir zusammen?«

»Ja.«

# 12. JUNI

Das Sonderermittlerteam versammelte sich im Besprechungszimmer, und weil Michelle einen freien Tag hatte, waren Mélanie und Louis für Kaffee und Chocolatines zuständig.

»Der Bericht der Spurensicherung liegt vor, die Kollegen haben die Remise und den Weinkeller untersucht«, begann Pauline. »In dem Gebäude befinden sich natürlich überall Fingerabdrücke von Jean-Baptiste Armand und seiner Tochter Eveline. Von der Hauswirtschafterin Madame Delisse müssen Abdrücke für einen Vergleich genommen werden. In der Remise sind Besucher, Freunde, Angestellte ein und aus gegangen, deshalb verspreche ich mir davon nicht viel.«

Frédéric nickte. »Das ist immer das Problem, außer wir haben Glück, und entsprechende Abdrücke sind in Polizeidateien hinterlegt.«

Seine Chefin fuhr fort: »Im Weinkeller wurde definitiv nicht eingebrochen, der Verwalter hatte recht.«

Das Faxgerät begann zu rattern, Louis zog ein Blatt Papier aus dem Eingangsfach und warf einen Blick darauf. »Es ist der Laborbericht über die DNA-Analyse der Hautschuppen.« Er seufzte. »Dieser genetische Fingerabdruck ist nicht im System. Das wäre auch zu einfach gewesen.«

Er griff nach einem Chocolatine und biss herzhaft hinein. »Köstlich, die von meinem Bäcker sind die besten.«

Mélanie trank einen Schluck Kaffee und berichtete, dass es bei der Suche nach den Fahrzeugkennzeichen keine Fortschritte gebe.

»Wieso dauert das so lange?«, wollte Louis wissen.

Seine Kollegin zuckte mit den Schultern. »Das weiß ich nicht, aber ich werde noch einmal nachhaken.«

»Ich habe das Geld aus dem Bahnhofsschließfach nachgezählt«, informierte Louis seine Kollegen. »Es sind exakt dreihundertzwanzigtausend Euro. Das Geld liegt im Tresor der Asservatenkammer.«

»Warum deponierte Armand so viel Geld in einem Fach im Bahnhof?«, überlegte Pauline. »Das ist doch viel zu riskant.«

»Die Fächer sind videoüberwacht.«

»Trotzdem, warum hat er es nicht zur Bank gebracht?«

»Dort hatte er Verbindlichkeiten.«

»Eine andere Bank?«

»Schon eher, vielleicht musste das Geld schnell verschwinden, und er wollte es zeitnah holen und sicher
deponieren.«

»Schwarzgeld?«

»Ja, vermutlich, aber wir kennen die Hintergründe
nach wie vor nicht.«

»Der Einbruch bei Eveline geht mir nicht aus dem
Kopf«, bemerkte Frédéric.

»Hat er denn nun tatsächlich stattgefunden?«

»Ich fand die Aussage des Mädchens glaubwürdig«,
meinte Mélanie. »Für das, was sie alles hinter sich hat,
macht sie einen absolut klaren Eindruck.«

»Ihr Psychotherapeut sieht das anders.«

»Ja, aber auch er kann sich täuschen.«

»Und falls der Einbruch stattgefunden hat, was ist
das Motiv? Hängt er mit dem Mord an dem Winzer
zusammen, oder gibt es einen anderen Grund dafür?«

»Ich habe noch nicht daran gedacht, dass es einen
Zusammenhang geben könnte«, sagte Pauline nachdenklich. »Aber welcher könnte das sein?«

»Hatte das Mädchen Wertsachen im Zimmer?«, überlegte Louis.

»Normalerweise gibt es Tresore in den Zimmern«, wusste Mélanie. »Was hat ein Mädchen schon dabei? Ein bisschen Bargeld, ein Smartphone, Modeschmuck? Deswegen bricht doch niemand ein, noch dazu in ein Krankenhaus, wo sich so viele Leute aufhalten. Schon an der Regenrinne hätte ihn jemand beobachten und die Polizei rufen können.«

»Das ist wirklich eine merkwürdige Geschichte«, sagte Louis nachdenklich. »Vielleicht war es doch ein Traum.«

»Wir werden sehen«, sagte Pauline. »Was mich im Moment mehr beschäftigt, ist die Frage, ob Mastiaux sich an unsere Absprache hält.«

Louis war sich sicher. »Er wird kommen.«

»Ich werde jetzt Berichte schreiben. Wir treffen uns hier um achtzehn Uhr dreißig und fahren zum Au Brochet d'Or.«

»Teilen wir uns die Schreibtischarbeit auf«, schlug Frédéric vor. »Später gehen wir mittagessen. Das kann heute noch eine lange Nacht werden.«

❊❦ ❧❊

Am Abend starteten die Polizisten vor der Wache in der Rue Mérignac und machten sich auf den Weg in Richtung Saint-Jean. Für ihre Aktion hatten sie einen unauffälligen Wagen gemietet, der bei den Franzosen sehr beliebt war.

Die Rue Lafiteau lag in einem Viertel zwischen der Garonne und dem Bahnhof. Dort gab es Striptease-Bars, Imbissbuden, Bordelle, Handyläden und Kneipen, die meist nicht besonders einladend aussahen. Das Lokal Au Brochet d'Or befand sich in einem schmalen senfgelben Haus zwischen einem Internetcafé und einem Sushi-Restaurant. Die Fenster waren schmutzig und die Gardinen nikotingelb.

Etwa zwanzig Meter davon entfernt fand Mélanie einen Parkplatz, von dem aus sie den Eingang der Kneipe gut im Auge behalten konnten.

Fünf Minuten vor neunzehn Uhr tauchte Frank Mastiaux auf und bewegte sich mit schnellen Schritten aus der entgegengesetzten Richtung auf das Au Brochet d'Or zu. Suchend sah er sich um, schien sie aber nicht zu bemerken. Mit einem aus der Entfernung undefinierbaren Gesichtsausdruck schüttelte er den Kopf, nahm die Stufen mit einem Schritt und verschwand im Lokal. Kurz darauf betrat eine üppige, stark geschminkte Frau, bekleidet mit einem roten Lederrock, Netzstrümpfen und High Heels, die Kneipe.

»Eine Prosituierte auf der Suche nach einem Freier«, stellte Frédéric fest. »Egal, welche Maßnahmen die Behörden ergreifen, es gibt immer mehr davon, und sie werden immer jünger.«

Einige Sekunden später parkte ein dunkelgrüner Kastenwagen vor dem Internetcafé. Ein Mann stieg aus und ging zielstrebig auf das Lokal zu. Seine Haarfarbe konnten sie nicht erkennen, da er eine Schiebermütze trug.

»Das könnte Michel sein«, vermutete Pauline. »Gehst du mal rein, Louis?«

»Ja.«

Gleich darauf schlenderte er zum Au Brochet d'Or. In der Kneipe war es düster, Rauchschwaden waberten durch den Schankraum, und es roch nach frittiertem Fisch und ranzigem Öl. Louis setzte sich an den Tresen und bestellte beim Wirt einen Mokka. Zwei Hocker von ihm entfernt flirtete die Frau im roten Rock mit einem bärtigen Mann, der ihr eine Zigarette anzündete und auf sie einredete. An einem Tisch am Fenster saßen zwei junge Männer, die Bier tranken und mit ihren Smartphones beschäftigt waren.

Der Tisch, an dem Mastiaux und Michel saßen, war Louis am nächsten. Doch bedauerlicherweise war darüber an der Wand ein Fernseher installiert, auf dem gerade ein Rugbyspiel übertragen wurde. Bei dem Geschrei des Sprechers und der wenigen jubelnden Zuschauer konnte Louis kein Wort verstehen. Das Gespräch dauerte etwa zehn Minuten, dann konnte er in der verspiegelten Wand hinter dem Tresen, wo sich Likör- und Schnapsflaschen auf Regalbrettern reihten, sehen, wie Michel dem Wachmann einen Umschlag zusteckte, den dieser blitzschnell in der Jackentasche verschwinden ließ. Gleich darauf stand er auf und verließ das Au Brochet d'Or. Michel machte dem Wirt ein Zeichen, dass er bezahlen wolle.

Louis legte drei Euro auf den Tresen und verließ mit freundlichem Gruß die Kneipe. Schnell lief er zum Renault und stieg ein. »Michel wird gleich kommen«, informierte er die Kollegen.

Schon trat der Mann aus dem Haus, ging zu seinem Fahrzeug und fuhr in aller Ruhe los. Mélanie hängte sich an ihn. Sie hielten geringen Abstand zum verfolgten Auto, sonst würden sie es im dichten Verkehrsgewühl schnell aus den Augen verlieren.

Ihr Blick fiel auf das Nummernschild des Lieferwagens: Libourne BN 91.

»Das ist der Kastenwagen, den der Vorarbeiter Adrien Leblanc nachts im Hof von Château Comtesse-de-la-Francis gesehen hat.«

Frédéric tippte auf seinem Smartphone. »Der Halter ist ein gewisser Manuel Tunon.«

Der Fahrer nahm den östlichen Stadtring und fuhr danach auf die Autobahn Richtung Périgueux. Nach fünfundvierzig Minuten verließ er die Autobahn und nahm eine Ausfahrt. Er fuhr durch ein Industriegebiet mit Autowerkstätten, Waschanlagen und Heimwerkermärkten und folgte dann einer Straße, die in die Innenstadt führte. Hinter einer Gärtnerei bog er links ab, passierte ein Fahrradgeschäft und parkte im leeren Hof einer gepflegten Jugendstilvilla, auf deren Fassade Weinlaub emporkletterte. Über der Eingangstür stand auf einem Schild: *Vinothek Jean-Jacques – Inhaber Manuel Tunon.*

Mélanie stellte den Renault auf einem Parkplatz vor dem Fahrradladen ab. Inzwischen war es zwanzig Uhr fünfzehn. Sie stiegen aus und beobachteten Michel über eine Buchsbaumhecke. Er ging zu einer Mauer, die den Garten der Villa begrenzte, sperrte ein zweiflügliges Gittertor auf, betrat das Anwesen und schloss das Tor hinter sich. Dann verschwand er aus ihrem Blickfeld.

Auf ein Zeichen ihrer Chefin hin sprintete Mélanie über die Wiese und den Hof, zog sich am Mauerrand hoch und spähte in den Garten. Anschließend lief sie am Eingangsbereich vorbei und war gleich darauf wieder bei ihrem Team. Sie berichtete, dass Michel über eine Treppe hinabgestiegen und durch eine Hintertür den Keller der Villa betreten hatte. In der Weinhandlung war laut einem Aushang an der Tür heute Ruhetag.

Sie beschlossen zu warten, bis Michel wieder wegfuhr, um sich die Kellerräume anzusehen. Zunächst parkten sie den Renault um, denn ihr Platz vor dem Fahrradladen war zu auffällig. Der Laden hatte inzwischen geschlossen, und es stand kein Auto mehr dort. Neben der Gärtnerei gab es ein Café, auf dessen Parkplatz ein ständiges Kommen und Gehen herrschte, von dort aus hatten sie die Zufahrt zur Hauptstraße im Blick. Pauline holte Kaffee und belegte Baguette für alle, und sie warteten im Wagen. Nach einer Stunde verließ der grüne Lieferwagen die Zufahrtsstraße wieder, bog nach links ab und fuhr Richtung Zentrum.

»Los geht's«, sagte Pauline. »Frédéric und ich gehen rein. Ihr passt auf, ob jemand kommt, und ruft mich gegebenenfalls auf dem Handy an. Es könnte sein, dass unsere Ermittlungen Staub aufgewirbelt haben. Vielleicht disponieren sie um und planen Beweismaterial wegzuschaffen. Falls es so weit kommt, vergesst nicht, eure Waffen schussbereit zu halten. Alles klar?«

Pauline und Frédéric liefen zu dem Gittertor. Es war abgeschlossen. Nachdem sie sich überzeugt hatten, dass niemand sie beobachtete, kletterten sie darüber. Geschützt durch Buschwerk gelangten sie zum Kellereingang, zu dem vom Tor ein breiter Kiesweg führte. Nachdem Pauline das Schloss mit Einbruchwerkzeug geöffnet hatte, standen sie in einem dunklen Gang und schalteten ihre Taschenlampen ein. Kein Geräusch war zu vernehmen, und es roch nach feuchtem Mauerwerk. Am Ende des Ganges kamen sie in einen Lagerraum, der nach einer bestimmten Ordnung mit Weinkisten vollgestellt war. An der Wand neben dem Weg zum Ausgang waren Dutzende Kisten gestapelt, als hätte sie jemand zum Abtransport bereitgestellt. Sie ließen die Lichtkegel über die Beschriftungen wandern.

»Sieh an«, sagte Pauline. »Was haben wir denn da?«

Frédéric las die Auszeichnungen vor: »Château Cheval Noir, Grand Cru Classé, Jahrgang 2011, zwölf Kisten. Château Beauregard, Grand Cru Classé, Jahrgang 2009, achtzehn Kisten. Château Comtesse-de-la-Francis, Grand Cru Classé, Jahrgang 2013, zwölf Kisten. Château La Tour, Grand Cru Classé, Jahrgang 2010, achtzehn Kisten. Ich fasse es nicht, die Crème de la Crème der Bordeauxweine. Das sind die Weine, die bei den Einbrüchen gestohlen wurden. Hier lagert ein Vermögen, Pauline, grob geschätzt eine knappe Million Euro. Ich fordere ein Sondereinsatzkommando an, wir nehmen den Laden hoch.«

Pauline nickte, und er telefonierte. »Sie brauchen zwanzig Minuten«, informierte er sie.

Da klingelte ihr Handy. Es war Mélanie. »Ein Laster ist in die Zufahrtsstraße eingebogen, darin zwei Männer. Louis und ich sind hinter ihnen. Sie stoppen vor dem Tor, einer steigt aus und sperrt auf. Die Ladeklappen öffnen sich, zwei weitere Männer springen heraus, ich glaube einer davon ist Michel. Ihr müsst sofort da raus, Pauline.«

»Das SEK ist zwar unterwegs, aber bis die Kollegen eintreffen, ist es zu spät. Frédéric und ich werden versuchen, sie vom Keller aus zu stellen, ihr vom Garten.«

»In Ordnung. Sie fahren in den Garten, gleich sind sie bei euch.«

Nachdem Pauline und Frédéric einen raschen Blick getauscht und sich zugenickt hatten, nutzten sie den Überraschungsmoment und stürmten aus dem Keller. Im Garten richteten sie ihre SIG Sauer SP 2022 auf die Männer. »Hände hoch, auf den Boden!«, rief Pauline Castelot.

Zwei waren überrumpelt und gehorchten der Aufforderung, aber Michel ergriff die Flucht und rannte Mélanie und Louis direkt in die Arme. Sie überwältigten den um sich tretenden Mann und legten ihm Handschellen an.

Plötzlich zielte der vierte Mann auf Pauline und schoss. Sie taumelte rückwärts. Frédéric reagierte sofort und eröffnete das Feuer auf den Angreifer. Der Schuss erwischte ihn am Oberschenkel, er schrie auf, dann klappte er zusammen wie ein Taschenmesser und ging zu Boden.

»Alles okay mit dir?«, fragte Frédéric seine Chefin.

»Alles gut.« Sie lehnte an der Hauswand und spürte einen brennenden Schmerz in der Brust. Leise keuchte sie. Die Schutzweste hatte ihr das Leben gerettet. Sofort schoss ihr der Gedanke durch den Kopf, was aus Sarah werden sollte, falls sie bei einem Einsatz ums Leben käme? Rasch wischte sie die Sorgen beiseite.

Mélanie und Frédéric nahmen die drei Männer fest. Als Pauline dem Mann, der geschossen hatte, die tief in die Stirn gezogene Mütze vom Kopf riss, quollen lange Haare darunter hervor, und helle Augen funkelten sie zornig an. Der Angreifer war eine Frau.

Louis trat zu seiner Chefin und legte den Arm um sie. »Alles okay?«

»Ja, danke.«

»Brauchst du einen Arzt?«

»Nein, das gibt nur einen Bluterguss. Nicht der Rede wert.«

Sie hörten die Sirenen des SEK-Kommandos, die rasch lauter wurden.

# 13. JUNI

Das Palais de Justice, in dem das Untersuchungs-gefängnis untergebracht war, lag in der Rue Général de Larminat, nahe des Pont de Pierre. Das Team traf um acht Uhr dort ein. Pauline sah übermüdet aus. Sie hatte schlecht geschlafen, weil das Hämatom trotz der Salbe des Notarztes bei jeder Bewegung schmerzte. Auch die hitzige Diskussion mit Dominic über ihren gefährlichen Beruf hatte sie beschäftigt. Ihr Lebens-gefährte machte sich große Sorgen um sie und hatte sie liebevoll im Arm gehalten, bis er eingeschlafen war. Beim Frühstück hatte er ihr vorgeschlagen, in seinen Betrieb mit einzusteigen. Zum Glück war Sa-rah mit ihrem Vater auf Segeltour, so dass wenigstens sie durch diesen Vorfall nicht beunruhigt wurde.

Am Eingang des Gefängnisses wiesen sie sich aus und wurden von der Direktorin Simone Elois und vier Polizisten in Empfang genommen. Gemeinsam nahmen sie die Treppe in das Untergeschoss und folgten einem gleißend hell ausgestrahlten Korridor, bis sie zu einer Teeküche gelangten. Elois bot Kaffee und Tee an.

»Wir konnten inzwischen die Identitäten der Untersuchungshäftlinge feststellen. Es handelt sich um Manuel Tunon, den Inhaber der Vinothek, seine Ehefrau Gisèle Tunon, den Geschäftsführer Justin Salle und den Kleinganoven François Ozon.« Sie gab drei Stück Würfelzucker in ihren Tee. »Wir haben vier Befragungsräume für Sie vorbereitet, dort warten die Häftlinge bereits in Begleitung je eines Polizisten auf ihre Vernehmung.«

Sie wies auf die Männer an ihrer Seite. »Die Kollegen werden ebenfalls zu Ihrem Schutz bereitgestellt. Die Räume sind verspiegelt, Aufnahmegeräte stehen zur Verfügung, und wenn Sie noch etwas benötigen, sagen Sie einfach Bescheid. Ich muss jetzt zu einem Termin. Viel Erfolg!«

Die Kommissare teilten sich auf. Pauline würde Manuel Tunon übernehmen, Frédéric dessen Frau Gisèle, Mélanie Justin Salle und Louis den vorbestraften François Ozon.

Als Pauline die Tür öffnete, kam eine Frau in einem dunkelblauen Kostüm, eine Ledertasche in der

Hand, den Gang entlanggehastet. Vor Pauline blieb sie stehen und strich sich eine blonde Haarsträhne aus der Stirn.

»Bonjour, ich bin Rechtsanwältin Louise Legrand und möchte zu meinem Mandanten Manuel Tunon.«

»Bonjour, Madame Legrand, ich bin Madame le Commissaire Pauline Castelot, ich leite die Ermittlungen. Kommen Sie doch bitte mit.«

In dem karg eingerichteten Zimmer mit den schmalen Oberlichtern saß ein Mann am Tisch, der sich sofort erhob. Sein Gesicht war blass und von Falten durchzogen, die Haare standen vom Kopf ab, sein Hemd war zerknittert. »Merci, Louise, dass du sofort gekommen bist. Ich werde hier festgehalten. Die Nacht musste ich in einer Zelle verbringen, kannst du dir das vorstellen?«

»Ich hole dich hier raus, Manuel, keine Sorge.«

Castelot stellte sich dem Mann vor, und sie setzten sich um den Tisch. Sie schaltete das Aufnahmegerät ein, nannte Datum und Uhrzeit des Gesprächs und die Personalien der verdächtigen Person.

»Monsieur Tunon, wir haben gestern Abend im Keller Ihrer Vinothek Wein von drei Châteaux gefunden, deren Betreiber ihn als gestohlen gemeldet haben.«

»Das ist doch Unsinn.«

»Die Winzer werden ihn identifizieren, sie sind schon auf dem Weg nach Libourne. Wie Sie sicher wissen, werden die Kisten gekennzeichnet und mit einer Liefernummer versehen. Da kann es keine Verwechslung geben.«

»Ich werde Ihnen Lieferscheine und Rechnungen vorlegen.«

»Kollegen überprüfen seit heute Morgen Ihre sämtlichen Geschäftsunterlagen. Es existieren keine Belege.«

Er tauschte einen Blick mit seiner Anwältin. »Da hat ein Buchhalter geschlampt«, behauptete sie prompt.

»Das glaube ich nicht.« Castelots Stimme war eisig. »Es gibt keine Unterlagen. In einem weiteren Raum in Ihrem Keller wurde eine verborgene Tür hinter einem Schrank entdeckt. In dem Raum dahinter wurden drei Kilo feinstes Kokain, achthunderttausend Euro Bargeld und zwanzig Maschinengewehre sichergestellt.«

Legrand erstarrte, versuchte jedoch weiterhin, einen souveränen Eindruck zu machen.

»Davon weiß ich nichts«, behauptete Tunon.

»Das ist doch Ihr Keller, oder nicht?«

»Ja, schon, aber trotzdem höre ich das zum ersten Mal.«

»Jemand hat sein Vertrauen ausgenutzt und ihn hintergangen«, warf die Anwältin in den Raum. »Diese Erklärung ist plausibel.«

»Was wollten Sie und Ihre Begleiter gestern Abend im Keller?«, fragte Castelot, ohne auf den Einwand einzugehen.

»Wir wollten aufräumen und eine Lieferung vorbereiten.«

»Deshalb hat Ihre Frau auf mich geschossen? Nein, Sie wollten den gestohlenen Wein abtransportieren. Wir wissen inzwischen, dass Sie eine Filiale in Bergerac besitzen. Wollten Sie das Diebesgut dorthin schaffen, weil Sie mittlerweile vermuteten, dass Sonderermittler Ihnen auf den Fersen sind?«

»Das sind alles Unterstellungen«, zischte Legrand.

Auch darauf ging Castelot nicht ein. »Ihre Vinothek ist eine Geldwaschanlage, weiter nichts. Ihr Geschäftsmodell gestaltet sich folgendermaßen: Sie verkaufen qualitativ hochwertigen Wein und Waffen auf dem Schwarzmarkt, und Sie organisieren den Drogenhandel.« Ihr Handy klingelte. Sie meldete sich, hörte aufmerksam zu und bedankte sich schließlich.

»Das waren die Kollegen aus Bergerac, sie haben Ihre Filiale durchsucht. Dort wurden ebenfalls Drogen, Waffen und Wein gefunden, der gerade mit den Diebstahlsanzeigen der dortigen Winzer verglichen wird.«

»Mein Mandant sagt ab jetzt kein Wort mehr.«

»Wie schon erwähnt, hat Ihre Frau gestern auf mich geschossen. Sie erwartet ein Prozess wegen versuchten Totschlags. Wollen Sie diesen Angriff auch bestreiten?«

Er senkte den Blick. »Nein.«

»Es war dieselbe Pistole, die benutzt wurde, um auf einen Wachmann zu schießen.«

Tunon stöhnte. Seiner Anwältin schien es die Sprache verschlagen zu haben.

Castelot setzte noch eins drauf. »Der Winzer Jean-Baptiste Armand wurde ermordet, unter seinen Fingernägeln fand man Hautschuppen, die mit Ihrer DNA und der Ihrer Komplizen verglichen werden. Da kommt einiges zusammen, Monsieur Tunon.«

Er sah sie entsetzt an. »Das waren wir nicht! Ich gebe alle anderen Vorwürfe zu, aber damit haben wir nichts zu tun. Ja, wir sind in illegale Geschäfte verwickelt.«

»Halt sofort den Mund«, wies die Anwältin ihn an.

»Die Beweislast ist erdrückend, kapierst du das nicht?«, herrschte er sie an. »Aber wir sind keine Mörder, wir wollen Geschäfte machen.«

»Welche Geschäfte machten Sie mit Armand?«

»Er war pleite und brauchte dringend Geld, viel Geld. So kamen wir ins Geschäft. Er stellte uns den Wein bereit, wir kauften ihn zum Einkaufspreis und verkauften ihn zum doppelten Preis auf dem Schwarzmarkt. Ukrainische Oligarchen und chinesische Millionäre zahlen hohe Summen dafür. Davon bekam Jean-Baptiste noch einmal zehn Prozent, und er sparte Steuerzahlungen, das sind gewaltige Beträge.«

»Sie hatten eine Geschäftsbeziehung, die mit einem Mord endete.«

»Ich schwöre Ihnen, dass wir damit nichts zu tun haben. Wir brauchten ihn lebend, er hat uns eine gewisse Summe geschuldet. Man bringt doch niemanden um, von dem man Geld bekommt. Ich wiederhole mich: Wir sind Geschäftsleute, keine Mörder.«

»Weshalb schuldete er Ihnen Geld?«

»Er hat uns betrogen. Das war kein Grand Cru Classé, den er geliefert hat, es war ein einfacher Cuvée, nur ein paar Euro wert, Billigware. Er war vorsätzlich falsch etikettiert. Die Ukrainer und die

Chinesen hätten das niemals bemerkt, aber eine Lieferung ging an einen englischen Lord in Oxford. Wir machen auch Diebstähle auf Bestellung. Ihm war sofort klar, dass er minderwertige Qualität bekommen hatte. Wir mussten die Ware austauschen, sonst hätte er uns angezeigt.«

»Waren Sie in der Nacht seines Todes auf dem Weingut?«

»Ich nicht, Michel und Justin waren dort und wollten die ausstehenden fünfundneunzigtausend Euro eintreiben. Sie haben ihn überall gesucht, aber er war nicht da.«

»Sie bestreiten also, mit dem Mord an Armand etwas zu tun zu haben?«

»Das tue ich.«

»Okay. Machen wir eine Pause, Monsieur Tunon, Sie müssen hierbleiben, aber Ihre Anwältin kann Ihnen gerne etwas zu trinken holen.«

Die Kommissare trafen sich in der Teeküche. Mélanie war schon da. Louis kam ein wenig zu spät. »Michels wirklicher Name ist François Ozon«, erzählte er. »Ein zäher Brocken, der für alles eine Erklärung präsentieren kann, doch schließlich hat er ein Geständnis abgelegt.«

»Gisèle Tunon verhielt sich mir gegenüber sehr

aggressiv«, berichtete Frédéric. »Der Kollege musste mehrmals eingreifen. Sie behauptete, der Schuss auf Pauline sei ein Unfall gewesen, sie habe sie nicht treffen wollen. Als sie erfuhr, dass wir beweisen können, dass die Schüsse auf den Wachmann und auf Pauline aus derselben Waffe abgefeuert wurden, gab sie auf.«

»Justin Salle ist arrogant und hat sich zunächst geweigert, mit mir zu sprechen«, informierte Mélanie sie. »Als ich ihn damit konfrontierte, was die Kollegen in dem Kellerversteck gefunden haben, knickte er ein.«

»Manuel Tunon hat ebenfalls gestanden«, berichtete Pauline als Letzte. »Er behauptet jedoch, dass seine bandenmäßig organisierte Gruppe mit dem Mord an Jean-Baptiste Armand nichts zu tun hat. Sie haben mit ihm kriminelle Geschäfte gemacht, aber für seinen Tod seien sie nicht verantwortlich, und sie wüssten darüber auch nichts.«

Die vier geständigen Personen wurden in ihre Zellen zurückgebracht, und ein Haftrichter würde darüber entscheiden, ob sie bis zu ihrem Prozess dort bleiben mussten.

❧ ☙

Géraldine Villeneuves Nachbarin, Angélique Cabesos, stand am Herd und rührte in einem Topf. Ein
köstlicher Geruch von Rindfleisch und Rotwein zog
durch den Raum. Sie sah auf die Uhr. Nicolas würde
in Kürze eintreffen. Sie hatte ihn auf dem Pétanque-
Platz von Andernos-les-Bains kennengelernt und
sich mit ihm angefreundet. Beim Boule-Spiel trug
er immer eine schwarze Baskenmütze und legte eine
beeindruckende Geschicklichkeit an den Tag, wenn
er die glänzenden Kugeln um das rosa Cochonet, das
Schweinchen, platzierte. Wenn er gewann, und das
war häufig der Fall, gab er für die Mitspieler einen
Pastis aus.

Als sie die Kittelschürze auszog, Perlen an die Ohren knipste und sich mit Parfum einsprühte, fragte sie
sich, ob sie sich in den charmanten Landwirt verliebt
haben könnte.

Sie lächelte ihrem Spiegelbild zu und beschloss
übermütig, himbeerroten Lippenstift aufzutragen.

Da Nicolas auf sich warten ließ, nutzte sie die Zeit,
um nach der Katze Rosalie zu sehen, die Géraldine
in ihre Obhut gegeben hatte, bevor sie wandern gegangen war. Sie trat in den Garten hinaus und stellte
besorgt fest, dass weder Wasser noch Futter angerührt
worden waren.

Seit drei Tagen war das Tier nun verschwunden, und Madame Cabesos machte sich große Sorgen.

Hinter dem Zaun näherte sich Nicolas und winkte ihr zu. »Salut, Angélique.«

»Salut, Nicolas. Komm doch rein, das Mittagessen ist gleich fertig.«

Sie hatte den Esstisch festlich gedeckt, und Nicolas schenkte einen roten Bordeaux ein, den er mitgebracht hatte. Als sie anstießen, sahen sie sich tief in die Augen.

»Was gibt es denn Gutes?«

»Bœuf bourguignon, verfeinert mit Crème fraîche, eine Käseplatte und Erdbeerkuchen.«

Beim Essen unterhielten sie sich über das bevorstehende Pétanque-Turnier und verabredeten sich für den frühen Abend zum Training. Dann erzählte Angélique von ihrer Sorge um Rosalie.

»Nach dem Essen suchen wir gemeinsam nach ihr«, schlug Nicolas vor. »Hauskatzen bewegen sich normalerweise nicht so weit weg, sie bleiben in der Nähe ihrer Futterstelle.«

Madame Cabesos schauderte. »Géraldine wird mir schwere Vorwürfe machen, wenn sie nach Hause kommt.«

Nachdem sie einen Mokka getrunken hatten,

machten sie sich auf den Weg. Sie gingen eine Straße entlang, die von weißen Häusern mit schilfgrünen Fensterläden gesäumt war. In einem Hof stand eine Frau, eine Klammer zwischen den Lippen, und hängte Wäsche auf. Nicolas blieb stehen.

»*Excusez-moi, Madame.* Wir suchen eine Katze, eine Glückskatze, weiß mit schwarzen und orangenen Flecken. Haben Sie sie gesehen?«

Rasch nahm sie die Klammer aus dem Mund. »Bedaure, Monsieur.« Dann wandte sie sich wieder ihrer Wäsche zu.

Vor ihnen lag der Austernhafen mit seinen Holzbaracken und Booten im Sonnenschein. Weiter draußen, im Bassin von Arcachon, ragten aus dem Niedrigwasser die krummen Stangen, an denen die Austern gediehen. Ein Segelboot kreuzte vor der Vogelinsel.

Sie bogen ab, erreichten ein Kiefernwäldchen und folgten einem Pfad, der zu einem Teich führte.

Plötzlich war ein stetiges Brummen zu vernehmen, das Nicolas zunächst irritierte. Dann wurde ihm schlagartig bewusst, was es war, und er folgte beunruhigt dem Geräusch. Angélique ging dicht hinter ihm. Als sie auf eine kleine Lichtung traten, erhob sich aufgeschreckt ein Schwarm Schmeißfliegen, um sich gleich darauf wieder auf seiner Beute niederzulassen.

Nicolas scheuchte sie weg. Auf der Wiese unter einer Seekiefer lag Rosalie, der Körper starr, das Fell zerzaust, die gelben Augen trüb.

Angélique starrte entsetzt auf Rosalie. »*Mon Dieu,* Géraldine wird sich die Augen ausweinen. Was ist geschehen? Hat sie einen Giftköder gefressen?«

Nicolas kniete sich neben den Kadaver und schlug nach einer Fliege. Dann tastete er den zarten Körper ab. Schockiert wandte er sich an seine Freundin.

»Sie hat kein Gift gefressen. Jemand hat ihr das Genick gebrochen.«

Am Nachmittag rief ein Mitarbeiter des Labors Madame le Commissaire Castelot an und informierte sie darüber, dass die DNA-Analysen der Untersuchungshäftlinge nicht mit dem genetischen Code der Hautschuppen übereinstimmten.

Géraldine Villeneuve schlüpfte aus den Gurten, die sich in ihre Schultern gruben, und stellte den Wanderrucksack erleichtert auf dem Gras ab. Sie war stolz, ihr Tagespensum geschafft zu haben. Dankbar ließ sie sich auf einen der weißen Felsbrocken sinken,

schnürte die festen Stiefel auf und zog die roten Socken über die brennenden Füße, ehe sie sie in den
Bachlauf tauchte. Das blaugrüne Wasser war glasklar
und kalt. Wohlig stöhnte sie auf und ließ ihren Blick
schweifen. Der quirlige Bach wand sich über ein be-
kiestes Bett, grün glänzendes Moos und flach ge-
spülte Felsbrocken. Eschen wuchsen dicht auf beiden
Seiten des Ufers. In ihren Kronen verfing sich das
Sonnenlicht, und der Wind brachte die Blätter zum
Flüstern. Ein paar Meter flussaufwärts formten Steine
im Wasser einen Kreis, so dass ein kleiner Teich ent-
standen war. Direkt dahinter, am gegenüberliegenden
Ufer, führte eine Böschung zu einer Baumgruppe,
die sich auf einer ebenen Fläche erhob.

*Ein guter Platz, um das Zelt aufzubauen*, überlegte
Géraldine. Sie hatte Kartenmaterial und zwei Rei-
seführer im Gepäck. aber ihr Smartphone blieb die
ganze Zeit ausgeschaltet. Sie hatte keine Ahnung, was
in der Welt gerade vor sich ging, und wollte es auch
nicht wissen. Bei dieser Tour ging es darum, ihr in-
neres Gleichgewicht wiederzufinden und Inspiration
für ihre Kunst zu schöpfen. Niemals würde sie es zu-
lassen, dass sie wegen eines Mannes ihre Freude am
Schreiben verlor.

Sie schloss die Augen, wandte ihr Gesicht der

Abendsonne zu und lächelte. Ihre dicken roten Locken hatte sie mit einem Tuch gebändigt, das sie auf dem Markt in Le Teich gekauft hatte. Sie war seit ihrem Aufbruch nur zwei-, dreimal von dem wiederkehrenden Alptraum heimgesucht worden, ansonsten hatte sie geschlafen wie ein Stein. Entspannt nahm sie die friedliche Atmosphäre auf, der Bach plätscherte, Vögel zwitscherten in den Bäumen, wilder Thymian und Eibennadeln verströmten einen herben Duft. Sie entdeckte sogar eine Libelle, die über dem Wasser stand. Kein Mensch war weit und breit zu sehen.

Sie holte eine Flasche Wasser aus ihrem Rucksack, trank durstig und traf eine Entscheidung. Bislang hatte sie auf Campingplätzen übernachtet, weil sie sich dort sicherer fühlte. Doch gestern am späten Abend war eine Gruppe betrunkener junger Männer auf dem Campingplatz von Ambès eingefallen und hatte sich lautstark auf der Parzelle neben Géraldine niedergelassen. Deshalb würde sie ihr Lager heute Nacht hier am Bach aufschlagen.

Zum Glück hatte sie im Dorf Macau noch ein Baguette, Käse, Tomaten und eine Flasche Rotwein gekauft. Der Wein war inzwischen warm, deshalb stellte sie die Flasche zwischen zwei Gesteinsbrocken auf ein Moosnest in den Bach. Dann griff sie nach ihrem

Reisetagebuch und begann darin zu blättern. Jeden Abend hatte sie ihre Tagestour dokumentiert und mit Bleistiftzeichnungen versehen. Sie musste lachen, als die Einträge sie daran erinnerten, dass sie in Saint-Émilion, gleich vor der Pâtisserie, eine ganze Tüte Macarons auf einen Satz gegessen hatte. In Gedanken versunken schrieb sie ihren heutigen Eintrag und skizzierte mit sicheren Strichen die Bachidylle. Zufrieden betrachtete sie das Ergebnis. Ihre Wanderreise würde bald zu Ende sein. Die letzte Etappe war Fort Médoc am Ufer der Gironde. Anschließend ging es mit dem Überlandbus zurück nach Hause. Beim Wandern waren in ihrem Kopf plötzlich Ideen für ihr neues Kinderbuch aufgetaucht, und sie hatte sich zahlreiche Notizen gemacht. Jetzt brannte sie darauf, sich an den Laptop zu setzen und mit dem Manuskript zu beginnen.

Entschlossen nahm sie ihren Rucksack und überquerte auf einer Steinreihe den Bach. Routiniert baute sie ihr Zelt auf, nachdem sie einige Tannenzapfen entfernt hatte. Nach dem langen Marsch mit Abschnitten im gleißenden Sonnenlicht bei Temperaturen um die dreißig Grad war sie verschwitzt, und sie beschloss, ein Bad in dem kleinen Teich zu nehmen. Im Zelt zog sie ihren Badeanzug an, stieg über glatte

Steine in den Wasserlauf und watete zu dem kleinen Teich, der wie ein Türkis leuchtete. Dabei scheuchte sie einen Schwarm winziger Fische auf, die orangerot schillerten und in alle Richtungen davonstoben. Das Wasser war herrlich frisch. Glücklich legte sie sich auf den Rücken und beobachtete die schneeweißen Wolken, die der Atlantikwind sachte nach Osten trieb.

Nach der Abkühlung setzte sie sich vor das Zelt und genoss ihren Proviant.

Ein Rascheln im Wald ließ sie aufhorchen. War da jemand? Entschlossen stand sie auf, schob ihre Brille auf die Nase und spähte in das Gewirr der Baumstämme und Holundersträucher. Plötzlich tauchte ein Reh zwischen zwei Eiben auf, sah sie, änderte erschrocken die Richtung und jagte davon. Mit einem Lächeln setzte Géraldine sich wieder und brach ein Stück Baguette ab.

Als die Dämmerung einsetzte und die ersten Sterne sich zeigten, begann sie ein Lagerfeuer zu schüren, nah am Fluss und von Steinen umrundet, damit nichts passieren konnte. Bald züngelten die Flammen in den dunkler werdenden Himmel. Sie betrachtete fasziniert den schwefelgelben Schein und geriet dabei ins Träumen. Als ein Nachtvogel schrie, fuhr sie erschrocken zusammen. Verärgert schüttelte sie den Kopf. Sie ließ sich noch immer viel zu schnell aus der Ruhe bringen. Sie trank einen Schluck Wein.

Als der Mond wie eine silberne Scheibe am nachtblauen Himmel stand, hörte sie ein Motorengeräusch, das sich langsam näherte. Dank ihrer Wanderkarte wusste sie, dass auf dieser Seite des Baches ein Flurbereinigungsweg verlief. Sie hatte sich heute Morgen für den schattigen Pfad durch den Wald entschieden. Das Fahrzeug schien anzuhalten, und Géraldines Herzschlag beschleunigte sich. Doch kurz darauf fuhr es weiter, und das Geräusch verklang allmählich. Vielleicht ein Bauer, der auf der Weide nach seinen Rindern sehen wollte, oder ein Einheimischer, der eine Abkürzung nahm. Dennoch war ihr unbehaglich zumute, eine diffuse Angst stieg in ihr auf. Sie hätte doch auf einem Campingplatz übernachten sollen. Gleichzeitig schalt sie sich selbst für ihre Unruhe. Niemand wusste, dass sie hier zeltete, und wer sollte ihr etwas antun wollen? Es war ihr dennoch klar, dass sie heute Nacht in ihrem Zelt kein Auge zu tun würde, und die Frage keimte in ihrem Kopf auf, ob sie nicht besser weiterziehen sollte. Aber sie war hundemüde und hatte genug von ihren Hirngespinsten. Sie trank den Wein aus, zündete die Gaslampe an und streute Sand auf das Feuer, bis es erlosch.

Ein nahes Knarzen und Knacken ertönte, und sie hielt inne. Jetzt raste ihr Herz. Sie lauschte angestrengt, doch das Geräusch war verstummt. Als sie ihr Taschenmesser aus der Hosentasche zog und mit zitternden Fingern versuchte, die Klinge auszuklappen, hörte sie Schritte dicht hinter sich. Kieselsteine klackerten. Géraldine erstarrte, dann fuhr sie herum.

Sie wollte schreien, doch kein Laut drang aus ihrer Kehle. Wer hätte sie hier draußen auch hören sollen?

# 14. JUNI

Pauline Castelot und ihr Team saßen um den Besprechungstisch, vor ihnen Akten und Mappen mit Berichten, Zeugenaussagen, Gesprächsprotokollen und
Tatortfotos. Michelle hatte sie mit Kaffee und Rosi-
nenbrötchen, *pains aux raisins,* versorgt. Pauline fasste
den aktuellen Stand zusammen.

»Wir wissen jetzt, dass die organisierte Bande um
Manuel Tunon Wein gestohlen, Waffen verschoben
und mit Drogen gehandelt hat. Die Geständnisse liegen vor, und ihnen wird der Prozess gemacht. Eine
Richterin hat entschieden, dass alle vier Personen bis
zum Gerichtsverfahren in Haft bleiben müssen.«

»Was ist mit dem Mord an Jean-Baptiste Armand?«,
fragte Louis.

»Wir haben keine Beweise, keine Spuren, keine
Zeugen, kein Geständnis. Nichts.«

»Es könnte ein weiteres Bandenmitglied geben,

von dem wir bisher nichts wissen, und derjenige hat den Winzer getötet«, überlegte Mélanie.

»Möglich«, räumte Pauline ein. »Wir können uns die vier noch einmal vorknöpfen, obwohl Manuel Tunon bereits ausgesagt hat, dass es keine weiteren Personen gibt, die dem inneren Zirkel angehören.«

»Ein Helfershelfer?«

Pauline schüttelte zweifelnd den Kopf. »Ich weiß nicht.«

Frédéric übernahm das Wort. »Nach den übereinstimmenden Aussagen der Bandenmitglieder waren an dem besagten Abend François Ozon, alias Michel, und Justin Salle im Château Comtesse-de-la-Francis. Sie wollten Geld von Armand, haben ihn jedoch nicht gefunden.« Er dachte kurz nach. »Nehmen wir an, sie haben gelogen und ihn doch gefunden. Sie verletzen ihn mit einem Gegenstand und werfen ihn lebend in den Brunnen. Das ergibt doch keinen Sinn. Okay, einer wird richtig wütend und schlägt zu, das kann ich mir vorstellen. Geldeintreiber gehen bekanntlich brutal und skrupellos vor. Aber der Brunnen? Was für ein risikoreicher und vor allem überflüssiger Aufwand.«

Mélanie nickte. »Ich weiß, was du meinst. Vielleicht wollte jemand, dass er leidet? Das würde aber auf ein persönliches Motiv hindeuten, nicht auf eine kriminelle Organisation.

Womöglich haben die Delikte der Bande und der Mord an Jean-Baptiste Armand nichts miteinander zu tun. Was haltet ihr von dieser Arbeitshypothese?«

Pauline nickte ihr zu. »Du hast recht. Wir brauchen einen neuen Ansatz, so kommen wir nicht weiter. Wir brauchen mehr Hintergrundinformationen über den Winzer, über seine Vergangenheit, eventuelle Affären, Konflikte und so weiter, damit ein Motiv erkennbar wird. Da können wir ansetzen. Na los, machen wir uns an die Arbeit.«

❦⟲ ⟳❦

Laura und Ben, ein junges Pärchen aus Nürnberg, saßen auf der Terrasse eines Cafés. Sie hatten vor zwei Wochen ihren Wanderurlaub in Frankreich begonnen. Das Café befand sich am Marktplatz des Dorfes Labarde, einer Station auf dem Weinwanderweg zwischen Saint-Émilion und Fort Médoc. Es war Markttag, und Stände bildeten mehrere Reihen auf dem von Kastanienbäumen überschatteten Platz. Besucher strömten durch die Gassen, betrachteten die Auslagen, unterhielten sich mit den Standbesitzern und kauften ein. Es gab neben Obst, Gemüse, Fisch und Fleisch auch Weinstationen zum Probieren, Kleidung, Schuhe, Schmuck und allerlei Krimskrams.

Laura trug lange Dreadlocks und war an den Armen und am Schlüsselbein tätowiert. Ben dagegen hatte ein kariertes Hemd an, und sein braunes Haar war exakt gescheitelt. Das ungleiche Paar genoss die Morgensonne und sah dem Treiben fasziniert zu.

Laura studierte die Speisekarte und konnte sich nicht zwischen einer süßen Crêpe und einer herzhaften Galette entscheiden. Sie trank einen Schluck Café au Lait und sah auf ihre Armbanduhr. »Es ist schon kurz nach neun, Géraldine kommt zu spät.«

»Warten wir noch ein bisschen mit dem Frühstück«, schlug Ben vor. »Sie wird schon noch auftauchen.«

Sie hatten Géraldine vor einigen Tagen bei einer Weinverkostung in Saint-Émilion kennengelernt. Sie waren ins Gespräch gekommen und hatten sich auf Anhieb gut verstanden. Alle drei teilten die Begeisterung für die wunderschöne und geschichtsträchtige Weinregion. Weil sie sich so gut verstanden hatten, hatten sie sich für den vierzehnten Juni um neun Uhr in Labarde, wo ihre Routen sich kreuzten, zum Frühstück verabredet. Doch um halb zehn war Géraldine immer noch nicht da. »Merkwürdig«, fand Laura. »Sie fand die Idee mit dem Frühstück doch gut.«

»Ruf sie an«, schlug ihr Freund vor.

Laura versuchte es. »Ihr Handy ist ausgeschaltet.«

»Da kann man nichts machen. Lass uns frühstücken, ich bin hungrig. Wir haben nach dem Marktbesuch noch eine lange Tour vor uns.«

Während des Frühstücks machte sich Laura noch immer Gedanken. »Hoffentlich ist ihr nichts passiert.«

»Wahrscheinlich hat sie ihre Pläne einfach geändert und kommt nicht durch Labarde. Oder sie ist aufgehalten worden und wird ein wenig später eintreffen.«

Aber Géraldine kam nicht.

*ᗧ ᗡ*

Der Stallknecht Gilbert Coussau wollte wie immer im Morgengrauen aufstehen und nach einem *bol* Café au Lait und zwei Madeleines seine Runde drehen. Doch als er sich bewegte, fuhr ein scharfer Schmerz durch sein linkes Knie, und von der Hüfte strahlte ein brennendes Ziehen aus. Womöglich stand ein Wetterumschwung bevor, denn immer dann verursachte seine Rheumaerkrankung massive Beschwerden. Unter Mühen verließ er sein Bett und nahm widerwillig die Medikamente ein, die ihm von seinem Hausarzt verschrieben worden waren. Nachdem er sich statt des Kaffees lieber eine Tasse Tee aufgebrüht hatte, legte er sich wieder hin und wartete darauf, dass die Schmerzen nachließen. Durch ein Fenster konnte er beobachten, wie sich der Himmel über den Kiefern hellblau verfärbte, dann breitete sich ein zarter Roséton aus, und schließlich spitzte der Sonnenball zwischen Nadelfächern hindurch. Da das Fenster offen stand, konnte er den beharrlichen Lockruf eines Stars hören. Gilbert lächelte. Jeden Morgen saß der Vogel auf dem Vordach und gab bei seiner Suche nach einem Weibchen nicht auf.

Gilberts Gedanken wanderten zu seinem toten Freund, den er schmerzlich vermisste. Selbstverständlich wusste er von den Geschäften, die Jean-Baptiste mit der Diebesbande gemacht hatte, aber das ging die Kommissare nichts an. Er konnte seinen Freund sehr gut verstehen, schließlich musste er für Evelines Behandlung viel Geld aufbringen. Es gefiel ihm, dass der Winzer dabei auch das Finanzamt betrogen hatte, aus seiner Sicht ein Kavaliersdelikt. Doch wer hatte ihn getötet? Ein Bandenmitglied? Gilberts Bauchgefühl sagte Nein. Wer könnte noch wütend auf ihn gewesen sein, mit wem hatte er Streit gehabt? Ihm fiel ein, dass Jean-Baptiste vor etwa einem halben Jahr ein Verhältnis mit einer verheirateten Frau angefangen hatte. Ihr Mann war dahintergekommen und hatte damit gedroht, den Winzer zu erschlagen. Daraufhin beendete die Frau die Liaison und kehrte zu ihrem Mann zurück. Aber warum sollte der gehörnte Ehemann nach so langer Zeit zuschlagen? Gilbert verwarf den Gedanken und überlegte weiter.

Da war doch diese Geschichte gewesen mit ihrem Nachbarn, dem alten Lebrac … Es hatte vor etwa einem Jahr einen heftigen Streit gegeben. Worum war es noch mal dabei gegangen? Gilbert erinnerte sich, dass es in der arbeitsreichen Zeit vor der Lese geschehen war, in der jeder Winzer auf das perfekte Wetter hoffte. Lebrac hatte bei starkem Regen die Rebzeilen mit Plastikplanen abgedeckt, um ein Eindringen des Wassers zu verhindern. Armand hatte ihn dabei beobachtet und ihn angezeigt. Das war normalerweise überhaupt nicht seine Art, ein gutes nachbarschaftliches Verhältnis war ihm wichtig. Aber Lebrac machte ständig Ärger und legte ihm Steine in den Weg, deshalb die Retourkutsche. Als Konsequenz musste der streitbare Nachbar den aus dieser Parzelle hergestellten Wein abklassifizieren und als Tafelwein verkaufen.

Lebrac würde höchstens vor Zorn mit der Schrot-flinte in die Luft schießen, aber töten würde er nie-manden, da war Gilbert sich sicher.

Er stellte erleichtert fest, dass die Schmerzen nach-gelassen hatten. Nach dem Frühstück machte er sich auf den Weg zu den Pferden. Als er die Stallungen be-trat, sahen die Tiere neugierig über die Türen der Bo-xen. Gilbert nahm sich die Zeit, jedes Pferd zu strei-cheln und ihm sanfte Worte ins Ohr zu flüstern. In der Werkstatt trank er mit Benoît einen Kaffee, und sie fachsimpelten über die Reparatur eines Traktors.

»Weiß man inzwischen, wer Jean-Baptiste umge-bracht hat?«, fragte der Mechaniker. »Das waren doch diese Weindiebe, oder nicht?«

»Ich weiß es nicht, Benoît. Warten wir ab, was die Polizei herausfindet. Ich werde jetzt meine Runde fortsetzen. Danke für den Kaffee. Soll ich dir später bei der Reparatur helfen?«

»Ja, dabei kann man zwei Hände mehr gut brau-chen.«

Gilbert folgte ausgetretenen Pfaden, die ihn an Rebzeilen vorbei um das Weingut führten. Das Gehen fiel ihm schwer, und er zog ein Bein nach. Manchmal blieb er stehen, betrachtete die Rebstö-cke, roch an den winzigen Trauben und befühlte die

Blätter. Wenn ihnen das Wetter keinen Strich durch die Rechnung machte, würde es ein gutes Weinjahr werden, da war er sich sicher. Als er auf einen Schotterweg stieß, kam ihm der alte Lebrac entgegen, der aufgeregt mit seiner Schrotflinte herumfuchtelte.

»Ihr Banditen!«, brüllte er, hochrot im Gesicht. »Ihr habt eine Vogelscheuche in euren Weinberg gestellt«, behauptete er. »Ich zeige euch an!«

Gilbert sah ihn entgeistert an. »Was redest du da für einen Unsinn, Lebrac? Niemand stellt eine Vogelscheuche in einen Weinberg. Wie viele Gläser Rotwein hast du heute schon getrunken?«

»Was geht dich das an? Sieh doch selbst, wenn du mir nicht glaubst.« Er wies auf den Weingarten, der sich vor der Mauer des Château erstreckte.

Kopfschüttelnd sah Gilbert in die angezeigte Richtung und erstarrte. Tatsächlich, mitten im Weinberg stand eine Vogelscheuche. Zorn erfüllte ihn.

»Was ist das, zum Teufel? Da muss sich jemand einen schlechten Scherz erlaubt haben! Wenn ich den Idioten erwische, der kann was erleben.«

Wütend stapfte er los, Lebrac folgte ihm aufgebracht. Aber als er die Vogelscheuche erreicht hatte und sie in Augenschein nahm, fuhr er entsetzt zurück.

»Das ist keine Vogelscheuche. Sieh dir das an!«

Lebrac folgte seiner Aufforderung, und als er die Szenerie erfasste, packte ihn das Grauen. Seine Schrotflinte glitt zu Boden, und er schlug die Hände vor sein Gesicht und keuchte. »*Mon Dieu*, Gilbert, das ist entsetzlich …«

Die Vogelscheuche war eine Frau in einem weißen T-Shirt und mit Cargohose. Um die dicken roten Locken war ein buntes Tuch geschlungen. Ihr Kopf neigte sich zur Seite, das Gesicht sah wächsern aus, die Lippen blutleer. Ihre mit einem Schleier überzogenen blassgrünen Augen fixierten einen Punkt in der Ferne. Sie war mit einem Strick an einen Rebstock gefesselt.

Gilbert schluckte, und er spürte, wie Übelkeit in ihm aufstieg.

»Wir müssen die Polizei rufen«, wandte er sich an seinen Nachbarn, der reglos neben ihm stand und nach Luft rang. Gilbert kramte in seiner Hosentasche und fand die Visitenkarte der Madame le Commissaire Mélanie Leroy. »Hast du dein Handy dabei?«

»Nein.«

»Ich auch nicht.« Hektisch zupfte Gilbert an seinem Bart. »Ich gehe ins Verwaltungsgebäude und telefoniere, du wartest hier auf mich.«

Schon lief er los und ließ Lebrac zurück. Sein Nachbar schlug ein Kreuz und versuchte, nicht in das Gesicht der Frau zu starren, doch es zog seine Blicke magisch an.

»*Mon Dieu*«, murmelte er. »So eine schöne junge Frau. Wer macht denn so etwas?«

※～ ～※

Pauline Castelot und ihr Team trafen kurz vor der Spurensicherung auf dem Weingut ein und parkten auf einem Grasstreifen neben der Zufahrtsstraße. Nach dem Anruf von Gilbert Coussau hatten sie sich mit dem Polizeipräfekten und dem Chef der Kriminalpolizei von Bordeaux beraten. Paulines Sondereinheit sollte die Ermittlungen im Fall der toten Frau im Weinberg aufnehmen. Immerhin hatten zwei Tötungsdelikte innerhalb von zehn Tagen auf demselben Anwesen stattgefunden, und ein möglicher Zusammenhang war nicht von der Hand zu weisen.

Coussau und Lebrac standen auf dem Schotterweg unterhalb des Weinbergs und warteten auf sie. Castelot stellte sich vor und zeigte dem Mann ihren Dienstausweis. »Wie heißen Sie bitte, Monsieur?«, erkundigte sie sich.

»Alain Lebrac.«

»Haben Sie die tote Frau entdeckt?«

»Ich hielt sie zunächst für eine Vogelscheuche und habe Gilbert, den ich zufällig traf, darauf angesprochen. Wir sind dann zusammen in den Weinberg gegangen und haben festgestellt, dass es sich um eine Frau handelt.«

»Daraufhin habe ich Madame le Commissaire Leroy vom Büro aus angerufen«, ergänzte Coussau.

»Kennen Sie diese Frau?«

Beide Männer schüttelten den Kopf.

»Nein, ich habe sie noch nie gesehen«, sagte Gilbert.

»Ich auch nicht«, versicherte Lebrac.

Castelot wies auf eine Bank, die unter einer Zypresse stand. »Würden Sie bitte dort auf uns warten? Es dauert nicht lange. Wir müssen uns erst um die Frau kümmern.«

In diesem Moment sah sie, dass die Rechtsmedizinerin Denise Richard gerade aus einem Fahrzeug stieg und mit ernster Miene auf sie zukam. Sie trug Jeans und ein Männerhemd, in der Hand hatte sie ihren Arztkoffer.

»Entschuldigen Sie bitte meine Verspätung«, sagte sie. »Ich habe heute einen freien Tag, aber meine Vertretung ist plötzlich erkrankt.«

»Merci, dass Sie gekommen sind.«

»Ich halte es für sehr wichtig, die erste Untersuchung eines Leichnams vor Ort durchzuführen.«

Sie gingen hintereinander durch die Rebzeilen, bis sie die Tote erreichten. Die Kollegen hatten den Tatort bereits mit rot-weißen Bändern abgesperrt und suchten die nähere Umgebung nach Spuren ab. Eine Polizeifotografin schoss konzentriert ein Bild nach dem anderen. Die Szenerie, die sich ihnen bot, war verstörend, und Leroy fand zunächst keine Worte. Fassungslos schüttelte sie den Kopf.

»Sie trägt Wanderstiefel«, bemerkte sie schließlich. »Vielleicht ist sie keine Einheimische und hat in der Gegend einen Wanderurlaub unternommen.«

Rocard betrachtete eingehend das Gesicht der Frau, dann wanderte sein Blick zu dem Strick, der mehrfach straff um ihren Leib geschlungen war.

»Der Täter ist mit enormer Grausamkeit vorgegangen. Ich frage mich, was ihn antreibt?«

Als die Fotografin fertig war, durchtrennte ein Polizist auf Castelots Anweisung hin den Strick und bettete die tote Frau mithilfe eines Kollegen vorsichtig auf eine Plane. Die Rebstöcke boten einen gewissen Sichtschutz. Madame Richard, die zwischenzeitlich einen Overall und Handschuhe übergezogen hatte, kniete sich neben sie. Sie begann mit der vorläufigen Untersuchung und entfernte behutsam das Tuch, das sie aufmerksam betrachtete. Sie hielt es hoch und zeigte es Pauline Castelot. »Auf dem Tuch sind getrocknete Blutflecken.«

Sanft tastete sie den Schädel der Leiche ab. »Am seitlichen Hinterkopf hat sie eine Verletzung.« Sie drehte den Kopf ein wenig. »Es handelt sich um eine tiefe Wunde, sie muss stark geblutet haben«, erklärte sie und sah sich um. »Ich sehe hier außer auf dem Tuch kein Blut.«

Pierrot sah sich den Rebstock und den Boden an. »Da ist nichts. Was ist mit der Kleidung?«

Madame Richard schüttelte den Kopf. »Negativ.«

»Das hier ist also nicht der Tatort?«, versicherte er sich.

»Es sieht nicht so aus.«

»Jemand tötet sie, bringt sie hierher und stellt sie aus. Warum tut er das?«

Niemand wusste eine Antwort auf seine Frage. Die Rechtsmedizinerin fuhr mit ihrem Bericht fort. »Die Tatwaffe war ein stumpfer Gegenstand, der Schlag muss mit großer Wucht ausgeführt worden sein.«

»Gibt es noch mehr Verletzungen?«

»Auf den ersten Blick nicht, aber Genaueres kann

ich natürlich erst sagen, wenn ich sie untersucht habe.«

»Wie sieht es mit dem Todeszeitpunkt aus?«, wollte Leroy wissen.

Madame Richard betrachtete die Leiche nachdenklich und sagte schließlich: »Heute Nacht zwischen zweiundzwanzig Uhr und zwei Uhr, würde ich sagen.«

»Hat sie noch gelebt, als sie hier festgebunden wurde?«

»Das weiß ich erst nach der Untersuchung im Institut, dann kann ich auch den Todeszeitpunkt weiter eingrenzen.«

Als Doktor Richard aufstand, hörte sie Motorengeräusche. Der Leichenwagen war eingetroffen und parkte hinter ihrem Fahrzeug.

»Lassen wir den Leichnam sofort abtransportieren, es ist nicht gut, wenn er noch länger der Sonne ausgesetzt ist.«

»Einen Moment noch«, bat Castelot und ging in die Hocke. »Ich möchte mir ihren Gürtel näher ansehen.«

Rasch streifte sie Einmalhandschuhe über, öffnete die Schnalle des Gürtels und zog ihn vorsichtig aus den Schlaufen. »Es ist ein Reisegürtel. Man benutzt ihn zum Beispiel bei Wanderungen, damit man wichtige Dinge am Körper tragen kann.«

Sie zog den Reißverschluss auf, holte ein Portemonnaie hervor und klappte es auf. Aufmerksam studierte sie den Inhalt und sagte: »Einhundertvierzig Euro, Kleingeld, eine Kreditkarte. Sie heißt Géraldine Villeneuve. Laut Personalausweis ist sie am vierten April 1981 in Bayonne geboren und besitzt die französische Staatsangehörigkeit.«

Aus einem Seitenfach zog sie ein zusammengefaltetes Blatt und schlug es auf. Es war eine Einladung:

*Géraldine Villeneuve*
*Rue du Pin 6*
*Andernos-les-Bains*


*Chère Madame Villeneuve,*
*ich möchte Sie herzlich zu einer Verkostung und einem exzellenten Dinner auf mein Weingut, das Château Comtesse-de-la-Francis, einladen und würde mich sehr freuen, Sie bald begrüßen zu dürfen.*
*Cordialement*
*Jean-Baptiste Armand*

Die Einladung war auf einem Computer geschrieben und auf cremefarbenem Büttenpapier ausgedruckt worden, und der Winzer hatte mit blauer Tinte unterschrieben.

Pauline reichte die Einladung an die Kollegen weiter.

»Kannten die beiden sich?«, fragte Pierrot

»Nicht unbedingt«, entgegnete Rocard. »Solche Einladungen werden auch an Personen verschickt, die zum Beispiel schon einmal hier waren und Wein gekauft haben. Sie können ihre Adresse angeben und bekommen zum Beispiel Einladungen oder Informationen über Neuigkeiten und Events. Es könnte sich auch um Serienbriefe für die Promotion handeln.«

»Es steht kein Datum darauf.«

»Nein, man informiert sich auf der Homepage und meldet sich an, oder man kommt einfach spontan vorbei.«

»Aber der Brief könnte auch persönlich an sie gerichtet sein?«

»Das wäre auch möglich.«

»Die Gegenstände kommen ins Labor«, sagte Castelot und wandte sich an Madame Richard. »Wir sind vorläufig fertig hier. Der Bestatter kann sie mitnehmen.«

Dann ging Pauline mit ihrem Team zur Bank, auf der die beiden Männer geduldig warteten.

»Wir haben die Identität der toten Frau festgestellt. Es handelt sich um eine gewisse Géraldine Villeneuve«, informierte Castelot sie. »Sagt Ihnen der Name etwas?«

Gilbert schüttelte den Kopf. »Noch nie gehört.«

Lebrac verneinte ebenfalls.

»Haben Sie heute Nacht etwas Ungewöhnliches gesehen oder gehört? Ist Ihnen etwas aufgefallen?«

Coussau überlegte. »Gegen ein Uhr habe ich nach den Pferden gesehen, weil ich nicht schlafen konnte. Alles war wie immer.«

»Ich habe in meiner Stammkneipe Karten gespielt«, erzählte Lebrac. »Gegen Mitternacht war ich zuhause. Auf dem Weg bin ich hier vorbeigekommen, aber mir ist nichts Sonderbares aufgefallen.«

»Merci, Messieurs. Falls wir noch Fragen haben, melden wir uns.«

Sie fuhren zum Weingut, um nachzusehen, ob die Hauswirtschafterin Madame Delisse da war. Sie fanden sie vor der Remise, wo sie gerade den gepflasterten Weg fegte. Ihr Hund Luna lag unter einem Stuhl in der Sitzecke und schlief. Als Madame Delisse sie erblickte, lehnte sie den Besen an die Hauswand und begrüßte sie überrascht.

»Bonjour, was führt Sie denn hierher? Haben Sie den Mörder von Jean-Baptiste gefunden?«

Castelot schüttelte den Kopf. »Noch nicht, Madame Delisse, aber wir tun unser Möglichstes. Wir sind aus einem anderen Grund hier. Monsieur Coussau und Ihr Nachbar Monsieur Lebrac haben im Weinberg hinter der Schlossmauer eine tote Frau entdeckt, die einem Verbrechen zum Opfer gefallen ist.«

Madame Delisse sah sie entsetzt an. Luna öffnete die Augen und knurrte leise. »Was sagen Sie da? Das kann doch nicht sein. Hier ist ein weiteres Verbrechen geschehen?«

»Ja, wir möchten Sie deshalb um Ihre Mithilfe bitten. Die Tote heißt Géraldine Villeneuve. Kennen Sie die Frau?«

»Nein, der Name sagt mir nichts.«

Pauline Castelot zeigte ihr den Personalausweis, der in einem Beweismittelbeutel steckte. »So sieht sie aus.«

Madame Delisse sah sich das Passfoto genau an. »Ich habe diese Frau noch nie gesehen.«

»Waren Sie heute Nacht hier?«

»Ja, das war ich tatsächlich. Eveline ist nach Hause gekommen, und ich bleibe ein paar Tage hier, damit sie nicht alleine ist.«

»Haben Sie etwas bemerkt, das Ihnen merkwürdig vorkam? Zwischen zweiundzwanzig Uhr und zwei Uhr?«

Sie überlegte. »Ich habe schlecht geschlafen, weil ich mir solche Sorgen um Eveline mache. Irgendwann habe ich einen Motor gehört. Nicht auf dem Hof, weiter weg.«

»Wie spät war es da?«

»Gegen Mitternacht, würde ich sagen.«

»Was ist dann passiert?«

»Ich weiß es nicht, ich bin wieder eingeschlafen.«

»Können wir mit Eveline sprechen?«

»Das geht leider nicht. Sie ist mit einer Freundin nach Bordeaux gefahren, die beiden wollen ins Kino. Das arme Kind braucht Ablenkung, damit sie auf andere Gedanken kommt. Der Tod ihres Vaters hat sie sehr mitgenommen. Ab nächste Woche besucht sie wieder die Schule.«

»Ist Grégoire Lenôtre da?«

»Er ist auf einer Weinmesse in Bergerac.«

»Dann sprechen wir ein andermal mit den beiden. Wenn einem der Angestellten der Name Géraldine

Villeneuve etwas sagt oder jemandem etwas aufgefallen ist, soll derjenige sich bitte bei uns melden.«

»Selbstverständlich. Oh, ich habe Ihnen nichts zu trinken angeboten, wie unhöflich von mir. Ich hole ein paar Gläser selbst gemachter Limettenlimonade zur Erfrischung.«

»Das ist sehr nett von Ihnen, aber mir müssen weiter. *Au revoir*, Madame Delisse.«

Auf dem Weg zum Auto klingelte Castelots Handy. Es war ein Kollege von der Kripo Bordeaux, den sie gut kannte.

»Salut, Jean, was gibt es?«

»Der Chef der Gendarmerie von Macau hat gerade bei uns angerufen. Ein Förster kam auf die Wache und hat berichtet, dass er am Bach zwischen Macau und Labarde ein Lager entdeckt hat. Jemand hat dort gezeltet und ein Lagerfeuer geschürt, obwohl offenes Feuer streng verboten ist. Neben der Feuerstelle hat er Blutflecken entdeckt und sich gefragt, ob ein Unfall geschehen sein könnte. Im Zelt fand er einen Rucksack, in dem er einen goldenen herzförmigen Schlüsselanhänger mit dem eingravierten Namen *Géraldine* entdeckt hat. Ich dachte, das interessiert euch vielleicht, nachdem eine Tote ganz in der Nähe gefunden wurde.«

»Das interessiert uns sogar sehr. Die Tote heißt Géraldine Villeneuve. Kannst du mir den Weg zu dieser
Stelle beschreiben? Wir fahren gleich hin.« Sie hörte
zu und machte sich Notizen. »Haben wir die Kon-
taktdaten des Försters, falls es noch Fragen gibt?«

»Ja, die Gendarmerie hat sich darum gekümmert.«

»Sehr gut. Ich danke dir, Jean.«

Sie nahmen die Landstraße, die von Arsac nach Labarde führte. So weit das Auge reichte, lagen Weingärten in der Sonne. Ein blauer Traktor tuckerte
durch die Rebzeilen, deren beste Stöcke über sechzig
Jahre alt waren. In der Ferne erhob sich ein Kirchturm, dahinter standen Wolkenschleier. Von Labarde
nach Macau fuhren sie durch den steinernen Bogen einer Eisenbahnbrücke. Macau war ein typisches
südfranzösisches Dorf mit einem Lebensmittelladen,
einem Bäcker und einer Bar-Tabac, vor der Männer
saßen und Rotwein tranken. Der Pétanque-Platz lag
verlassen in der glühenden Hitze. Der Weinwanderweg befand sich auf der rechten Seite des Baches und
war mit dem Auto nicht befahrbar. Nach zwei Kilo-
metern passierten sie einen Hochsitz, der sich hinter einer knorrigen Zeder verbarg und von dem aus

man einen weiten Blick auf die Auen hatte. Dahinter sollten sie parken und in nördlicher Richtung durch den Wald zum Bach laufen, laut Schätzung des Gendarmes von Macau höchstens fünfzig Meter weit.

Mélanie parkte den Wagen im Schatten. Hinter dem Jägerstand führte ein Trampelpfad in die beschriebene Richtung.

Sie folgten ihm, und Pauline genoss die Kühle unter den mächtigen Kronen der Eschen. Louis stieg über einen Wurzelarm und nahm dabei ein Glitzern auf dem Boden wahr. Neugierig ging er in die Hocke und entdeckte eine silberne Kreole, die fast unsichtbar in der Erde steckte. Offenbar war jemand darauf getreten. Er wies die Kollegen darauf hin und tütete den Ohrring ein.

Kurz darauf stießen sie auf das grüne Zelt, das unter einem Baum stand. Weiter unten floss und sprudelte der Bach pfauenblau und moosgrün. Sie nahmen die scheinbar friedliche Szenerie in sich auf.

»Das ist eigentlich ein schöner Platz zum Zelten«, stellte Pauline fest. »Aber auch einsam gelegen. Wenn man überfallen wird, kommt einem wahrscheinlich niemand zu Hilfe, schon gar nicht in der Nacht.«

»Seht mal«, sagte Frédéric, »da unten ist die Feuerstelle.«

Pauline betrachtete nachdenklich die Szenerie und versuchte, die Puzzleteile zusammenzusetzen. »Was ist hier passiert?«, murmelte sie.

»Géraldine Villeneuve sitzt am Lagerfeuer und trinkt Wein«, versuchte Frédéric sich an einer Rekonstruktion eines möglichen Tathergangs. Er wies auf die halbvolle verkorkte Flasche auf einem Kiesbett und auf die verkohlten Holzreste im Steinkreis. »Jemand fährt auf dem Feldweg bis zum Hochsitz oder ein Stück weiter, um sie nicht aufzuschrecken. Dann steigt er aus.«

»Oder sie«, warf Mélanie ein.

»Richtig. Also die Person steigt aus, folgt dem Pfad und tritt auf einen Zweig. Madame Villeneuve hört das Geräusch, bekommt Angst und holt ihr Messer aus der Tasche, schafft es jedoch nicht mehr, die Klinge aufzuklappen. Sie wird verletzt oder getötet, vielleicht mit einem Stein. Wie wir wissen, könnte auch Armand mit einer solchen Tatwaffe umgebracht worden sein.«

Er zeigte auf ein rotes Taschenmesser zwischen zwei Felsbrocken. »Nach dem kräftigen Schlag auf den Kopf kippt sie nach hinten, Blut fließt auf den Boden und die weißen Steine, wie ihr hier und dort sehen könnt. Ich bin mir sicher, dies ist der Tatort.«

»Weiter!«, forderte Pauline ihn auf.

»Die Person schleppt das Opfer über den Pfad zu ihrem Fahrzeug und lädt sie in den Kofferraum.«

»Könnte eine Frau das überhaupt schaffen?«, warf Mélanie ein.

»Wenn sie fit ist, dann natürlich. Es ist nicht weit, und der Weg ist eben. Aber man braucht gute Nerven und ein gewisses Maß an Kaltblütigkeit, um so etwas durchzuziehen, noch dazu in der Nähe eines Jägerstandes.«

»Wie ging es dann weiter?«, murmelte Pauline und versuchte, sich die Tatnacht vorzustellen.

»Dann bringt der Täter oder die Täterin die Frau zum Château Comtesse-de-la-Francis, zieht sie in den Weinberg und bindet sie an einem Rebstock fest.«

»Ich finde das nicht nur bizarr, sondern auch merkwürdig. Warum dieser Aufwand? Man hätte sie doch einfach am Bachufer liegen lassen können. Dort wäre sie auch gefunden worden. Mit dieser Aktion ging die Person ein großes Risiko ein. Sie hätte in eine Verkehrskontrolle geraten oder im Weinberg von jemandem beobachtet werden können.«

»Ich weiß es nicht, Pauline, ich weiß nur, dass starke zerstörerische Emotionen im Spiel sein müssen.

Diese Person hatte einen Grund, so zu handeln, es war wichtig. Jemand, der es auf das Geld und die Papiere von Madame Villeneuve abgesehen hätte, wäre nach dem Überfall abgehauen.«

»Wie hat der oder die Täterin sie gefunden? Falls es eine spontane Entscheidung war, hier zu übernachten, wusste niemand davon«, überlegte Louis.

»Die Person muss es gewusst haben.«

»Sehen wir uns das Zelt an«, schlug Pauline vor und begann die Böschung hinaufzusteigen. Neben dem Zelt hing ein schwarzer Badeanzug an einem Eibenzweig. »Nach ihrer Wanderung hat sie also gebadet«, sagte Pauline. Auf einem flachen Stein stand ein sauberer Teller. »Sie hat das Geschirr abgewaschen.«

Sie spähte in das Kugelzelt, dessen Eingang aufgeklappt war. »Ihr Schlafsack war vorbereitet. Alles ist ordentlich, sie muss ein strukturierter Mensch gewesen sein. Sehen wir uns ihren Rucksack an.«

Er lehnte an der Zeltwand. Mélanie griff danach und begann ihn auszuräumen. Aus dem Hauptfach förderte sie zusammengelegte Kleidungsstücke, ein Regencape, Unterwäsche, Socken und Sandalen zutage. Außerdem einen Kosmetikbeutel und ein Plastiktäschchen mit Schmerztabletten und Pflaster. In einer Seitentasche fand sie einen Schlüsselbund mit einem Anhänger, wie ihn der Förster beschrieben hatte. Golden, herzförmig, mit der Gravur *Géraldine*. Im Nebenfach steckten ein Notizheft und ein gebundenes Buch sowie verschiedene Stifte.

Pauline nahm das Heft und blätterte es durch. »Es sind Aufzeichnungen, Ideen und Skizzen für ein Kinderbuch.« Sie nahm das gebundene Buch zur Hand. »Auf der ersten Seite steht etwas in schön geschwungener Handschrift und mit lila Tinte geschrieben: ›Die meditative Wanderreise von Géraldine Villeneuve. Auf der Suche nach dem verlorenen Glück.‹«

Sie sahen sich an. »Damit haben wir den Beweis, dass es sich bei der Besitzerin des Rucksacks und der Toten um ein und dieselbe Person handelt«, bestätigte Frédéric. »Hat sie ein Reisetagebuch geführt?«

»Ja, sie hat täglich über ihre Erlebnisse geschrieben und jeweils eine Skizze dazu gemacht, sehr schön«, beschrieb Pauline die Eintragungen. »Und jetzt ist sie tot.«

Über Frédérics Gesicht fiel ein Schatten. Pauline wusste, dass er an Emma dachte, und wechselte das Thema. »Wir brauchen die Spurensicherung. Forderst du sie bitte an, Frédéric?«

»Wird sofort erledigt.« Er zwinkerte ihr zu und zog sein Smartphone aus der Hemdtasche.

Die Fahrt von Macau nach Andernos-les-Bains dauerte über eine Stunde. Es schien, als hätten sich alle Bauern aus der Gegend mit ihren Traktoren und landwirtschaftlichen Maschinen gleichzeitig auf den Weg gemacht. Pauline und die anderen Kommissare wollten sich im Haus von Géraldine Villeneuve umsehen.

Das einstöckige Haus in der Rue du Pin 6 war weiß verputzt, hatte taubenblau lackierte Klappläden und war von einem gepflegten Garten mit altem Baumbestand umgeben. Sie parkten neben dem Zaun und gingen durch das Gartentor über einen gepflasterten Weg zur Haustür. Es gab statt einer Klingel einen kunstvoll ornamentierten silbernen Türklopfer, der die Sonnenstrahlen reflektierte. Unter einem Vordach stand ein reichlich zerrupfter Katzenbaum, an dessen Verzweigungen Bälle an Kordeln baumelten.

Pauline holte den Schlüsselbund aus ihrer Tasche und probierte gerade die verschiedenen Schlüssel aus, als eine energische Stimme ertönte. »Was machen Sie da? Hören Sie sofort auf! Ich werde die Polizei rufen.«

Hinter dem Lattenzaun zwischen Rosenstöcken und Sommerflieder stand eine kleine dunkelhaarige Frau, die sie empört musterte.

»Bonjour, Madame«, rief Pauline Castelot. »Wir sind die Polizei. Haben Sie einem Moment Zeit, um mit uns zu sprechen? Es geht um Ihre Nachbarin, Géraldine Villeneuve.«

Der Ausdruck auf dem Gesicht der Frau wechselte von Empörung zu Besorgnis. »Was ist mit ihr? Ihr ist doch nichts zugestoßen?«

»Dürfen wir rüberkommen? Das kann man nicht über den Zaun hinweg besprechen.«

»Selbstverständlich, kommen Sie.«

Die Frau wartete am Gartentürchen auf sie. Castelot zeigte ihr ihren Dienstausweis. Sie studierte ihn genau, und als sie *Madame le Commissaire* las, wurde sie blass. Sie brauchte einen Moment, um sich wieder zu fangen, dann forderte sie sie auf mitzukommen.

»Ich habe gerade Kaffee gekocht, setzen wir uns doch auf die Terrasse und trinken eine Tasse zusammen. Dort sind wir ungestört und können in Ruhe reden.«

Auf der Terrasse standen Korbsessel mit dicken Polstern um einen Tisch. »Nehmen Sie bitte Platz, ich hole den Kaffee.«

Nach kurzer Zeit kam sie mit einem Tablett zurück und stellte es auf den Tisch. Sie schenkte ein und legte für jeden ein Mirabellentörtchen mit Sahnehaube auf einen Teller. »Die Früchte stammen aus meinem Garten«, erklärte sie. Dann sah sie mit großen Augen fragend in die Runde. »Was ist passiert?«

»Es tut mir leid, Madame Cabesos«, sagte Pauline und stellte den Teller mit dem Törtchen ab. »Ihre Nachbarin wurde heute Morgen tot aufgefunden, auf dem Weinwanderweg zwischen Saint-Émilion und Fort Médoc. Es deutet alles auf ein Verbrechen hin.«

Angélique Cabesos sackte zusammen und hielt sich die Hand vor den Mund. »Nein, nicht Géraldine! Sind Sie sicher?«, fragte sie fast flehentlich.

»Leider ja.«

»Aber sie war doch allen Menschen gegenüber immer freundlich und hilfsbereit ...«

Madame Cabesos griff nach der Kaffeetasse, ihre Hand zitterte jedoch so sehr, dass sie sie gleich wieder abstellen musste. »Rosalie«, flüsterte sie. Ihre Lippen hatten jede Farbe verloren. »Das war ein böses Omen.«

Rocard sah sie verblüfft an. »Wie meinen Sie das?«

»Géraldine hat mir ihre Katze anvertraut, bevor sie zu ihrer Wanderung aufgebrochen ist. Sie heißt Rosalie.« Sie korrigierte sich. »Sie hieß Rosalie.«

»Ist sie überfahren worden?«

»Nein, jemand hat ihr das Genick gebrochen.«

»Wie bitte?«

»Ja, sie war drei Tage lang verschwunden. Ich habe nach ihr gesucht, sie jedoch nirgendwo gefunden. Gestern habe ich sie in einem Kiefernwäldchen in der Nähe des Austernhafens gefunden, tot. Wir haben sie dort begraben.«

»Sind Sie sicher, dass es ein Genickbruch war?«, wollte Leroy wissen.

»Nicolas Lunven hat mich begleitet. Er ist Landwirt und kennt sich mit Tieren aus, er hat sie abgetastet.«

»Kannten Sie und Madame Villeneuve sich gut?«

»Wir hatten ein gutes nachbarschaftliches Verhältnis. Manchmal haben wir eine Tasse Kaffee zusammen getrunken und uns unterhalten. Man konnte gut mit ihr reden. Sie interessierte sich für eine Menge Dinge und wusste auch viel. Immer hat sie positiv gedacht und nach vorn gesehen.« Nachdenklich runzelte sie die Stirn. »Nur als Yves sie verließ, war sie am Boden zerstört.«

»Wer ist Yves?«, fragte Pierrot.

»Ihr Exfreund. Er hat sie vor einiger Zeit wegen einer anderen Frau verlassen.«

Pierrot fiel die Überschrift im Reisetagebuch ein. »Hat sie deshalb diese Wanderung unternommen?«

»Das war der hauptsächliche Grund, ja. Der Verlust ihrer großen Liebe hat ihre Kreativität blockiert, sie hatte keine Ideen mehr. Vor lauter Kummer konnte sie nicht mehr schreiben.«

»War sie Schriftstellerin?«

»Ja, sie schrieb Kinderbücher, mit sehr großem Erfolg. Sie konnte davon leben. Zwei Bücher wurden bereits verfilmt.«

»Wie lange ist sie schon unterwegs?«, erkundigte sich Castelot.

»Lassen Sie mich nachdenken … Seit knapp drei Wochen. In drei, vier Tagen hätte ich sie eigentlich zurückerwartet.«

»Haben Sie während dieser Zeit telefoniert?«

»Nein, sie wollte ihr Handy ausschalten und sich ganz auf sich konzentrieren. Wir hatten vereinbart, dass ich ihre Pflanzen und den Garten gieße und nach der Post sehe.«

»War in der Post etwas Interessantes?«

»Nein, nur Reklame und eine Abo-Zeitschrift. Ich glaube, die jungen Leute kommunizieren eher über E-Mails oder Textnachrichten. Ach ja, ein Brief von einem Stromversorger war auch dabei. Die Post liegt auf einem Tischchen in ihrem Korridor, wenn sie sie durchsehen möchten.«

»Hat sie Ihnen erzählt, welche Wanderroute sie ausgewählt hatte?«

»Sie hat mir die geplante Route auf einer Wanderkarte gezeigt. Ich habe mir die wichtigsten Stationen gemerkt, weil es mich interessiert hat. Ich komme seit dem Tod meines Mannes nicht mehr so viel herum. Lassen Sie mich nachdenken. Es waren Le Teich, das Naturschutzgebiet Les Landes, Sabres, das Château Cazeneuve, Saint-Émilion, Château Branda, Arsac und Fort Médoc.«

»Arsac?«, hakte Rocard nach.

»Ja, da bin ich mir ganz sicher.«

»Wollte sie dort jemanden besuchen?«

»Das weiß ich nicht. Sie hat vor ihrer Reise kurz erwähnt, dass sie jemanden besuchen wolle, aber wen und wo?« Sie zuckte mit den Schultern. »Keine Ahnung.«

»Hat sie jemals den Namen Jean-Baptiste Armand erwähnt?«

Madame Cabesos dachte nach. »Nein, nicht, dass ich wüsste. Ist das nicht dieser Winzer, der tot in seinem Brunnen gefunden wurde? Ich habe davon in der Zeitung gelesen, da war auch ein Bild von ihm abgedruckt. Eine schreckliche Geschichte.«

Pauline nickte. »Ist Ihnen in letzter Zeit etwas aufgefallen, war etwas ungewöhnlich, anders als sonst? Kam Ihnen ein Vorfall merkwürdig vor? Natürlich auch im Zusammenhang mit Ihrer Nachbarin.«

Grübelnd sah Madame Cabesos sie an, dann schien ihr etwas einzufallen. »Es ist tatsächlich etwas vorgefallen, aber als sonderbar würde ich es nicht bezeichnen. Obwohl … wenn ich jetzt darüber nachdenke?«

Pauline wurde hellhörig. »Was ist geschehen? Schildern Sie es doch bitte genau.«

Madame Cabesos trank einen Schluck Kaffee und begann zu erzählen. »Am zehnten Juni, das war der Tag, an dem Rosalie verschwunden ist, stand plötzlich eine fremde Frau vor meiner Haustür und erkundigte sich nach Géraldine. Aber sie war nicht da. Sie erzählte, dass sie sich vor ein paar Monaten bei einer Lesung in Biscarrosse kennengelernt hätten. Dabei seien sie ins Gespräch gekommen, und Géraldine habe ihr ihre Visitenkarte gegeben und gesagt, sie solle vorbeischauen, wenn sie in der Gegend sei.«

»Wie heißt die Frau?«, wollte Leroy wissen.

»Sie hat sich als Clara-Marie Niney vorgestellt.«

»Können Sie ihr Alter ungefähr schätzen?«

»Ende dreißig, würde ich sagen.«

»Wie sah sie aus?«

»Sie hatte ein blaues Sommerkleid an, die Haare

waren schwarz und zu einem Pagenkopf frisiert. Und sie trug eine große Sonnenbrille, deshalb konnte ich ihre Augen nicht sehen. Auffällig war ihre Nase. Sie passte nicht so recht zu dem zarten Gesicht.«

»Können Sie ihre Statur beschreiben?«

»Sie war etwas größer als ich und vollschlank.«

»Haben Sie noch über etwas anderes mit ihr gesprochen?«

»Sie hat so nett über Géraldine gesprochen, da habe ich sie zu einem Kaffee eingeladen.«

»Können Sie sich erinnern, worüber sie sich unterhalten haben?«

»Sie interessierte sich sehr für Géraldines Wanderroute. Sie erzählte, dass sie auch eine größere Tour plane und für Anregungen dankbar sei.«

»Haben Sie ihr die Stationen mitgeteilt?«

»Ja, ich habe sie ihr sogar auf einer Landkarte gezeigt. Sie war ganz begeistert.«

»Was wollte sie noch wissen?«

»Géraldines Zeitplan. Sie sagte, diese Information würde ihr bei ihrer eigenen Urlaubsplanung helfen.« Madame Cabesos sah sie erschrocken an. »Hätte ich das nicht tun sollen?«

Leroy winkte ab, warf Pauline aber einen raschen Seitenblick zu.

»Es ist schon in Ordnung. Wir sehen uns jetzt im Haus Ihrer Nachbarin um. *Merci bien* für Ihre Auskünfte und die nette Bewirtung. Ihre Mirabellentörtchen sind wirklich hervorragend.«

Am Ring waren drei Schlüssel befestigt, der zweite passte. Pauline sperrte die Haustür auf, und sie traten in den Flur. Die Luft roch nicht abgestanden, sondern frisch. Madame Cabesos nahm ihre Aufgabe offenbar ernst und lüftete regelmäßig. Auf einem kleinen Tisch neben der Garderobe lag die Post. Louis sah sie kurz durch. Die Nachbarin hatte sich tatsächlich genau erinnert, was sie aus dem Briefkasten geholt hatte.

Linkerhand befand sich eine aufgeräumte Küche. Daneben ein Esszimmer mit einem rustikalen Holztisch und verschiedenen originellen Stühlen, die wahrscheinlich auf Flohmärkten erstanden worden waren. An den jadegrün gestrichenen Wänden hingen aquarellierte Tuschezeichnungen in silbernen Rahmen, die Motive aus der Region zeigten: den Wochenmarkt von Arcachon, die Villa Algérienne auf Cap Ferret, den Austernhafen von Gujan-Mestras und eine Villa aus der Belle Époque in der Winterstadt von Arcachon. Die Bilder waren mit *Géraldine* signiert.

Der Salon war mit zwei cremefarbenen Ledersofas, einem Glastisch, einem Sekretär aus Kirschholz und einer Regalwand voller Bücher ausgestattet. Es gab eine Stereoanlage und einen Flachbildschirm, daneben Stapel von CDs und Blu-Rays.

Neben der Toilette führte eine gewundene Treppe in den ersten Stock. Im Schlafzimmer stand ein französisches Bett mit einer farbenfrohen Patchwork-Decke. Im anschließenden kleinen Zimmer war ein Hometrainer untergebracht. Neben dem Badezimmer lag das Arbeitszimmer. In einem Holzregal standen aufgereiht Géraldine Villeneuves Werke, hauptsächlich Kinderbücher mit lustigen Illustrationen auf dem Einband.

Mélanie klappte den Laptop auf, der auf dem Schreibtisch stand, und fuhr ihn hoch. »Ein Passwort wird verlangt«, informierte sie ihre Kollegen. Sie versuchte es mit *Rosalie.*

»Fehlanzeige.«

Louis deutete auf eine gerahmte Fotografie, die einen gut gelaunten attraktiven Mann zeigte. »Yves«, schlug er vor.

»Ich bin drin!«

Sie verschaffte sich einen Überblick über die Mails, während ihr die Kollegen über die Schulter sahen. »Es gibt hauptsächlich einen Mailaustausch mit ihrem Verlag und ihrem Agenten in Paris, einige private Nachrichten und Onlinebestellungen, hauptsächlich Kleidung und Büromaterial. Ich kann auf Anhieb nichts Auffälliges entdecken.« Sie suchte weiter. »Vor ihrer Abreise hat sie Wanderwege und Weinrouten gegoogelt. Die Ordner in den verschiedenen Dateien enthalten Manuskripte, Exposés, Ideensammlungen und Recherchematerial. Ich schlage vor, wir nehmen den Computer mit und lassen ihn von IT-Spezialisten durchforsten.«

In einer Schublade des Schreibtisches waren Büroutensilien untergebracht, in der anderen Kontoauszüge, Rechnungen und diverser Schriftverkehr. Dazwischen spitzte die Ecke einer Fotografie heraus. Pauline zog sie unter einem Stapel hervor, entdeckte vier weitere Bilder und betrachtete sie stirnrunzelnd. »Seht euch das an.«

Auf dem ersten Foto war ein weißes Motorboot zu sehen. Es lag in der Marina von Arcachon, im Hintergrund konnte man das Karussell auf der Strandpromenade erkennen. Der Himmel war strahlend blau, Möwen zogen darüber hinweg. An der Reling standen sieben Personen, die lachten und in die Kamera winkten. Vier davon waren ihnen bekannt: Jean-Baptiste Armand, seine Tochter Eveline, sein Verwalter Grégoire Lenôtre und Géraldine Villeneuve. Daneben standen zwei Frauen mittleren Alters, eine mit weizenblonden, kurzgeschnittenen Haaren, die andere mit einem braunen Zopf, der ihr über die Schulter fiel. Der Mann hatte ein kantiges Gesicht und halblange dunkle Haare. Auf dem Rumpf des Schiffes stand in geschwungenen schilfgrünen Buchstaben: *Eveline II.* Das zweite Foto zeigte den Winzer im Steuerstand, eine Hand am Lenkrad, die andere zum Gruß erhoben. Neben ihm stand Grégoire Lenôtre mit Gummistiefeln und Anglerhut, der offenbar nicht bemerkte, dass er fotografiert wurde. In der Ferne wölbte sich schemenhaft die von Austernbänken umgebene Vogelinsel mit den Pfahlbauten.

Das dritte Bild zeigte die beiden Frauen und Géraldine Villeneuve nebeneinander auf einer Sitzbank, wie sie lachend die Sonne genossen. Jede hatte ein Glas Champagner in der Hand. Dahinter erhob sich der weiße Leuchtturm von Cap Ferret mit seiner roten Mütze. Das vierte Foto wurde durch die Düne von Pilat dominiert, die wie ein gewaltiger Koloss unter einem sich verdunkelnden Himmel lag. Die Schatten der Wolken jagten über die Sandpiste. Im Vordergrund stand der unbekannte Mann mit ernstem Gesichtsausdruck, den Blick in die Ferne gerichtet. Das Foto musste vom Meer aus aufgenommen worden sein. Neben ihm stand Eveline, die inzwischen ein scharlachrotes Piratentuch um den Kopf geschlungen hatte und mit gerunzelter Stirn seinem Blick folgte. Auf dem fünften Bild sah man nur die Reling, die von der Horizontalen in die Schräge gerutscht war, schwarze sich auftürmende Wolken und Gischtschleier. Das Foto war verwackelt und unterbelichtet.

»Offenbar ist schlechtes Wetter aufgezogen«, vermutete Frédéric. »In solchen Fällen fährt man am besten die nächste Marina an und bringt sich in Sicherheit.«

»Die Kinderbuchautorin und der Winzer haben sich also gekannt«, stellte Louis fest. Pauline starrte nachdenklich auf die Bilder. »Zwei der sieben Personen sind inzwischen einem Verbrechen zum Opfer gefallen. Kann das Zufall sein?«

Sie tauschte einen raschen Blick mit Frédéric. Er schüttelte ungläubig den Kopf.

»Das ist äußerst unwahrscheinlich«, entgegnete er.

✿

Auf der Rückfahrt nach Bordeaux beschlossen sie, den langen Tag in ihrer Stammkneipe, der Barracuda Bar am Quai Richelieu, ausklingen zu lassen. Bevor sie sich in Andernos-les-Bains auf den Weg gemacht hatten, hatten sie Madame Cabesos die beiden Fotos gezeigt, auf denen die unbekannten Frauen abgebildet waren. Sie konnte nicht mit Sicherheit sagen, ob eine davon Clara-Marie Niney war.

Vor dem Lokal standen einfache Holztische, umsäumt von Blumenkübeln, in denen Rittersporn und Sommerröschen blühten. Der vorbeieilende Kellner blieb kurz stehen und wies ihnen den einzigen freien Platz zu. Der Tisch war zwar reserviert, doch da sie Stammgäste waren, würde er umdisponieren. Sie setzten sich, und er brachte die Getränkekarte. In der Bar gab es ein täglich wechselndes Menü und diverse Kleinigkeiten, die mit weißer Kreide auf einer Schiefertafel geschrieben standen. Sie entschieden sich für eine Karaffe fruchtigen Rosé, dazu eine Flasche Perrier. Nach einigem Hin und Her bestellten sie den Aperitif des Tages, einen Lillet. Er enthielt Weißwein, Orangenlikör sowie Limettensaft und wurde mit gestoßenem Eis getrunken. Die Menüfolge klang vielversprechend: Es gab Jakobsmuscheln in Sauternes als Vorspeise, danach in Honig geschmorte Taube und als Dessert Café landais mit Sahne und einem Schuss Armagnac.

Sie genossen ihren Drink und den Blick auf den Pont de Pierre, der sich erhaben über die Garonne spannte. Ein Ausflugsboot, gefolgt von einem Schlepper, passierte einen Brückenbogen. Gemächlich senkte sich die Dämmerung über die Stadt, und die untergehende Sonne tauchte die Palais aus hellem Kalkstein, die das Ufer säumten, in bernsteinfarbenes Licht.

Louis tippte etwas auf seinem Tablet, aber als der Kellner die Muscheln und das Baguette servierte, steckte er es in seine Tasche. Während sie die Vorspeise aßen, berichtete er, dass es im Bordelais drei weibliche Personen gab, die Clara-Marie Niney hießen. Altersmäßig passte die Beschreibung von Madame Cabesos auf keine der Frauen.

# 15. JUNI

Madame le Commissaire Castelot und ihr Team begannen kurz nach neun Uhr mit ihrer Besprechung. Louis hatte den familiären Hintergrund von Géraldine Villeneuve recherchiert. »Ihre Eltern sind bereits verstorben. Die jüngere Schwester Cécilie ist vor zwei Jahren nach Martinique ausgewandert, und mir ist es bisher nicht gelungen, sie zu erreichen. Ich bleibe an der Sache dran. Außerdem habe ich mir die Homepage von Madame Villeneuve angesehen. Sie schreibt nicht nur erfolgreich Kinderbücher, sondern ist auch gern gesehener Gast auf Literaturfestivals und Buchmessen.« Er schenkte sich einen Kaffee ein. »Ihr Laptop wird im Lauf des Tages untersucht.«

Pauline bedankte sich. »Vielleicht weiß ihre Schwester etwas, das uns weiterhilft. Der Fall ist verworren, und wir dürfen nichts unversucht lassen.« Sie griff nach einer Mappe. »Der Bericht der Spuren-

sicherung liegt vor. Die Kollegen haben den Rast-
platz und den Weinberg, wo das Opfer gefunden
wurde, akribisch abgesucht, aber nichts gefunden. Es
gibt weder Schleifspuren noch Reifenabdrücke, da es
seit Tagen nicht geregnet hat, und der Boden staub-
trocken ist.«

Das Faxgerät meldete sich, und Mélanie holte die
Nachricht aus dem Fach.

»Das Labor hat die silberne Kreole, die Louis im
Wald gefunden hat, auf Fingerabdrücke untersucht.
Darauf befinden sich Spuren von einer Person, die jedoch nicht im Polizeisystem hinterlegt sind.« Mélanie
las weiter. »Hier steht sonst nichts, aber nach meiner
Erfahrung werden Kreolen häufiger von Frauen getragen als von Männern.«

Sie nahm sich ein Croissant. »Das hilft uns im Moment auch nicht weiter.«

Pauline ergriff das Wort. »Es bleibt auch immer
noch die Frage, warum man Géraldine Villeneuve
getötet, dann in einem Fahrzeug zum Weinberg von
Armand transportiert und dort an einen Rebstock
gebunden hat.«

Frédéric strich sich über die Haare. »Das ist mir
auch ein Rätsel. Ich habe lange darüber nachgedacht,
aber das ergibt doch keinen Sinn.«

»Wollte der Täter uns damit auf einen Zusammenhang hinweisen? Hat das Ganze symbolischen Charakter?«, fragte Mélanie.

»Ich denke schon, dass es einen Zusammenhang gibt«, meinte Frédéric. »Ich kann mir auch vorstellen, dass die Botschaft nicht für uns bestimmt war und der Mörder sein Tun für eine geniale Idee hielt.«

»Auf welche Persönlichkeitsstruktur würde so ein Verhalten hinweisen?«

»Vielleicht ist er stolz auf sein Werk, oder es verschafft ihm Befriedigung? Meiner Ansicht nach weist der Täter psychopathische Züge auf. Man darf weder Angst noch Skrupel haben, um so vorzugehen.«

Louis rieb sich gedankenverloren das Kinn. »Was hat es mit diesem Besuch der Frau bei Madame Cabesos auf sich? Wir wissen, dass sie einen falschen Namen genannt hat. Wir könnten eine Phantomzeichnung anfertigen lassen und sie an die Presse geben. Vielleicht erkennt sie jemand.«

»Vermutlich war sie verkleidet«, antwortete Frédéric. »Erinnert ihr euch daran, dass sie angeblich einen akkuraten Pagenschnitt trug? Das klingt nach einer Perücke. Und dazu eine große Sonnenbrille, so dass von ihrem Gesicht nicht viel zu erkennen war.«

Pauline nickte. »Ich glaube, eine Phantomzeichnung können wir uns sparen, sie wird uns nicht weiterhelfen. Diese Frau wollte herausfinden, wo Géraldine Villeneuve sich aufhielt, ohne selbst erkannt zu werden. Sie hat sie gesucht und tatsächlich gefunden.«

»Du meinst, sie ist die Mörderin?«, vergewisserte sich Louis.

»Es deutet vieles darauf hin.«

»Also suchen wir tatsächlich eine Frau?«

»Ich denke schon. Es sei denn, sie hat diese Information für eine andere Person in Erfahrung gebracht.«

»Könnte es eine der beiden unbekannten Frauen auf dem Motorboot sein?«

»Ich weiß es nicht, Louis. Wir müssen ihre Identitäten herausfinden und mit ihnen reden. Mit dem Mann natürlich auch.«

»Womöglich hat das Motiv etwas mit diesem Bootsausflug zu tun«, überlegte Mélanie. »Ist das die Verbindung?«

»Das müssen wir durch die Befragungen in Erfahrung bringen.« Pauline rieb sich die Schläfen. »Was für eine komplizierte Ermittlung.«

»Wir schaffen das«, ermunterte Louis sie. »Wir müssen nur noch herausfinden, wie das alles zusammenhängt.«

Sie lächelte ihn an. »Das werden wir.«

Mélanie lehnte sich zurück und sagte: »Ich frage mich die ganze Zeit, was es mit dem Einbruch bei Eveline und dem Genickbruch der Katze auf sich hat? Gibt es zwischen diesen beiden Vorfällen einen Zusammenhang, hat das etwas zu bedeuten?«

»Nehmen wir an, es handelt sich nicht um einen Zufall«, entgegnete Frédéric. »Was haben diese Vorfälle ausgelöst? Armand hat den Brief seiner Tochter gelesen, ihr vermutlich geglaubt und sich große Sorgen gemacht. Nach Aussage von Madame Delisse wollte er sie so schnell wie möglich besuchen.« Nachdenklich trank er einen Schluck Kaffee. »Géraldine Villeneuve hing sehr an ihrer Katze. Wäre sie nicht wandern gewesen, hätte sie sie verzweifelt gesucht und sich Sorgen gemacht. Bedenkt bitte, dass das Tier genau an jenem Tag verschwunden ist, als diese Frau vor Madame Cabesos' Tür stand. War das auch ein Zufall?«

»Was willst du damit sagen?«, fragte Louis.

»Ich weiß es nicht, aber ich finde es seltsam.«

»Ja, das ist es.«

Mélanie drehte eine Haarsträhne um den Finger und runzelte die Stirn. »Mir sind das entschieden zu viele Zufälle.« Sie griff nach einem zweiten Croissant. »Wie gehen wir weiter vor?«

Pauline sah auf ihre Armbanduhr. »Um halb zwölf haben wir einen Termin in der Rechtsmedizin, wir müssen los.«

❦

Die Rechtsmedizinerin Denise Richard empfing Pauline und ihr Team in ihrem Büro. Sie begrüßte sie mit einem freundlichen Lächeln und strich sich eine Haarsträhne, die sich aus ihrem Chignon gelöst hatte, aus dem Gesicht. Auf dem Tisch in der Sitzecke waren auf einem Tablett Kaffee, Wasser und Gebäck angerichtet. Sie setzten sich, und Madame Richard forderte sie mit einer Geste auf, sich zu bedienen. Sie griff nach einer Mappe und schlug sie auf.

»Ich habe die Obduktion gestern Nachmittag durchgeführt«, erklärte sie. »Meinen Bericht habe ich für Sie kopiert.«

Castelot bedankte sich. »Der Fundort war nicht der Tatort, nicht wahr?«

Doktor Richard nickte. »Das ist richtig. Das Blut auf dem Tuch des Opfers wurde im Labor untersucht, es stammt, wie nicht anders zu erwarten, von Géraldine Villeneuve. Der Tatort war die Stelle am Bach neben dem Lagerfeuer. Ich habe mir die Fotos der Spurensicherung angesehen. Auf den weißen

Steinen war Blut, das ebenfalls vom Opfer stammt. Dort wurde ihr eine tiefe Wunde zugefügt, die stark geblutet hat. Es war ein heftiger Schlag auf das Stirnbein rechts seitlich am Kopf, der ein Schädelhirntrauma verursacht hat. Der Schlag erfolgte in einem Winkel von fünfundvierzig Grad.«

»War der Täter Rechtshänder?«, fragte Pierrot.

»Vermutlich.«

»Was könnte die Tatwaffe gewesen sein?«

»Es war ein stumpfer Gegenstand, vielleicht ein Stein. Der Schlag wurde mit großer Wucht ausgeführt.«

»Die Kollegen der Spurensicherung haben auf dem Zeltplatz nichts dergleichen gefunden«, erklärte Castelot.

»Ja, ich weiß«, entgegnete Madame Richard. »Am einfachsten wäre es gewesen, den Stein in den Bach zu werfen. Wenn die Tatwaffe ein anderer Gegenstand war, zum Beispiel ein Baseballschläger, hat der Täter ihn vermutlich mitgenommen.«

»Wie bei Jean-Baptiste Armand«, warf Rocard ein.

Die Ärztin nickte. »So ist es.«

»Ist eine Frau in der Lage, einen solchen Schlag auszuführen?«

»Durchaus, ich gehe davon aus, dass das Opfer am

Bach saß und der Täter sich hinter ihm befand, das erklärt auch den Einschlagwinkel.«

»Géraldine Villeneuve ist also auf dem Zeltplatz ihren Verletzungen erlegen?«, vergewisserte sich Leroy.

»Definitiv. Der Schlag auf das Stirnbein verursacht ein Schädelhirntrauma, man stirbt, und das Herz hört auf zu schlagen. Nach etwa einer Minute tritt Atemstillstand ein, und die Blutzirkulation kommt zum Erliegen. Wenn das Herz aufhört zu pumpen, fließt kein Blut mehr, und aus der Wunde tritt keines mehr aus. Es sickert nach unten und sammelt sich in den Venen und Arterien.«

»Haben Sie Abwehrverletzungen feststellen können?«

»Nein, ich bin der Ansicht, dass sie überrascht wurde.«

»Am Tatort wurde ein rotes Taschenmesser gefunden, könnte der Täter es verloren haben?«

Richard schüttelte den Kopf. »Laut Laborbericht befanden sich ausschließlich die Fingerabdrücke des Opfers darauf.«

»Ich vermute, sie hat ein Geräusch gehört und wollte sich damit verteidigen«, meinte Rocard.

»Diese Erklärung ist plausibel.« Die Ärztin

schenkte sich ein Glas Wasser ein und trank einen Schluck. »Was ich überhaupt nicht verstehe, ist das Vorgehen des Täters. Warum hat er sie nicht einfach dort liegen lassen?« Mit ernster Miene sah sie in die Runde. »Aber schließlich ist es Ihre Aufgabe, das herauszufinden.«

Castelot stimmte ihr zu und fasste die Resultate zusammen. »Sie hat also nicht mehr gelebt, als sie an den Rebstock gebunden wurde.«

»Das ist ausgeschlossen.«

»Was können Sie uns zum Todeszeitpunkt sagen?«, wollte Pierrot wissen.

»Aufgrund der Obduktion kann ich den Zeitrahmen einschränken: Die Tat wurde zwischen zweiundzwanzig Uhr und vierundzwanzig Uhr begangen, plus/minus die übliche Abweichung.«

»Madame Delisse hat in der Tatnacht gegen vierundzwanzig Uhr ein Motorengeräusch auf der Straße gehört«, sagte Rocard. »Nehmen wir an, es handelte sich tatsächlich um das Fahrzeug des Täters. Vom Zeltplatz bis zum Weingut sind es ungefähr acht Kilometer, sagen wir also, die Fahrt dauerte zehn Minuten. Nachts herrscht hier nicht viel Verkehr, wahrscheinlich sind ihm nur wenige Autos begegnet. Hinzu kommt noch die Zeit, die er brauchte, um die

Leiche durch den Wald zu transportieren. Fünfzehn Minuten? Zwanzig?« Nachdenklich rieb er sich das Kinn. »Diese Aktion hat eine gute halbe Stunde gedauert, vielleicht auch etwas länger. Ich würde sagen, das Opfer ist gegen dreiundzwanzig Uhr getötet worden.«

»Falls diese Hypothese richtig ist – hilft uns das weiter?«, wollte Leroy wissen.

»Es war nur ein Gedankengang. Aber ich überlege, ob wir in der regionalen Presse einen Aufruf an die Bevölkerung veröffentlichen, ob jemand während des betreffenden Zeitrahmens von zweiundzwanzig bis vierundzwanzig Uhr zwischen Macau und Arsac etwas Verdächtiges bemerkt hat?«

Castelot nickte. »Wir lassen nichts unversucht.« Sie schenkte sich Kaffee nach und wandte sich an Richard. »Steht in dem Laborbericht auch etwas über den Strick, mit dem das Opfer an den Rebstock gebunden war?«

»Ja, dazu gibt es eine Notiz.« Sie blätterte in ihren Unterlagen. »Es ist handelsübliche Ware, die in jedem Handwerkermarkt gekauft werden kann.«

»Wurden Spuren gefunden?«

»Nein.«

»Der Täter hat also Handschuhe getragen.«

»Offenbar.«

»Mir ist noch etwas eingefallen«, meldete sich Rocard zu Wort. »Im Auto des Täters müssten sich Spuren der Toten befinden, Haare, Hautschuppen und
dergleichen.«

»Ja«, bestätigte die Ärztin. »Davon kann man aus-
gehen. Der Tod hinterlässt immer Spuren.«

»Dann müssen wir das Auto nur noch finden.«

»So ist es«, sagte Richard und klappte die Mappe
zu. »Das waren meine Untersuchungsergebnisse,
mehr Informationen habe ich leider nicht für Sie.«

»Das war doch schon sehr viel«, entgegnete Castelot.

»Wollen Sie den Leichnam noch einmal sehen?«

»Nein, das ist nicht nötig. *Merci beaucoup.*«

❧ ☙

Für den Nachmittag hatten sie auf dem Weingut
Comtesse-de-la-Francis einen Termin mit Eveline Armand und Grégoire Lenôtre vereinbart. Der
Rechtsanwalt ihres Vaters erteilte für die Befragung
des Mädchens seine Einwilligung. Der Verwalter
hatte ebenfalls zugesagt und deshalb einen wichtigen
Termin mit einem Großhändler in Libourne verschoben.

Mélanie parkte den Dienstwagen auf dem Hof im Schatten einer Kastanie. Weit und breit war niemand zu sehen, nur ein mit Kisten beladener Traktor stand in der prallen Sonne. Als sie vor der Remise ankamen, stellten sie fest, dass die Tür offen stand.

Castelot klopfte mit der Faust gegen das Türblatt. »Bonjour, ist jemand zuhause?«

Die Hauswirtschafterin trat aus der Küche in den Flur und trocknete sich dabei die Hände an einem Geschirrtuch ab. Sie lächelte sie bedrückt an.

»*Bonjour Mesdames et Messieurs*, kommen Sie doch bitte herein. Hier ist es angenehm kühl.« Sie wies auf die Treppe. »Eveline und Monsieur Lenôtre warten im großen Salon auf sie.«

Sie gingen in den ersten Stock. Auf dem Boden der Diele stand eine Glasvase mit weißen Rosen, die einen betörenden Duft verströmten. Die Tür zum Salon war geöffnet, die Klappläden bis auf einen handbreiten Spalt zugezogen. Sie sperrten die Hitze und das grelle Sonnenlicht aus. Das Mädchen und der Verwalter saßen auf der Couch und unterhielten sich leise. Als sie die Polizisten bemerkten, standen sie auf und begrüßten sie. Lenôtre machte eine einladende Geste.

»Nehmen Sie doch bitte Platz. Madame Delisse hat

gekühlte Limonade, Kaffee und Schokoladentarte für uns bereitgestellt, Sie können sich gerne bedienen.«

Sie setzten sich um den Tisch, und Castelot stellte fest, dass Eveline noch mitgenommener aussah als bei ihrem Gespräch in der Reha-Klinik in Rochefort. Ihre dunklen Locken waren zerzaust, die Augen im fahlen Gesicht glanzlos. Der Verwalter warf ihr immer wieder besorgte Blicke zu.

Pauline Castelot wandte sich mit einem aufmunternden Lächeln an das Mädchen. »Es ist schön, dass du wieder zuhause bist.«

»Ja, ich bin sehr froh darüber. Der Anwalt meines Vaters hat mich vorgestern aus der Klinik abgeholt. Alle hier kümmern sich ganz lieb um mich, Madame Delisse bleibt sogar für einige Tage hier, damit ich nachts nicht alleine bin.«

»Kannst du deine Therapie bei Monsieur Buteil fortsetzen?«

Sie nickte. »Das haben wir geklärt, Benoît fährt mich hin.« Ihre Stimme drohte zu kippen.

»Es tut mir leid, Eveline, aber du hast sicher mitbekommen, dass gestern Morgen eine tote Frau im Weinberg gefunden wurde.« Pauline zeigte ihr den Personalausweis mit dem Foto. »Sie heißt Géraldine Villeneuve. Du kanntest sie, nicht wahr?«

Das Mädchen starrte auf das Bild, und ihre Augen füllten sich mit Tränen. »Sie ist es tatsächlich. Ich hatte so gehofft, dass es sich um eine Verwechslung handelt. Madame Delisse hat mir das Foto beschrieben, und tief in meinem Herzen wusste ich, dass sie es ist.«

»Sie ist einem Verbrechen zum Opfer gefallen.«

»Ja, ich weiß, Gilbert hat mir erzählt, dass ihr Kopftuch voller Blutflecken war und jemand sie an einen Weinstock gebunden hat.« Hektisch fuhr sie sich durch die Locken. »Erst Papa und jetzt Géraldine, es ist so entsetzlich, ich kann das gar nicht glauben.«

»Wir haben bei ihr eine Einladung von deinem Vater zu einer Weinverkostung gefunden, weißt du etwas davon?«

»Nein, aber Papa hat häufig Leute persönlich eingeladen, die ihm sympathisch waren. Wahrscheinlich fand er sie nett und wollte sie gerne wiedersehen.«

»Gibt es zwischen den beiden Verbrechen einen Zusammenhang?«, fragte Lenôtre. »War es derselbe Täter?«

»Das wissen wir noch nicht«, antwortete Pierrot.

»Sie müssen diese Verbrechen aufklären, damit hier endlich wieder Ruhe einkehrt.«

»Ich versichere Ihnen, wir tun unser Möglichstes. Sie kannten Madame Villeneuve auch«, konfrontierte er den Mann.

»Ja, wir haben uns über Eveline kennengelernt und sind uns ein paarmal begegnet.«

Mélanie sprach das Mädchen behutsam an. »Woher kanntest du die Frau?«

Ein wehmütiges Lächeln erschien auf ihrem Gesicht. »Aus dem Krankenhaus. Géraldine war Schriftstellerin. Sie hat Benefizlesungen in Kindertagesstätten, Schulen und der Kinder- und Jugendabteilung des Krankenhauses abgehalten. Zu der Zeit, als ich aufgrund meiner schweren Erkrankung so viele Monate in der Klinik lag, hat sie uns regelmäßig besucht und aus ihren Büchern vorgelesen, Geschichten dazu erzählt und uns zum Lachen gebracht. Wir amüsierten uns, kicherten und spannen die bunten Fäden weiter, die sie ausgelegt hatte.« Trauer lag in ihren Augen. »Manchmal hat sie jemanden von uns lesen lassen, und wir haben dann diskutiert, wie die Geschichte weitergehen könnte. Sie war ein wunderbarer Mensch, lustig, warmherzig, mit unendlicher Geduld und viel Phantasie.« Aufgewühlt trank sie einen Schluck Limonade.

Rocard empfand tiefes Mitgefühl für das Mädchen, sie hatte schon so viel durchgemacht und hielt sich wirklich tapfer. Seine Gedanken schweiften kurz zu seiner Tochter Emma, und er wünschte sich nichts sehnlicher im Leben, als dass es ihr gutgehen möge und er sie bald fände. Dann versuchte er, sich wieder auf die Situation zu konzentrieren, und holte die fünf Fotografien aus seiner Mappe. Er reihte sie auf dem Tisch auf. »Wir haben die Bilder in Géraldine Villeneuves Haus gefunden«, erklärte er. »Können Sie uns bitte sagen, um wen es sich bei den anderen drei Personen handelt?«

Sprachlos betrachtete Lenôtre die Aufnahmen und presste die Kiefer zusammen. Eveline starrte sie erschrocken an. Nach wenigen Sekunden gewann sie ihre Fassung wieder und zeigte auf die Frau mit den kurzen weizenblonden Haaren.

»Das ist Corinne de Mazerat. Sie arbeitet als Krankenschwester auf der Kinder- und Jugendstation in der Klinik. Sie war besonders lieb und fürsorglich zu uns, obwohl sie so viel Arbeit hatte. Sie nahm sich Zeit, um uns zu trösten, wenn wir verzweifelt waren und weinten. Sie hat uns in den Arm genommen, wenn wir Angst hatten.« Ein Lächeln huschte über ihr Gesicht. »Einmal, als die Stimmung besonders schlecht war, hat sie Eis für alle geholt und uns einen Film im Fernsehraum schauen lassen, obwohl die erlaubte Fernsehzeit längst vorbei war. Keiner hat je davon erfahren, auch nicht der Chefarzt, wir haben alle dicht gehalten.«

Rocard deutete auf die zweite Frau mit dem braunen Zopf. »Und sie?«

Die Augen des Mädchens blitzten auf. »Das ist Sandrine Vanel. Sie ist Schauspielerin und tritt im Théâtre National de Bordeaux en Aquitaine auf. Sie wissen schon, das Schauspielhaus gleich neben der Kirche Sainte-Croix.«

Castelot nickte, sie war dort einmal mit ihrem Exmann Marcel bei einer grandiosen Aufführung von »Les Misérables« gewesen.

Pierrot hakte nach. »Kennst du sie vom Theater?«

»Nein, sie war ebenfalls ehrenamtlich im Krankenhaus tätig. Sie hat sich als Clown verkleidet und lustige Aufführungen veranstaltet. Besonders die Kleinen gerieten völlig aus dem Häuschen, wenn sie auftrat.«

»Und um wen handelt es sich bei dem Mann?«

»Das ist Bruno Clouzot, ein Assistenzarzt aus der Kinder- und Jugendabteilung. Corinne hat ihn mitgebracht.«

»Gab es einen Anlass für diesen Bootsausflug?«

»Mein Vater hat sich so gefreut, als ich entlassen werden konnte und wieder nach Hause durfte. Als Dankeschön hat er die Frauen zu einem Ausflug eingeladen.«

»Warum waren Sie dabei, Monsieur Lenôtre?«

Er unterdrückte ein schiefes Grinsen. »Ich war der Ersatzskipper, wenn Jean-Baptiste sich um seine Gäste kümmern wollte.«

Pierrot dachte an das düstere fünfte Bild, auf dem das aufgewühlte Meer zu sehen war. »Wurde der Ausflug ein Erfolg?«

Eveline schüttelte den Kopf. »Das kann man nicht sagen.«

»Ist etwas passiert?«

»Ja, allerdings.«

»Kannst du uns bitte von diesem Ausflug erzählen?«

»Ja, Monsieur le Commissaire.« Eveline warf Lenôtre einen Blick zu und begann stockend mit der Geschichte.

Der zwanzigste Februar war ein sonniger, ungewöhnlich warmer Tag gewesen. Das Bassin von Arcachon lag spiegelglatt in der milden Frühjahrssonne, und über den lichtblauen hohen Himmel zogen träge Schafswolken. Der laue Wind wehte die Melodie der

Drehorgel des Karussells von der Strandpromenade zur Marina herüber. Kinderjauchzen und fröhliches Lachen waren zu vernehmen. Es roch nach Fisch und Tang. Das weiße Motorboot mit dem schilfgrünen Schriftzug *Eveline II* schaukelte zwischen Seglern, Yachten und Fischerbooten am Anleger. Eveline, ihr Vater und Lenôtre warteten bereits auf dem Boot, als die Gäste eintrafen, und begrüßten sie herzlich, nachdem sie über den Landesteg an Bord gekommen waren. Die Krankenschwester Corinne de Mazerat stellte ihren neuen Freund Bruno Clouzot vor, und Armand versicherte charmant, dass er selbstverständlich ebenfalls willkommen sei. Nachdem sie einen Nachbarskipper gebeten hatten, ein Foto von der gut gelaunten Gruppe an der Reling zu machen, warf Armand den Motor an und steuerte sein Boot routiniert aus dem Hafen. Ruhig glitt es durch das Wasser, ließ die Vogelinsel rechterhand hinter sich und umschiffte Austerngärten. Begleitet wurde es von einer Schar Lachmöwen.

Zwischen Lège und Cap Ferret lagen dicht an dicht Austernzuchtbetriebe. Krumme Pfähle, farbenfrohe Holzhütten und flache Boote fügten sich zu einem malerischen Bild. Außer ihnen waren noch weitere Freizeitkapitäne unterwegs, die unbeschwert über die weite Wasserfläche tuckerten. Man brauchte eine gewisse Erfahrung als Skipper und Ortskenntnis, da bei Ebbe zwischen den Sandbänken nur schmale Fahrrinnen schiffbar waren, während bei Flut die starke Strömung zur Gefahr werden konnte.

Im kleinen Hafen von Le Canon legten sie einen Zwischenstopp ein, um frische Austern zu kaufen. Schließlich erreichten sie Cap Ferret und ankerten in einer sandigen Bucht, die von Pinien gesäumt war. Das türkisfarbene Wasser plätscherte gegen den Schiffsrumpf. Eveline und ihr Vater servierten an Deck ein zweites Frühstück, und gemeinsam genossen sie Austern und Champagner, während der Leuchtturm mit der roten Kappe über sie wachte. Die Stimmung war ausgelassen, alle amüsierten sich und freuten sich darauf, das Bassin zu verlassen und die pittoreske Halbinsel Cap Ferret zu umrunden.

Alle, außer Grégoire, stellte Eveline fest. Er warf einen finsteren Blick auf Corinne und Bruno, die Arm in Arm unter dem Sonnensegel saßen und mit Champagner anstießen. Das Mädchen zuckte mit den Schultern. Sie wusste nicht, was mit ihm los war.

Als sie die Durchfahrt zum offenen Meer passierten, präsentierte sich die Düne von Pilat in ihrer gewaltigen Schönheit, über der Westflanke schwebten

Paraglider, weiter entfernt lag ein Kiefernwäldchen im Dunst.

Doch als sie die hammerförmige Sandbank erreichten, veränderten sich Himmel und Meer binnen kurzer Zeit dramatisch. Schwarze Wolken, die von Westen herbeijagten, türmten sich zu Gebirgen auf, über die grellgelbe Blitze zuckten. Der Wind heulte, und graue Gespinste wirbelten durch die Luft. Ein letzter Sonnenstrahl ließ die Brandung Silberfunken sprühen. Das Meer wurde unruhig, die Wellen stiegen höher und höher, ihre Kämme schäumten und brachen sich grollend. Sie rollten aus verschiedenen Richtungen auf die *Eveline II* zu und rüttelten am Rumpf. Das Boot geriet in eine gefährliche Schieflage, schlingerte, und Armand hatte Mühe, es wieder auf Kurs zu bringen. Dann setzte auch noch Niedrigwasser ein, und Wassermassen strömten aus dem Bassin, die einen gewaltigen Sog verursachten, der alles mit sich riss, was sich ihm in den Weg stellte.

Während das Schiff immer wieder auf den Wellenkämmen tanzte, um sich gleich darauf in klaffende Täler zu stürzen, besprachen sich Armand und Lenôtre und beschlossen, den kleinen Hafen Pyla-sur-Mer unterhalb der Düne anzusteuern. Er lag etwa vier Kilometer von ihnen entfernt. Es war aussichtslos, zu versuchen, gegen die Strömung in das brodelnde Bassin zurückzugelangen.

Armand brüllte gegen den tosenden Wind an und gab allen die Anweisung, sofort Schwimmwesten anzulegen und sich unter Deck zu begeben, während er das Steuerrad umklammerte und sich selbst in eine Weste zwängte.

Gerade als Eveline die Schwimmweste angelegt hatte und sich an die Reling klammerte, erfasste eine Welle sie und riss sie von Deck. Mit einem gellenden Schrei fiel sie ins Wasser und verschwand in den Fluten. Nach einer Schrecksekunde stürzte ihr Vater an die Reling. Mithilfe von Lenôtre und Corinne schlang er sich ein Rettungstau um den Leib, streifte die Schuhe ab und sprang über Bord. Dabei ließ er Evelines rote Weste nicht aus den Augen, die wenige Meter von ihm entfernt wie ein Korken auf dem Wasser trudelte, sich jedoch immer weiter entfernte. Mit aller Kraft kraulte er auf seine Tochter zu, weder die Kälte des Wassers noch der beißende Wind konnten ihn davon abhalten. Er kam immer näher. Eveline blickte in seine Richtung und ruderte mit den Armen. Als er sie erreicht hatte, packte er sie am Arm. »Hab keine Angst!«, schrie er gegen den Wind an. »Ich lasse dich nicht los! Sie ziehen uns raus.«

Sie sagte kein Wort und starrte ihn mit aufgerissenen Augen an. Armand hob den Arm und machte den Leuten an Bord ein Zeichen. Während Corinne und Sandrine die Leine einholten, verlor Géraldine aufgrund einer Windböe das Gleichgewicht, stürzte auf den Holzboden, schlitterte über das nasse Deck und krachte gegen den Führerstand. Als sie vor Schmerzen aufschrie, kam Lenôtre ihr zu Hilfe und befreite ihr Bein, das zwischen der Cockpitwand und einer abgerissenen Planke eingeklemmt war.

Währenddessen klammerte sich Clouzot an die Reling, paralysiert vor Angst. Ihm war ohnehin meist etwas unwohl auf dem Wasser, aber dieser Sturm versetzte ihn regelrecht in Panik.

Sie halfen Armand und seiner Tochter, über die Leiter hochzuklettern, und zogen sie an Deck. Corinne kümmerte sich um die erschöpfte Eveline, und Sandrine brachte sie anschließend in die Schlupfkabine, damit sie sich trockene Kleidung anziehen konnte. Géraldine saß auf dem Boden der winzigen Kombüse, den Rücken an einen Schrank gelehnt, und untersuchte ihr schmerzendes Knie. Erleichtert stellte sie fest, dass sie ihr rechtes Bein bewegen konnte. Die Verletzung schien nicht so schlimm zu sein. Sie stemmte sich stöhnend hoch und humpelte zu der Stiege, die an Deck führte. Sie wollte wissen, wie die Lage war.

Armand schaltete den Autopiloten wieder aus und nahm Kurs auf Pyla-sur-Mer, während Lenôtre versuchte, die Seenotrettung zu alarmieren. Zunächst ertönte statisches Rauschen, dann stand die Verbindung, und er setzte einen Notruf ab. Armand überprüfte die Instrumente und nahm Fahrt auf, sie mussten schleunigst hier weg. Durch den Schlag einer Woge zerbarst eine Scheibe der Steuerkabine, und Gischt spritzte ihm ins Gesicht. Ungeduldig wischte er die Tröpfchen aus seinen Augen, als ein verzweifelter Schrei über das Boot hallte.

»Bruno ist weg!«

Es war Corinne, die nicht aufhören konnte zu schreien. »Bruno! Bruno, wo bist du? *Mon Dieu*, Bruno!«

Während Armand auf das rettende Land zuhielt, suchten die anderen nach dem Vermissten. Doch die Erkenntnis traf die Gruppe wie ein Schlag ins Gesicht: Bruno war nicht mehr da. Corinne steigerte sich in eine Hysterie hinein. Ob er es geschafft hatte, eine Schwimmweste überzuziehen, wusste in diesen dramatischen Sekunden niemand. Armand änderte den Kurs, der Motor stampfte, das Schiff schlingerte,

Wassermassen strömten über das Deck. Alle hielten Ausschau nach Bruno und riefen seinen Namen. Doch er war in den tosenden Wassermassen, den sich brechenden Wellen und der aufschäumenden Gischt nicht zu finden. Dazu kam, dass Nebelschwaden aufzogen und der dunkle Himmel die Sicht behinderte. Ein Suchscheinwerfer sandte gleißende Lichtstrahlen in das Inferno. Nichts. Schließlich entschloss sich Armand entgegen Corinnes Flehen, die Suche zu beenden und das Festland anzusteuern, sonst würden sie unweigerlich kentern. Er war ein erfahrener Skipper, doch so einen Sturm hatte er noch nie erlebt. Die Entscheidung fiel ihm schwer, doch er wollte nicht noch mehr Leben aufs Spiel setzten. Inzwischen hatte er die Seenotrettung über die Geschehnisse informiert, die die Suche nach dem vermissten Mann fortsetzen würde.

Währenddessen lag Eveline eingewickelt in eine Decke in der Schlupfkajüte auf dem Bett und zitterte vor Kälte und Angst. Sie erfuhr erst später von ihrem Vater, wie schwer ihm die Entscheidung gefallen war. Corinne tobte und schrie und war kaum zu beruhigen.

Lenôtre bat Armand, doch noch einen Versuch zu unternehmen und weiterzusuchen, doch er trug die

Verantwortung für den Rest der Gruppe und wollte sie nicht auch noch gefährden. Als sie den Hafen von Pyla-sur-Mer fast erreicht hatten, kam ihnen das Boot der Seenotrettung entgegen.

❧ ☙

Als Eveline die tragische Geschichte erzählt hatte, sah sie mit traurigen Augen in die Runde.

»Wurde der Mann gefunden?«, wollte Rocard wissen.

»Nein, bis heute nicht. Man geht davon aus, dass ihn die Strömung ins offene Meer hinausgezogen hat. Später hat man eine Schwimmweste an Bord gefunden, die zwischen Kisten unter einer Bank eingeklemmt war. Er hatte keine Chance.« Sie seufzte schwer. »Es war ein tragischer Unfall.«

Pauline Castelot wandte sich an Lenôtre. »Haben Sie der Geschichte noch etwas hinzuzufügen?«

Der Mann schüttelte den Kopf. »Nein, genau so war es.«

❧ ☙

Nachdem sie sich durch den Feierabendverkehr gekämpft und das Zentrum von Bordeaux endlich erreicht hatten, gingen sie wieder einmal in die Barracuda Bar, um dort noch einen Drink zu nehmen, bevor sie Feierabend machten.

Pauline wollte mit Sarah und Dominic zu Abend essen, da sie die beiden in den letzten Tagen ziemlich vernachlässigt hatte, und das schlechte Gewissen nagte an ihr. Sie freute sich auf ihre kleine Familie.

Frédéric brannte darauf, die Suche nach Emma fortzusetzen, die er aufgrund der intensiven Ermittlungen zurückgestellt hatte. Außerdem wollte er sich um seine Frau kümmern, die sich Tag für Tag mit Pierre-Paul auseinandersetzen musste und inzwischen nicht mehr wusste, wie sie mit seinen Wutanfällen umgehen sollte.

Louis hatte all seinen Mut zusammengenommen und seine Nachbarin Romy in ein kleines Programmkino und anschließend zum Abendessen in ein angesagtes Restaurant im Stadtteil La Bastide eingeladen. Im La Canne à Sucre wurden feinste karibische Spezialitäten zu den Klängen von Bob Marley serviert, und die Auswahl an Rumsorten war verlockend. Er fuhr sich durch die dunkelblonden Locken und fragte sich, ob er vor seinem Rendezvous noch schnell zum Friseur gehen sollte.

Mélanie hatte schon wieder Streit mit Claude gehabt, weil sie den Abend nicht mit ihm verbringen

wollte. Zweimal in der Woche nahm sie am Schieß-
training teil und ließ es nur ungern ausfallen. Es war
ihr wichtig, in Form zu bleiben.

Als der Kellner ihre Getränke serviert hatte, stießen sie an. Pauline kostete den Weißwein, betrachtete
dabei nachdenklich den spektakulären Sonnenunter-
gang und kam schließlich auf ihren Fall zu sprechen.
»Mir geht Evelines Geschichte nicht mehr aus dem
Kopf. Ich frage mich die ganze Zeit, ob die beiden
Verbrechen möglicherweise mit dem Bootsunglück
zu tun haben.«

»Ist das die Verbindung, die wir suchen?«, entgegnete Mélanie und nahm einen Schluck Campari
Soda.

»Aber der Tod von Bruno Clouzot war offenbar
ein Unfall«, warf Frédéric ein.

»Ja, Lenôtre hat Evelines Geschichte bestätigt.«

»Wenn es eine Verbindung gibt«, überlegte Louis,
»sind dann noch mehr aus der Gruppe in Gefahr?«

»Aber was ist das Motiv?«, fragte Pauline.

Louis trank sein Bier aus und legte einige Münzen auf den Tisch. »Lasst uns morgen weiter darüber
nachdenken. Ich muss jetzt gehen, tut mir leid.« Er
wandte sich an Mélanie. »Wie sehe ich aus? Muss ich
noch zum Friseur?«

Sie grinste ihn an. »Nein, du siehst gut aus, wie Steve McQueen im Film ›Le Mans‹.«

Er warf ihr eine Kusshand zu. »*Merci beaucoup.*«

## 16. JUNI

Bei der morgendlichen Besprechung war Louis auffällig gut gelaunt. Er war als Erster eingetroffen, hatte Kaffee gekocht und die Croissants vom Bäcker nebenan in einem Korb angerichtet, während er fröhlich vor sich hin pfiff. Punkt neun Uhr saßen auch Pauline und der Rest des Teams um den Besprechungstisch. Draußen lagen die Temperaturen bereits bei zweiundzwanzig Grad, es würde wieder ein heißer Tag werden.

Louis nahm sich ein Croissant und sagte: »Géraldine Villeneuves jüngere Schwester Cécilie hat sich heute Morgen telefonisch gemeldet, und ich habe ihr mitgeteilt, was passiert ist. Die Nachricht hat sie sehr getroffen. Laut ihrer Aussage standen sich die beiden Frauen sehr nahe. Sie will das nächste Flugzeug nehmen und sich um die Beerdigung kümmern, sobald der Leichnam freigegeben ist.«

Er schenkte sich ein Glas Wasser ein. »Cécilie hat erzählt, dass sie mit Géraldine regelmäßig telefoniert und WhatsApp-Nachrichten ausgetauscht hat. Sie wusste, dass Yves sich von ihr getrennt hatte und dass ihre Schwester deshalb niedergeschlagen war. Sie war auch über die geplante Wandertour informiert. Während dieser Zeit hatten sie jedoch keinen Kontakt, da Géraldine komplett abschalten wollte.«

»Hat ihre Schwester ihr gegenüber irgendetwas erwähnt, das uns weiterhelfen könnte?«, wollte Pauline wissen.

»Leider nicht. Cécilie wusste nichts von dem Bootsunglück und auch nichts über die Sorgen oder Befürchtungen ihrer Schwester. Es ging meistens um den treulosen Yves und um ihren unerfüllten Kinderwunsch. Allerdings hat Géraldine in Erwägung gezogen, ihr Leben hier aufzugeben und bei ihrer Schwester auf Martinique einen Neustart zu wagen.«

»Was ist mit dem Laptop von Madame Villeneuve?«

Frédéric griff nach der Mappe mit dem Bericht der Computerspezialisten und schlug sie auf. Rasch überflog er den Text. Enttäuscht schüttelte er den Kopf. »Sie haben nichts gefunden, was für uns interessant sein könnte. Nur ein gelöschter Mailverkehr mit einem Lektor ihres Verlags hat die Aufmerksamkeit der IT-Spezialisten erregt. Der Mann hat ihre bisherige Lektorin während deren Elternzeit vertreten, und Madame Villeneuve hatte Streit mit ihm. Sie war mit seiner Arbeitsweise nicht einverstanden und warf ihm vor, sie in ihrem Schaffensprozess zu irritieren und zu behindern. Der Ton wurde stetig rauer.«

Mélanie nippte an ihrem Kaffee. »Das hilft uns bei unseren Ermittlungen nicht weiter.«

»Nein, außerdem scheint sich der Konflikt geklärt zu haben.«

Ungläubig lächelnd griff Pauline nach ihrer Kaffeetasse. »Der Literaturbetrieb ist offenbar eine ganz andere Welt. Was ist mit dem Presseaufruf an die Bevölkerung?«

»Der Aufruf war gestern bereits in den Abendzeitungen und heute in den Morgenausgaben«, berichtete Mélanie. »Eine Kollegin in der Zentrale nimmt die Anrufe entgegen. Bisher waren es nicht viele, darunter zwei ernst zu nehmende Beobachtungen. Einem Pärchen, das von Arsac nach Macau fuhr, fiel kurz vor Arsac ein Pkw auf, der aus der entgegengesetzten Richtung kam und verlangsamt und mit Standlicht fuhr.«

»Um wie viel Uhr war das?«

»Um dreiundzwanzig Uhr zwanzig.«

»Konnten sie den Wagen beschreiben?«

»Nein, wir wissen weder die Marke noch das Kennzeichen. Nur, dass er klein und dunkel war, eventuell ein dunkelblauer Peugeot.«

»Damit kann man kaum etwas anfangen.«

»Hm, ich frage mich nur, warum sich jemand so auffällig verhalten sollte, wenn er eine Leiche transportiert?«

Mélanie fuhr mit ihrem Bericht fort. »Ein Mann war am späten Abend auf dem Wanderpfad, der zwischen Macau und Labarde am Bach entlangführt, mit seinem Hund joggen. Nach seiner Beschreibung muss er sich in der Nähe des Zeltplatzes von Géraldine Villeneuve aufgehalten haben. Gegen dreiundzwanzig Uhr hörte er einen Schrei, er meinte, er sei aus der Richtung gekommen, wo sich der Bach befindet. Sein Hund hat angeschlagen und war sehr aufgeregt. Der Mann hat mehrfach gerufen, aber keine Antwort bekommen. Es war wieder still, und sein Hund beruhigte sich. Der Mann ist dann einfach weitergelaufen.«

Pauline seufzte. »Was soll man mit dieser Aussage anfangen?«

Frédéric stimmte ihr zu. »Ja, wenn es Madame Villeneuve war, die geschrien hat, als sie überfallen wurde, bestätigt es nur, dass sie gegen dreiundzwanzig Uhr ihrem Mörder begegnete, also in dem Zeitfenster, das die Rechtmedizinerin festgelegt hat.«

»Es ist wie verhext, aber vielleicht ergibt sich doch noch eine Spur aus weiteren Meldungen der Bevölkerung.«

Gedankenverloren drehte Pauline ihre Tasse hin und her. »Greifen wir doch die Arbeitshypothese von gestern Abend auf, dass die beiden Morde in einem Zusammenhang mit dem Bootsunglück stehen, und betrachten die Gruppe, die sich auf dem Schiff befand. In der Zwischenzeit ist Jean-Baptiste Armand getötet worden, und zwar am fünften Juni. Am dreizehnten Juni fiel Géraldine Villeneuve einem Verbrechen zum Opfer. Vor etwa vier Monaten, am zwanzigsten Februar, verschwand bei dieser Bootstour der Assistenzarzt Bruno Clouzot. Man geht davon aus, dass er tot ist, aber man weiß es nicht, da er bis heute nicht gefunden wurde. Vier Personen bleiben übrig: Eveline Armand, Grégoire Lenôtre, Corinne de Mazerat und Sandrine Vanel. Warum? Hat der Täter sein Werk vollendet?«

»Auf diese Frage habe ich ohne Motiv keine Antwort parat«, sagte Frédéric. »Ich schließe jedoch Eveline als Täterin aus. Außerdem hat sie ein Alibi für die

Zeit, als ihr Vater getötet wurde. Sie hielt sich nachweislich in der Reha-Klinik in Rochefort auf. Ganz abgesehen davon, dass sie kein Motiv hat, im Gegenteil, sie hat ihren Vater und Géraldine geliebt.«

»Einverstanden. Lasst uns die Alibis der drei übrigen Personen überprüfen, womöglich stoßen wir dabei auf ein Motiv.«

*※ ※*

Die Krankenschwester Corinne de Mazerat wohnte im Stadtviertel Le Lac in der Rue de Navarre 10. Das vierstöckige Wohnhaus hatte einen vanillegelben Anstrich, schwarz lackierte Zierbalustraden an den Fenstern und machte insgesamt einen gepflegten Eindruck. Das Eingangsportal wurde von weiß blühenden Oleanderbüschen in Tontöpfen flankiert. Die Tür war unverschlossen, und Pauline Castelot ging mit ihren Kollegen über die Treppe in den dritten Stock. Pierrot betätigte die Klingel. Nichts rührte sich. Er klingelte erneut. Aus der Wohnung drang kein Laut.

»Sie ist nicht zuhause«, stellte er fest.

Aus dem Treppenhaus über ihnen waren Geräusche zu vernehmen, dann erschien auf dem Absatz eine alte Dame in einem eleganten Kostüm, die sich mit einer Hand am Geländer festhielt und mithilfe eines Stocks vorsichtig einen Schritt nach dem anderen machte, bis sie vor ihnen stand. Sie musterte sie misstrauisch.

»*Bonjour, Mesdames et Messieurs*, darf ich fragen, was Sie hier machen?«

Castelot zeigte ihren Dienstausweis und stellte sie vor. »Wir möchten zu Madame de Mazerat.«

»Corinne ist nicht da. Sie ist Krankenschwester und arbeitet im Hôpital Saint-André auf der Kinder- und Jugendstation, diese Woche hat sie Frühdienst.«

»Merci Madame.«

»Was wollen Sie von ihr? Sie ist eine nette sympathische Frau und so hilfsbereit.«

»Wir wollen nur mit ihr reden, Madame. Vielleicht kann sie uns bei unserer Arbeit weiterhelfen.«

»Dann ist es ja gut.« Sie drehte sich um und nahm unsicher die nächsten Stufen in Angriff. Die Kommissare folgten ihr, und Rocard bot ihr seinen Arm an. »Merci, Monsieur le Commissaire, wie aufmerksam. Es ist wirklich sehr bedauerlich, dass es in diesem Haus keinen Aufzug gibt.«

Das Hôpital Saint-André befand sich in der Rue Jean Burquet 1 im Stadtteil Capucins-Victoire nur einen Steinwurf vom Fluss entfernt. Das zweistöckige klassizistische Gebäude mit Glaskuppeln und einem Türmchen wurde von einem Park umschlossen, den man durch ein hohes Pantheon betrat. Genau in der Mitte der gepflegten Rasenflächen gab es einen Springbrunnen, dessen senkrechte Fontänen durch das Sonnenlicht zum Funkeln gebracht wurden. Buchsbaumkugeln flankierten den Hauptweg, und in rund gemauerten Blumenrabatten blühten Traubenhyazinthen und zartrosa Lichtnelken. Unter einer Linde saß ein mit einem Bademantel bekleideter Mann auf einer Bank, neben sich einen Infusionsständer. Er grüßte freundlich, dann widmete er sich wieder seiner Zeitung.

Die Station für Kinder und Jugendliche war im zweiten Stock untergebracht. Ein junger Mann in weißer Hose und blauem Kittel näherte sich mit eiligen Schritten, sein Namensschild wies ihn als Krankenpfleger Pierre Dupont aus. Castelot zückte den Ausweis und sprach ihn an.

»Excusez-moi, Monsieur, wir suchen Corinne de Mazerat.«

Erstaunt blickte er auf das Dokument. »Sonderermittlerin!«, murmelte er.

Dann wies er mit dem Kopf auf eine verschlossene Zimmertür. »Meine Kollegin ist da drin und wech-

selt einen Verband. Wenn Sie bitte so lange hier warten möchten, es dauert nicht lange. Entschuldigen Sie
mich bitte, ich muss weiter.« Er eilte um den Tresen und nahm den Hörer des unentwegt klingelnden
Telefons ab.

Kurz darauf öffnete sich die Tür, und Corinne de
Mazerat erschien. Sie trug die gleiche Dienstuni-
form wie ihr Kollege und hatte eine Edelstahlschale
mit Verbandsmaterial in der Hand. Das kurze wei-
zenblonde Haar umrahmte ihr schmales Gesicht mit
den vollen Lippen. Sie kam auf sie zu und lächelte sie
freundlich an. Die tiefblauen Augen blieben jedoch
ernst. »Kann ich Ihnen helfen?«

»Wir möchten gern mit Ihnen reden. Gibt es hier
einen Raum, in dem wir ungestört sind?« Pauline
Castelot lächelte sie freundlich an.

Die Krankenschwester reagierte irritiert. »Mit mir?
Worum geht es denn?«

»Das erklären wir Ihnen gleich, aber nicht hier auf
dem Korridor.«

»Wir haben dahinten einen Pausenraum, kommen
Sie bitte mit.«

Sie folgten ihr den Flur entlang bis zur letzten Tür
vor dem Aufzug. Der Pausenraum war ein kleines
Zimmer mit einer Sitzecke, einem Kühlschrank, einer

Kaffeemaschine auf einem Regal mit Aktenordnern und einem Raucherbalkon. Niemand hielt sich dort auf. Die Krankenschwester trat auf den Freisitz und zündete sich hektisch eine Zigarette an. »Was wollen Sie von mir?«, fragte sie. »Ich habe nicht viel Zeit.«

Castelot ergriff das Wort. »Wir ermitteln in den Mordfällen Jean-Baptiste Armand und Géraldine Villeneuve, darüber möchten wir mit Ihnen sprechen.«

Das Gesicht der Krankenschwester verdüsterte sich, und sie nahm einen tiefen Zug. »Ich habe natürlich davon gehört, eine furchtbare Sache. Aber ich habe keine Ahnung, wie ich Ihnen helfen kann. Ich weiß nichts darüber, sonst hätte ich mich doch bei Ihnen gemeldet.«

»Sie kannten beide persönlich, nicht wahr?«

»Ja, das stimmt. Eveline Armand war fast zwei Jahre hier auf der Station. So habe ich ihren Vater kennengelernt, er hat sie fast jeden Tag besucht, immer wenn er es einrichten konnte.«

»Und Géraldine Villeneuve?«

»Sie kam regelmäßig in unsere Abteilung und hat den Kindern und Jugendlichen aus ihren Büchern vorgelesen. Sie hat es geschafft, ihre Zuhörer von deren Kummer abzulenken.«

»Kannten Sie sich näher?«

»Nein, nur durch ihre Besuche im Krankenhaus.«

»Wir würden gerne mit Ihnen über den Bootsaus-flug sprechen, zu dem Armand Sie eingeladen hatte«, erklärte Rocard. »Zwei Menschen, die daran teil-genommen haben, wurden innerhalb einer kurzen Zeitspanne getötet.«

Sie nickte und drückte ihre Zigarette aus. »Ich ver-stehe, Sie machen nur Ihre Arbeit.«

»Können Sie sich vorstellen, was es damit auf sich hat? Haben Sie eine Erklärung dafür?«

»Nein, ich habe wirklich keine Ahnung.«

»Sie haben zu dieser Tour Ihren damals neuen Freund Bruno Clouzot mitgebracht, obwohl er nicht eingeladen war. Armand wollte sich mit diesem Aus-flug bei Ihnen bedanken, da sie viel zu Evelines Ge-nesung beigetragen haben.«

»Das ist richtig. Aber Bruno und ich waren frisch verliebt, und ich wollte ihn gerne dabeihaben. Jean-Baptiste hat das nicht gestört.« Ihre Augen wurden feucht, und auf den Wangen erschienen rote Flecken. »Sie wissen, was passiert ist?«

»Eveline hat es uns erzählt. Können Sie uns die Er-eignisse mit Ihren eigenen Worten schildern?«

»Ja, selbstverständlich. Aber da gibt es nicht viel zu

erzählen. Alles ging so schnell. Plötzlich kam Sturm auf, und Eveline ging über Bord. Wir waren alle mit ihrer Rettung beschäftigt, und erst danach stellte ich fest, dass Bruno verschwunden war. Er war einfach nicht mehr da. Er muss unbemerkt über Bord gegangen sein. Es war ein tragischer Unfall.« Sie zog ein Taschentuch aus ihrer Kitteltasche und tupfte sich die Augen trocken.

»Es war einfach entsetzlich, endlich hatte ich in Bruno die große Liebe meines Lebens gefunden, und dann ertrinkt er. Seitdem ist mein Leben überschattet, ich komme nicht darüber hinweg. Meine Ärztin hat mir Antidepressiva verschrieben, damit ich im Alltag überhaupt noch funktionieren kann. Nach dem Unglück war ich einige Wochen krankgeschrieben.«

Rocard sah sie verständnisvoll an. »Sie haben einen schweren Schicksalsschlag erlitten, das tut mir leid. Monsieur Clouzot wurde nie gefunden?«

»Nein, ich konnte ihn nicht einmal beerdigen.«

»Kennen Sie Sandrine Vanel näher?«, wollte Leroy wissen.

»Nur oberflächlich von ihren Auftritten als Clown auf der Station. Sie macht das ehrenamtlich. Privat hatten wir nichts miteinander zu tun.«

»Was ist mit Grégoire Lenôtre?«

Sie seufzte. »Grégoire! Ich war mit ihm zusammen, bevor ich Bruno kennenlernte. Für ihn habe ich Grégoire verlassen. Ich wusste nicht, dass er ebenfalls an Bord sein würde, sonst hätte ich Bruno nicht mitgebracht. Grégoire hatte deswegen die ganze Zeit schlechte Laune und hat kein Wort mit mir gesprochen.«

Leroy war verblüfft. »Sie waren mit dem Verwalter zusammen?«

»Ja, fast zwei Jahre. Er ist eigentlich ein netter Mensch und hat sich sehr um mich bemüht, aber für meinen Geschmack ist er etwas zu bieder und häuslich. Er interessiert sich nur für Wein. Bruno hingegen war wie ein Feuerwerk.«

»Wo waren Sie in der Nacht vom fünften Juni zwischen ein und zwei Uhr und am dreizehnten Juni zwischen zweiundzwanzig und vierundzwanzig Uhr?«, fragte Pierrot.

Entsetzt sah sie ihn an. »Sie glauben doch nicht im Ernst, dass ich die beiden getötet habe? Warum hätte ich das tun sollen?«

»Es ist reine Routine«, versicherte er. »Wir fragen alle, die an Bord waren.«

»Warten Sie, ich habe in den letzten Wochen häufig

Nachtdienst gehabt. Seit dem Tod von Bruno habe ich Schlafprobleme und bin froh, wenn mich die Arbeit ablenkt.«

Sie zog einen Ordner aus dem Regal und blätterte ihn durch. »Darin befinden sich die Dienstpläne der letzten vier Wochen.« Sie fuhr mit der Fingerspitze über die Spalten. »Sehen Sie? Ich hatte in beiden Nächten Dienst. Er geht von zweiundzwanzig Uhr bis sechs Uhr.«

»Merci, Madame de Mazerat. Das war es vorläufig von unserer Seite. Wir melden uns gegebenenfalls wieder bei Ihnen.«

Sie verabschiedeten sich und verließen den Pausenraum. Die Krankenschwester sah den Polizisten mit undurchdringlicher Miene hinterher und steckte sich die nächste Zigarette an.

*⟡ ⟡*

Während Louis den Dienstwagen über den Boulevard de Garonne steuerte, versuchte Pauline, Grégoire Lenôtre auf seinem Handy zu erreichen. Nach dem vierten Klingelton meldete er sich.

»Monsieur Lenôtre, wir würden gerne mit Ihnen sprechen. Wo sind Sie gerade?«

»Ich hatte ein Geschäftsessen in La Bastide und

wollte mich gerade auf den Rückweg zum Weingut machen.«

»Das trifft sich gut. Können Sie bitte auf die Wache in der Rue Mérignac kommen? Wir warten dort auf Sie. Von La Bastide ist es ja nicht weit.«

Am anderen Ende herrschte Schweigen.

»Monsieur Lenôtre, sind Sie noch da?«

»Ja, natürlich, Entschuldigung.«

»Soll ich Ihnen den Weg beschreiben?«

»Nein, das ist nicht nötig, ich weiß, wo das ist.«

Nachdem sie auf der Wache eingetroffen waren, holte Michelle vom Metzger belegte Baguettes für einen kurzen Mittagsimbiss. Nach einer halben Stunde führte sie den Verwalter in das Besprechungszimmer. »Monsieur Lenôtre ist da«, verkündete sie.

Der Mann trug einen schicken hellen Anzug, ein weißes Hemd und eine Krawatte. Durch die Arbeit im Freien war er braungebrannt, der Anzug betonte das vorteilhaft.

»Es tut mir leid, dass es länger gedauert hat«, entschuldigte er sich. »Auf dem Pont de Pierre gab es einen Unfall mit einer Pferdedroschke, und gleich darauf steckte ich im Stau fest.«

»Das ist kein Problem«, erwiderte Castelot. »Danke, dass Sie gekommen sind.«

»Worum geht es? Wir hatten doch erst gestern ein Gespräch.«

»Wir führen Befragungen mit allen durch, die bei dem Bootsausflug dabei waren. Gerade haben wir mit der Krankenschwester Corinne de Mazerat gesprochen. Sie hat uns erzählt, dass sie beide fast zwei Jahre lang ein Paar waren. Warum haben Sie uns das nicht gesagt?«

Sein linkes Auge zuckte nervös. »Ich hielt es nicht für wichtig. Spielt das für Ihre Ermittlungen eine Rolle?«

»Für unsere Ermittlungen spielt alles eine Rolle.«

»In Ordnung, Madame le Commissaire. Ja, es stimmt, was Corinne erzählt hat, wir waren ein Paar, bis dieser Clouzot aufgetaucht ist. Er ist als Assistenzarzt auf die Kinder- und Jugendstation gekommen, das war einige Wochen vor dem Bootsausflug, genau weiß ich es nicht mehr.«

»Was ist dann passiert?«

Der Verwalter zuckte verärgert die Schultern. »Wie das so ist. Sie hat sich in ihn verliebt und mich verlassen.«

»Haben Sie deswegen einen Groll auf sie?«

»Aber nein, so ist das Leben. Corinne hat einige Semester Medizin studiert und ist gescheitert. Da kam ihr ein Assistenzarzt wohl gerade recht, und der einfache Verwalter ohne Akademikerlaufbahn wird kurzerhand abserviert.« Seine Stimme klang bitter.

»Okay, Monsieur Lenôtre«, wechselte Rocard das Thema. »Wir brauchen Ihr Alibi für die Tatzeit der beiden Verbrechen.« Er nannte ihm die Daten.

»Das ist nicht Ihr Ernst!«, antwortete er barsch. »Geht es darum, dass beide auf dem Weingut gefunden wurden? Damit habe ich nichts zu tun.«

»Das behauptet auch niemand, diese Routinefragen müssen wir stellen.«

»Also gut, wie Sie wollen. Am fünften Juni habe ich den Abend und die Nacht alleine in meiner Wohnung in Arsac verbracht. Ich habe gelesen, bis ich eingeschlafen bin.«

»Und am dreizehnten Juni?«

»Am dreizehnten Juni habe ich auf Danielle aufgepasst. Sie ist meine achtjährige Tochter und stammt aus meiner geschiedenen Ehe. Sie hat den Abend bei mir verbracht und auch bei mir übernachtet. Wir haben Pizza gebacken und danach Karten gespielt. Am nächsten Morgen habe ich sie zur Schule gebracht.«

»Ihre Exfrau kann das sicher bestätigen?«

»Ja, selbstverständlich. Ich gebe Ihnen ihre Handynummer.«

Rocard wählte die Nummer, erreichte die Mailbox und bat um einen baldigen Rückruf. Dann wandte er sich wieder dem Verwalter zu. »Danke für Ihre Gesprächsbereitschaft, Monsieur Lenôtre. Sie können jetzt gehen.«

✾❦ ❧✾

Die letzte Person auf ihrer Liste war die Schauspielerin Sandrine Vanel. Sie wohnte im Viertel Caudéran zwischen der Stadtautobahn und den westlichen Außenbezirken, und sie brauchten knapp eine Stunde, um ihr Ziel zu erreichen. In einem Park mit altem Baumbestand und Spazierwegen erhoben sich moderne sechsstöckige Wohnhäuser. Auf einem Spielplatz in der Nähe eines kleinen künstlich angelegten Sees tollten lachend Kinder herum, während ihre Eltern auf Bänken saßen und plauderten. Sie parkten vor einem Wohnblock und gingen über einen gepflasterten Weg zur Eingangstür. Leroy drückte auf die Klingel neben dem Messingschildchen, auf dem die Namen Sandrine Vanel und Catherine Duval standen. Gleich darauf erklang eine helle Stimme aus der Gegensprechanlage.

»Hallo, wer ist da bitte?« Im Hintergrund hörte man tief grollendes Hundegebell.

Leroy stellte sich vor. »Wir möchten mit Sandrine Vanel sprechen.«

»Tut mir leid, Sandrine ist unterwegs.«

»Dürfen wir trotzdem kurz mit Ihnen reden?«

»Ja, sicher. Die Wohnung ist im zweiten Stock.« Ein Summer ertönte.

Im Türrahmen stand eine vollschlanke Frau um die dreißig, die einen Hund am Halsband hielt und die Besucher aus hellblauen Augen neugierig musterte. Sie war barfuß und trug einen bunten Wickelrock und ein blaues Top. Die blonden Haare hatte sie hochgesteckt. »Kommen Sie bitte herein. Choupette wird sich gleich beruhigen, sie macht immer nur anfangs so ein Theater, wenn jemand kommt, den sie noch nicht kennt. Still jetzt«, befahl sie dem Hund mit strenger Stimme. Sofort hörte das Tier auf zu bellen, legte den Kopf schief und sah die Besucher treuherzig an.

»Sehr brav«, lobte die Frau sie. Dann wandte sie sich den Polizisten zu. »Gehen wir doch in die Küche.«

Sie folgten der Frau, die sich als Catherine Duval und Mitbewohnerin von Sandrine Vanel vorgestellt hatte. Die Hündin trottete hinterher und ließ sich schnaufend auf das Polster in ihrem Korb sinken.

Sie setzten sich um den Tisch, und Rocard betrachtete das Tier mit einem sanften Lächeln. Er mochte Hunde. Emma hatte sich schon seit längerer Zeit einen Golden Retriever gewünscht. Wenn sie wieder zuhause wäre, würde er ihr einen schenken, das nahm er sich fest vor.

»Heißt die Katze des verstorbenen Karl Lagerfeld nicht auch Choupette?«, fragte er.

Catherine Duval nickte. »Ja, das stimmt, Sandrine hat die Dogge nach ihr benannt. Sie liebt sie sehr, und ich passe zurzeit auf sie auf. Allerdings hat ihr Hund keine Nanny und auch keine Betreuerin für ihren Instagram-Account, so wie Lagerfelds Katze.«

Sie lachten.

»Ihre Pfote ist verletzt, was ist denn passiert?«

»Sie ist vor drei Tagen bei einem Spaziergang hinter dem Haus in eine Rattenfalle getreten. Darin befand sich ein Stück Käse als Köder, der sie angelockt hat. Choupette liebt Käse. Ich habe einen Nachbarn in Verdacht, einen griesgrämigen alten Mann, der sich immer aufregt, wenn er Choupette draußen sieht. Natürlich habe ich ihn darauf angesprochen, und er hat empört alles abgestritten. Hoffentlich wird sie wieder gesund, bis Sandrine zurückkommt.«

»Wo ist sie denn?«, wollte Pauline Castelot wissen.

»Sie ist mit einem Hausboot auf dem Canal de Garonne unterwegs, vor fünf Tagen ist sie aufgebrochen.
Ich habe sie nach Castets-en-Dorthe gefahren, dort
fließt der Canal in die Garonne.«

»Macht sie Urlaub?«

»Nun ja, so könnte man es nennen. Sie hatte im
Theater einen heftigen Streit mit dem Regisseur.
Vorher hatte sie das Gespräch mit ihm gesucht und
ihn gebeten, ihr eine größere Rolle zu geben, nicht
immer nur Nebenrollen. Daraufhin ist er anzüglich
geworden, hat sie begrapscht und gesagt, dass man
darüber reden könne, wenn sie sich in Zukunft ihm
gegenüber zugänglicher zeigen würde. Sandrine ist
wütend geworden und hat ihn geohrfeigt. Am nächsten Tag war die fristlose Kündigung im Briefkasten.
Sie hat spontan beschlossen, sich eine Auszeit zu gönnen, und danach rechtliche Schritte gegen diesen Typen in die Wege zu leiten. Recht hat sie, ich hatte
auch schon Ärger mit diesem schmierigen Kerl.«

»Arbeiten Sie auch am Theater?«

»Ja, ich bin Maskenbildnerin.«

»Wann kommt Ihre Mitbewohnerin zurück?«, erkundigte sich Pierrot.

»Sie hat das Boot für drei Wochen gemietet. Für
einen längeren Zeitraum konnte sie es sich nicht leis-

ten. Die Mieten für diese Boote sind sehr hoch. So eine Tour war schon seit langer Zeit ein Traum von ihr, und dafür hat sie jetzt ihre Ersparnisse zusammengekratzt.«

»Können wir sie auf ihrem Handy erreichen?«

»Das glaube ich nicht, sie wollte es die meiste Zeit ausgeschaltet lassen, um sich richtig zu erholen. Sie hatte in den letzten Wochen jeden Abend Vorstellung und war total erschöpft. Dann kam noch der Vorfall mit dem Regisseur hinzu. Ich konnte sie bisher jedenfalls nicht erreichen, um ihr zu erzählen, was Choupette zugestoßen ist.«

»Falls sie sich doch meldet, sagen Sie ihr bitte, dass sie uns anrufen soll, es ist wichtig.« Er legte seine Visitenkarte auf den Tisch. »Außerdem brauchen wir die Handynummer Ihrer Freundin, vielleicht haben wir mehr Glück.«

»Selbstverständlich.« Nachdem sie die Nummer für ihn aufgeschrieben hatte, sah sie ihn nachdenklich an.

»Worum geht es überhaupt? Warum wollen Sie mit ihr sprechen?«

»Es geht um diese Bootsfahrt im Februar, hat sie Ihnen davon erzählt?«

»Ja, sie war danach völlig verstört, weil dieser Arzt

über Bord gegangen ist. Aber das war doch ein Unfall?«

»Die Kollegen von der Küstenwache gehen davon aus.« Er rieb sich das Kinn und überlegte.

»Hat Madame Vanel Ihnen noch mehr über diese Bootsfahrt erzählt?«

»Nicht viel, aber es hat sie beschäftigt. Ich weiß, wer noch an Bord war. Zwei davon sind inzwischen tot, ich habe es in der Zeitung gelesen. Das ist wirklich schrecklich.«

»Haben Sie mit ihr darüber gesprochen?«

»Ja, natürlich, wir waren beide entsetzt.«

»Hat sie gesagt, ob sie etwas darüber weiß?«

»Nein, was hätte sie darüber wissen sollen? Sie hat doch nichts damit zu tun.«

»In Ordnung. Danke, dass Sie mit uns gesprochen haben.«

»*De rien*, ich werde weiterhin versuchen, Sandrine zu erreichen, und melde mich sofort bei Ihnen, wenn ich etwas in Erfahrung gebracht habe.«

❧ ☙

Als sie wieder im Dienstfahrzeug saßen, klingelte Paulines Handy. Es war Claire Lenôtre. Sie schaltete den Lautsprecher ein.

»Bonjour, Madame Lenôtre. Danke, dass Sie so schnell zurückrufen.«

»Sie haben auf meine Mailbox gesprochen, dass es um meinen Exmann geht?«

»Ja, das ist richtig. Ich möchte gerne wissen, ob Ihre gemeinsame Tochter Danielle den Abend des dreizehnten Juni bei ihrem Vater verbracht und dort auch übernachtet hat?«

»Warum wollen Sie das wissen? Hat Grégoire etwas angestellt?«

»Das ist reine Routine. Wir müssen bei unseren Ermittlungen grundsätzlich jede Aussage überprüfen.«

»Ach so«, ihre Stimme klang erleichtert. »Einen Moment bitte, ich muss kurz nachdenken. Das war ja erst vor drei Tagen. Nein, Madame le Commissaire, an dem Abend war Danielle nicht bei ihm. Sie war bei mir zuhause. Ich habe sie früh ins Bett gepackt, weil sie sich erkältet hatte.«

»Sind Sie sicher?«

»Aber ja. Grégoire muss sich getäuscht haben, er hat die Tage verwechselt. Danielle war eine Woche vorher am sechsten Juni bei ihm.«

»Eine Verwechslung also?«

»Ja, vermutlich. Wissen Sie, Grégoire ist nicht mehr

derselbe, seit ihn diese Krankenschwester verlassen hat. Irgendwie ist er zerstreuter, abwesender, wenn Sie verstehen, was ich meine.«

»Ich denke schon.«

»Diese Trennung hat ihn sehr getroffen.«

»Sie haben viel Verständnis für Ihren geschiedenen Mann.«

»Im Gegensatz zu ihm habe ich die Scheidung verarbeitet.«

»Ich verstehe. Dann bedanke ich mich für Ihre Auskünfte und wünsche Ihnen noch einen schönen Tag.«

Grübelnd beendete sie das Gespräch. »Das Alibi des Verwalters ist soeben geplatzt.«

»Wir haben es gehört«, bestätigte Frédéric. »Er hat für beide Tatzeiten kein Alibi.«

»Was ist uns bisher verborgen geblieben? Was haben wir übersehen?«

»Ich habe keine Ahnung, Pauline.«

Sie starrte aus dem Fenster und dachte nach. »Weißt du, was ich mich frage?«

»Was denn?«

»Woher wusste der Fallensteller, dass Choupette Käse liebt?«

»Worauf willst du hinaus?«

»Ich habe eine Theorie.«

»Wir hören.«

»Jemand hat bei Eveline in der Reha-Klinik eingebrochen und ihr einen gehörigen Schrecken eingejagt. Armand liebte seine Tochter. Jemand hat Géraldine Villeneuves Katze das Genick gebrochen. Die
Schriftstellerin liebte das Tier. Jemand hat Sandrine
Vanels Hund mit einer Schlagfalle verletzt. Sie liebt
Choupette. Wenn es dieselbe Person war, was be-
zweckte sie damit?«

Mélanies Augen funkelten. »Die Person bedroht Menschen und Tiere, die den Opfern wichtig
sind.«

»Weshalb?«, fragte Louis.

»Um die Opfer vor ihrem Tod in Angst zu verset-
zen und sie zu quälen, sie zu töten reicht ihr nicht.«

»Dann ist die Person, die Pauline gerade beschrieben hat, der Mörder?«

»Das ist die logische Schlussfolgerung.«

Louis war wie elektrisiert. »Das würde bedeuten,
dass Sandrine Vanel das nächste Opfer ist.«

»Nach dieser Theorie, ja.«

Pauline fühlte Unruhe in sich aufsteigen. »Wir
müssen Sandrine Vanel finden«, sagte sie mit ent-
schlossener Stimme.

»Wenn die Theorie zutrifft, befindet sie sich in Lebensgefahr.«

❧ ☙

Zurück auf der Wache setzte sich Pauline mit dem Provider von Sandrine Vanel in Verbindung und forderte die Durchführung einer Handyortung an. Ihre Gesprächspartnerin versprach, sich sofort an die Arbeit zu machen und so bald wie möglich zurückzurufen.

Mélanie suchte im Internet nach einem Foto der Schauspielerin und fand eine Porträtaufnahme auf deren Homepage, auf der sie gut zu erkennen war. Sie schickte sie an alle Gendarmerien, die in der Nähe des Canal de Garonne lagen, mit der Anfrage, ob jemand diese Frau gesehen habe, und der Aufforderung, sich in diesem Fall sofort bei ihnen zu melden.

Frédéric telefonierte mit Hausbootvermietern in Castets-en-Dorthe, in der Hoffnung, auf jemanden zu stoßen, der sich an die Frau erinnerte und über ihre geplante Route Bescheid wusste. Bisher hatte er keinen Treffer gelandet. Seine Nachforschungen hatten ergeben, dass die Freizeitkapitäne ihre Personalausweise registrieren ließen, nach einer Einweisung das Boot übernahmen und es zum vereinbarten Termin zurückgaben. Bezahlt hatten sie schon bei der Buchung. Welche Ziele die Bootsmieter hatten, schien keinen zu interessieren. Niemand wusste etwas über eine Sandrine Vanel.

Louis druckte Kartenmaterial über den Canal de Garonne und den Canal du Midi aus und befestigte es an der Pinnwand. Als er damit fertig war, richtete sich die volle Aufmerksamkeit der Kollegen auf ihn.

»Wo ist Sandrine Vanel?«, begann Louis und wies auf eine Landkarte, auf der der Verlauf des Canal de Garonne und des Canal du Midi abgebildet war. »Der Canal du Midi verbindet das Mittelmeer bei Sète mit Toulouse. Der Verlauf führt nach dem Étang de Thau weiter über Agde, Béziers, Carcassonne. Seine Fortsetzung in Toulouse ist der Canal de Garonne. Beide Kanäle, die auch als Canal des Deux Mers bezeichnet werden, verbinden das Mittelmeer und den Atlantik. Der Canal de Garonne verläuft in nordwestlicher Richtung nach Castets-en-Dorthe etwa fünfundvierzig Kilometer südöstlich von Bordeaux. Dorthin hat Catherine Duval ihre Mitbewohnerin gefahren. In dem Ort mündet der Wasserlauf in die Garonne, die ab dort bis zur Gironde-Mündung befahrbar ist.« Er trank einen Schluck Wasser, dann fuhr er fort. »Ich schlage vor, wir konzentrieren uns auf die wahrscheinlichste Variante. Die Strecke zwischen Castets-en-Dorthe und Toulouse beträgt hundertsechsundneunzig Kilometer. Madame Vanel hat insgesamt etwa zwanzig Tage zur Verfügung, also zehn Tage hin und zehn zurück, falls sie bis Toulouse fährt. Das bedeutet pro Tag zwanzig Kilometer für die einfache Strecke. Sandrine Vanel ist seit fünf Tagen unterwegs und hat nach dieser Vorgabe ungefähr hundert Kilometer zurückgelegt. Folglich müsste sie sich in der Nähe von Agen aufhalten, also dort, wo der Kanal de Garonne auf die linke Seite des Flusses wechselt.«

»Gut gemacht, Louis!«, lobte Pauline ihn.

Er lächelte stolz. »Fahren wir los?«

»Lass uns noch einen Kaffee trinken und auf die restlichen Rückmeldungen warten.«

Gerade als Frédéric mit einer Kanne frisch aufgebrühtem Kaffee in das Besprechungszimmer zurückkam, klingelte das Telefon. Pauline nahm den Anruf entgegen. Es war die Mitarbeiterin des Providers.

»Das Handy kann nicht geortet werden«, informierte sie ihr Team nach dem Gespräch.

Gleich darauf klingelte das Handy erneut, und sie meldete sich. Der Anrufer war der Wachleiter der Gendarmerie von Port-Sainte-Marie, ein gewisser

Guillaume Le Maître. Pauline schaltete den Lautsprecher ein.

»Bonsoir, Kollege. Haben Sie Neuigkeiten für uns?«

»Ja, Madame le Commissaire. Die Frau auf dem Foto, das Sie uns geschickt haben, war heute gegen Mittag bei uns auf der Wache. Sie hat sich als Sandrine Vanel ausgewiesen und ihr Smartphone als gestohlen gemeldet. Am Abend vorher hat sie eine Gruppe von Radfahrern kennengelernt, mit denen sie am Kanalufer gegrillt und Rotwein getrunken hat. Am nächsten Morgen waren die Radfahrer weg und das Handy auch.«

»Hat sie gesagt, was sie vorhat? Ich meine, welches Ziel sie heute hatte?«

»Das hat sie nicht gesagt, nur dass sie es langsam angehen würde, also kann sie nicht weit sein. Hat sie etwas verbrochen?«

»Wir wollen im Zuge einer Ermittlung mit ihr sprechen. Wo ist die nächste Marina Richtung Toulouse?«

»In Colayrac. Sie kann aber überall anlegen, das machen viele Freizeitskipper, die ihre Ruhe haben möchten. In den Marinas herrscht oft viel Trubel.«

»Merci, Sie haben uns sehr geholfen.«

Louis ging zur Pinnwand und zeigte den Kollegen, wo sich Port-Sainte-Marie befand. »Der Ort liegt etwa zehn Kilometer nordwestlich von Agen.«

Pauline lächelte ihn an. »Wir fahren los, hoffentlich finden wir sie.«

Während Mélanie sie zügig durch Bordeaux steuerte, versuchte Louis, die Personalabteilung des Hôpital Saint-André zu erreichen. Er wollte die Aussage von Corinne de Mazerat bezüglich der Dienstpläne überprüfen. Schließlich erreichte er die Abteilungsleiterin, die sich jedoch weigerte, ihm am Telefon eine Auskunft zu erteilen. Sie einigten sich darauf, dass sie in der Polizeizentrale anrufen würde, um seine Angaben zu überprüfen. Danach wollte sie sich wieder melden. Nach zwanzig Minuten hatte sie noch immer nicht zurückgerufen und ging auch nicht ans Telefon.

Kurz darauf meldete sich ein Bootsvermieter aus Castets-en-Dorthe bei Frédéric und berichtete, dass eine Sandrine Vanel bei ihm ein Hausboot gemietet habe. Der Rumpf sei königsblau, der Steuerstand habe einen olivgrünen Anstrich, und es hieß *Hippocampe*, Seepferdchen. Wohin sie wollte, wusste er allerdings nicht.

Nach dem Gespräch mit Gendarm Le Maître in der Wache von Port-Sainte-Marie schlenderte Sandrine Vanel durch den hübschen kleinen Ort, bewunderte die schlichte Kirche und betrachtete die Auslagen der Geschäfte. Sie ärgerte sich darüber, dass ihr Handy abhandengekommen war. Inzwischen war sie sich nicht mehr sicher, ob einer der Radfahrer es gestohlen hatte. Sie waren doch eigentlich nett gewesen. Womöglich war es ihr einfach aus der Hosentasche gerutscht, als sie spät am Abend über den Steg auf ihr Hausboot gegangen war. Sie hatten ziemlich viel Rotwein getrunken, sie konnte sich nicht mehr erinnern. Vielleicht lag das Handy jetzt auf dem Grund des Kanals.

Sie beschloss, nicht weiter darüber nachzugrübeln und sich stattdessen einen weiteren schönen Tag zu machen. Am Marktplatz entdeckte sie eine Brasserie mit einer Fachwerkfassade, die einladend aussah. Dabei merkte sie, wie hungrig sie war, und entschloss sich spontan, dort ein spätes Mittagessen zu genießen. Sie hatte keine Lust zu kochen, und sie war bisher sehr sparsam mit ihrem Budget umgegangen, so dass sie sich diese Ausgabe leisten konnte. Unter der grün-weiß gestreiften Markise fand sie einen freien Tisch, auf dem eine Vase mit Margeriten stand, und setzte sich. Gleich darauf brachte der Wirt die Speisekarte und empfahl das Tagesmenü: Miesmuscheln in Weißweinsauce, gegrillten Wolfsbarsch auf einem Mangoldbett, eine Ziegenkäseplatte aus der Auvergne, Profiteroles mit Schokoladensauce und Vanillesahne. Als Wein empfahl er ihr einen weißen Bordeaux aus der Lage Barsac.

Dabei kamen sie ins Gespräch, und er flirtete mit ihr. Sie genoss seine Aufmerksamkeit und die Unbeschwertheit. Das erste Mal seit Langem fühlte sie sich wieder eins mit der Welt, und sie fühlte sich hübsch, so gebräunt mit den sommerlich geflochtenen Haaren und den golden funkelnden Kreolen. Das Leben konnte schön sein.

Sie genoss ein Glas des gekühlten fruchtigen Weins. Dabei beobachtete sie die Leute, die vorbeigingen, und fütterte die Spatzen mit Krumen des aufgeschnittenen Baguettes.

Das Menü schmeckte vorzüglich. Als sie bezahlt hatte, fragte sie den Wirt nach Sehenswürdigkeiten in der näheren Umgebung. Er empfahl ihr das kleine Schloss Bellevue im Park mit der Falknerei und erklärte ihr den Weg. Leider könne er sie wegen des Mittagsgeschäfts in seiner Brasserie nicht begleiten.

Nach der Besichtigung des mittelalterlichen Gebäudes und der Raubvögel ging sie auf der gewundenen Landstraße, die durch Melonenfelder führte, zurück zum Hausboot. Die Sonne brannte vom Himmel, Bienen summten, und in der Ferne schlug eine Kirchturmuhr. Der Kanal war höchstens zwei Kilometer entfernt, und sie erreichte ihn nach einer halben Stunde. Ihr »Seepferdchen« schaukelte leicht auf dem moosgrünen Wasser.

Sandrine beschloss, einige weitere Kilometer auf dem Kanal zurückzulegen und sich am Abend einen ruhigen Liegeplatz zu suchen. Sie löste das Tau, rollte es auf und legte es auf die Planken. Danach startete sie den Motor, lenkte das Boot langsam von der Kaimauer weg und tuckerte in der Mitte des Kanals Richtung Südosten. Parallel zum Wasserlauf befand sich der alte Treidelpfad, der jetzt als Fahrrad- und Wanderweg diente. Beide Ufer waren von Pappeln gesäumt, dahinter erstreckten sich Wiesen und Felder. Sie passierte einen schmalen Sandstrand, auf dem Kinder spielten. Lachend winkten sie ihr zu.

Nach ungefähr einem Kilometer näherte sich der Wasserlauf wieder der Landstraße. Nachdem sie unter einer steinernen Brücke hindurchgefahren war, lag eine Schleuse vor ihr. Sie wusste nicht mehr genau, wie viele Schleusenmanöver sie bereits gemeistert hatte, zumindest war ihre Angst seitdem verflogen. Aber aufgeregt war sie immer noch. Vor der Anlage warteten bereits zwei Boote, und ein Schild am Ufer informierte sie darüber, dass es sich um eine Schleusentreppe mit drei Kammern handelte. Das Eisentor öffnete sich, und die drei Schiffe fuhren mit in Position gebrachten Fendern langsam in das erste Becken. Nachdem sich das Tor wieder geschlossen hatte, wurde das Wasser abgelassen, und die Boote senkten sich Zentimeter für Zentimeter. Schleusenwärter und Helfer griffen nach den Tauen und gaben Leine. Sie kümmerten sich wie immer um alles, der Service an den Schleusenanlagen war perfekt durchorganisiert. Sandrine stand auf dem Deck, als ihr Boot in die nächste Kammer gezogen wurde. Auf der Terrasse eines Cafés auf der linken Uferseite saßen Leute, die das Schleusen aufmerksam verfolgten und dabei ihre Eisbecher genossen. Es herrschte eine heitere, entspannte Stimmung.

Dennoch war Sandrine erleichtert, als sie die Treppe ohne Probleme hinter sich gelassen hatte.

Als die Dämmerung hereinbrach und die Sonne hinter dem Horizont bis auf einen orangegoldenen Streifen verschwunden war, suchte sie einen Anlegeplatz. Nach einigen hundert Metern fand sie eine passende Stelle in der Nähe einer mittelalterlichen Fußgängerbrücke und vertäute das Boot an dafür vorgesehenen Holzpfählen. Am Ufer reihten sich junge Birken, dahinter, jenseits eines Grasstreifens befand sich eine wenig frequentierte schmale Straße. Sandrine stand an der Reling und ließ den Anblick der friedvollen Landschaft, die sich durch das Dämmerlicht in graue Schemen verwandelte, auf sich wirken.

Plötzlich tauchte wie aus dem Nichts ein Boot auf und fuhr viel zu schnell an ihr vorbei. Wellen klatschten gegen ihren Rumpf. Laute Musik, zu der junge Leute ausgelassen tanzten, schallte herüber. Bald darauf war es wieder still, und nur das Rauschen der Birkenblätter war zu hören.

Sandrine schaltete die kleine Deckleuchte ein, klappte den Steg aus und suchte sich einen Platz am Ufer. Die Oberfläche des Kanals schimmerte wie ein Opal, am Himmel zeigten sich die ersten funkelnden Sterne, und ganz in der Nähe quakten Frösche um die Wette. Auf der Straße am anderen Ufer fuhr ein Auto vorbei, kurz darauf ein zweites. Nach einer Weile verstummten die Motorengeräusche in der Ferne, und es herrschte wieder eine friedliche Stille.

Während sie ein Glas Wein trank, dachte sie über ihre Zukunft nach. Nach der unschönen Begegnung mit dem Regisseur war ihr fristlos gekündigt worden. Selbst wenn sie den Prozess vor dem Arbeitsgericht gewinnen würde, konnte sie nicht mehr am Theater arbeiten. Er würde ihr das Leben zur Hölle machen, ihr nur noch Statistenrollen geben und sie vor den Kollegen demütigen. Das kam nicht infrage. Sie konnte sich an anderen Schauspielhäusern oder kleineren Theatern in Bordeaux bewerben, aber sein Einfluss war so groß, dass er vielleicht sogar eine Anstellung dort verhindern könnte.

Was also sollte sie tun? Achselzuckend schenkte sie sich Wein nach und beschloss, ihre Probleme auszublenden, bis sie wieder zuhause war. Es hatte keinen Sinn, sich den schönen Abend durch böse Vorahnungen verderben zu lassen. Irgendwie ging es ja doch immer weiter.

Sie ließ ihre Blicke schweifen und runzelte die Stirn. Helle Punkte irrlichterten über die Fußgängerbrücke. Was konnte das sein?

❧ ❧

Pauline Castelot und ihr Team verließen die Autobahn bei Aiguillon und entschieden sich für eine

312

Nebenstraße, die parallel zum Canal de Garonne bis nach Agen verlief. Das erste Ziel war die kleine Marina von Port-Sainte-Marie, die von einem Lavendelfeld gesäumt wurde. Dahinter erhob sich auf einem rötlichen Fels eine angestrahlte Bronzestatue von Jeanne d'Arc. Mehrere Hausboote in verschiedenen Größen und Farben lagen im Schein von Laternen an der Kaimauer.

Sie parkten, stiegen aus und schlenderten die Promenade entlang. Dabei achteten sie auf die Namen der Boote. Auf einem Deck saß ein Mann in Jeans, weißem Hemd und mit bloßen Füßen an einem Tisch, auf dem eine Flasche Champagner und ein Kristallglas standen. Er aß rosa Crevetten, die auf einem Porzellanteller angerichtet waren, und trank einen Schluck. Als er sie bemerkte, hob er grüßend die Hand.

»*Bonsoir, Mesdames et Messieurs*, darf ich Sie zu einem Glas Champagner einladen? Ich feiere, weil meine Frau endlich in die Scheidung eingewilligt hat. Ist das nicht großartig?«

Castelot bedankte sich für die Einladung und lehnte sie höflich ab.

»Wir sind von der Polizei und suchen eine Frau, die Sandrine Vanel heißt. Sie muss mit ihrem Hausboot heute um die Mittagszeit in der Marina gelegen haben.«

»Wissen Sie, wie ihr Boot heißt?«

»Es heißt ›Seepferdchen‹. Der Rumpf ist blau, der Steuerstand grün.«

»Hm, ich bin mir nicht sicher. Können Sie die Frau beschreiben?«

»Sie ist Mitte dreißig, schlank und hat lange braune Haare, die sie manchmal zu einem Zopf bindet.«

»Jetzt erinnere ich mich. Heute Nachmittag habe ich am Canal geangelt und gesehen, wie sie abgelegt hat. Ich glaube zumindest, dass sie es war. Ihre Haare hatte sie zu Zöpfen geflochten. Eine schöne Frau.«

»Haben Sie eine Vorstellung, wo sie hinwollte?«

»Leider nicht, wir haben kein Wort miteinander gewechselt. Ich weiß nur, dass sie nach Süden fuhr, Richtung Toulouse.«

»Merci, Monsieur, einen schönen Abend noch.«

Sie folgten weiter der Straße, und Pierrot suchte durch ein Nachtfernglas mit starkem Zoom den Ufersaum nach Booten ab. Dabei entdeckte er unter einer Weide ein einsames Motorboot mit Sonnensegel, das aufgrund des weißen Anstrichs nicht infrage kam.

Bald darauf erreichten sie die Anlegestelle von Clermont-Dessous. Ein flaches Steinhaus mit rotem Ziegeldach und zwei weißen Kaminen, das direkt am Ufer lag und über eine Terrasse verfügte, war hell erleuchtet. Es beherbergte ein Restaurant, einen Souvenirladen und eine Bar-Tabac. An der Kaimauer lagen zwei Hausboote, das »Seepferdchen« jedoch war nicht dabei.

Um den kleinen Hafen von Montesquieu zu erreichen, mussten sie die Straße verlassen und über einen Feldweg mit Schlaglöchern und Steinen holpern. Dort lag ein Boot, vertäut an einem Pfosten. Als sie sahen, dass der Rumpf blau gestrichen war, dachten sie zunächst, sie hätten Sandrine Vanel gefunden. Doch der Steuerstand war grau. Es war das falsche Boot. Als sie sich abwandten, trottete ein Schäferhund aus dem Cockpit, musterte sie und fing an zu bellen. Gleich darauf erschien ein Mann mit einem hageren Gesicht und einem Dreitagebart, der sie misstrauisch ansah.

»Was ist hier los? Was wollen Sie?«

Rocard hob beschwichtigend die Hände.

»Entschuldigen Sie bitte die Störung, Monsieur. Wir sind von der Polizei und suchen ein Hausboot mit dem Namen ›Seepferdchen‹. Haben Sie es gesehen?«

»Ich bin schon den ganzen Tag alleine hier und habe an Deck gearbeitet. Auf die vorbeifahrenden Schiffe habe ich nicht geachtet. Ich bin Journalist und arbeite für ein bekanntes Reisemagazin an einer Reportage über den Canal de Garonne. Es tut mir leid, da kann ich Ihnen nicht weiterhelfen.«

»Dann wollen wir Sie nicht weiter stören.«

»Viel Erfolg.«

Zwischen Montesquieu und Sérignac-sur-Garonne verlief die Straße nahe dem Canal, und Pierrot sah konzentriert durch das Fernglas. Plötzlich tauchte am anderen Ufer der Umriss eines Bootes auf. Das Deck war beleuchtet, und die Farbe des Steuerstandes schien grün zu sein. Er nahm die nähere Umgebung in Augenschein und stellte beunruhigt fest, dass einige Hundert Meter weiter vorne auf ihrer Seite des Kanals ein dunkler Kleinwagen mit ausgeschalteten Scheinwerfern stand.

»Schnell, mach das Licht aus und fahr rechts ran«, forderte er Mélanie auf. »Stell den Motor ab.«

Erstaunt kam sie seiner Aufforderung nach und parkte das Fahrzeug neben dichtem Brombeergestrüpp.

»Was ist denn los?«, wollte sie wissen.

»Das Boot da vorne am anderen Ufer könnte das

›Seepferdchen‹ sein. Gegenüber in der Nähe einer Brücke steht ein Fahrzeug. Das gefällt mir nicht.«

»Steigen wir aus und sehen uns um«, entschied Castelot.

Die Türen klackten leise ins Schloss, und sie liefen im Schutz von Ginsterbüschen hintereinander auf den Wagen zu. Vorsichtig spähte Rocard hinein. Niemand saß darin. Jetzt konnte Pierrot den hellen Schriftzug auf dem blauen Rumpf erkennen: *Hippocampe.*

»Es ist ihr Boot«, flüsterte er. »Gehen wir über die Brücke und sehen nach, ob Sandrine Vanel an Bord ist. Weit kann sie nicht sein, außer Ackerland und Feldscheunen gibt es hier nichts.«

*❦ ❧*

Sie hockte reglos zwischen Büschen und jungen Birken wenige Meter hinter dem Treidelpfad. Die Stirnlampe hatte sie ausgeschaltet. Ihr Atem ging flach, ihr Herz schlug ruhig, und sie lauschte in die Nacht. Aufkommender Wind fuhr durch die Baumkronen und rüttelte an den Ästen, weiter war nichts zu hören. Sie meinte vor wenigen Minuten ein Motorengeräusch gehört zu haben, aber womöglich hatte ihre Phantasie ihr einen Streich gespielt. Sie hatte kein Scheinwerferlicht gesehen.

Einige Meter vor ihr saß Sandrine am Ufer und starrte in Gedanken versunken auf das Wasser.

Sie betrachtete den großen Stein in ihrer Hand, den sie vor der Brücke gefunden hatte. Er war genau richtig für ihr Vorhaben, dieser arroganten Schauspielerin den Schädel einzuschlagen. Sie hatte es nicht besser verdient. Ihre Augen glitzerten diabolisch im Mondschein. Schon bald würde ihr Werk vollendet sein. Entschlossen erhob sie sich und schlich, ohne ein Geräusch zu verursachen, auf ihr nächstes Opfer zu. Sie hob den Arm und holte zum Schlag aus.

Pauline sah die Frau am Ufer von der Brücke aus. Im Schein der Deckleuchte erkannte sie ihre Gesichtszüge. Dann bemerkte sie den Schatten, der sich ihr bedrohlich näherte.

»Da ist Sandrine Vanel und noch jemand«, sagte sie leise, dann rannte sie los. Dabei nahm sie ihre Pistole aus dem Halfter und entsicherte sie. Die Kollegen folgten ihr und zogen ebenfalls ihre Waffen.

»Runter mit dem Arm!«, brüllte Pauline. »Sofort! Sonst schieße ich!«

Die Person erstarrte in der Bewegung und rührte sich nicht mehr. Sandrine Vanel fuhr erschrocken herum und sah, wer hinter ihr stand, den schweren Stein fest umklammert.

»Du?«, fragte sie entsetzt.

Jetzt drehte sich die Person um und rannte, so schnell sie konnte, davon. Castelot und Pierrot folgten ihr und hatten sie nach wenigen Metern eingeholt. Castelot packte ihren Arm, drehte ihn auf den Rücken und hielt sie fest.

»Sie sind vorläufig festgenommen«, sagte sie. Pierrot legte ihr Handschellen an.

Mélanie war zurückgeblieben und kümmerte sich um die Schauspielerin, die am ganzen Körper zitterte. Gleichzeitig forderte sie mit ihrem Handy einen Krankenwagen und Unterstützung an.

Als Rocard die Kollegen erreichte, sah er in das Gesicht der gefesselten Frau und schüttelte erstaunt den Kopf.

»So schnell sieht man sich wieder, Madame de Mazerat.«

Die Haare der Krankenschwester waren zerzaust, und die Augen sprühten Funken. Außer sich vor Zorn wollte sie auf Rocard losgehen und trat nach ihm, aber Pierrot hielt sie fest.

»Sie haben mein Werk zerstört«, schrie sie. »Ich hatte es fast vollendet.«

Rocard sah sie nachdenklich an und tauschte einen kurzen Blick mit Pauline.

»Ich glaube, wir haben Eveline nicht richtig zugehört.«

Pauline nickte.

# 17. JUNI

Am nächsten Morgen trafen Pauline und die Kollegen pünktlich um neun Uhr im Untersuchungsgefängnis Palais de Justice nahe dem Pont de Pierre ein.

An der Anmeldung wurden sie von der Direktorin Simone Elois persönlich in Empfang genommen. Wie immer wirkte sie wie aus dem Ei gepellt und trug ein safrangelbes Chanelkostüm, eine schwarze Seidenbluse und hochhackige, mit Strass besetzte Riemchensandalen.

»Bonjour«, begrüßte sie den angemeldeten Besuch mit einem Lächeln. »Corinne de Mazerat wartet bereits in einem der Vernehmungsräume im Untergeschoss auf sie. Auf einen Rechtsbeistand hat sie verzichtet. Heute Nacht gab es Probleme mit ihr. Sie hat in ihrer Zelle plötzlich angefangen zu toben, zu schreien und um sich zu schlagen, so dass wir einen

Arzt holen mussten, der ihr eine Beruhigungsspritze gab. Im Moment macht sie einen relativ gefassten Eindruck. Kommen Sie bitte mit mir, ich begleite Sie.«

Gemeinsam gingen sie über die Treppe in das Kellergeschoss und liefen den hell erleuchteten sterilen Gang entlang. Vor der dritten Tür blieb Elois stehen.

»Madame de Mazerat befindet sich in diesem Raum, zwei Polizisten sind zu Ihrem Schutz bei ihr. Wenn ich noch etwas für Sie tun kann, melden Sie sich bei mir. Ich bin heute den ganzen Vormittag in meinem Büro.«

Sie betraten den kalt wirkenden Raum, nickten den Polizisten kurz zu und setzten sich an den Tisch zu Corinne de Mazerat. Man hatte ihr die Handschellen abgenommen. Pauline Castelot begrüßte sie. Die Krankenschwester kniff die Lippen zusammen und gab ihr keine Antwort. Sie sah übernächtigt aus, das Gesicht war aschfahl, die Augen geschwollen und die sonst so gepflegten weizenblonden Haare strähnig. Sie trug dieselben Kleider wie am Abend zuvor, eine schwarze Jogginghose, ein schwarzes T-Shirt und dunkle Sportschuhe. Am rechten Arm hatte sie einen Kratzer.

Nachdem das Aufnahmegerät eingeschaltet war,

sprach Pauline die erforderlichen Angaben in das Mikrofon und begann mit der Vernehmung.

»Madame de Mazerat, Sie haben gestern Abend versucht, Sandrine Vanel mit einem Stein anzugreifen. Sie hatten bereits zum Schlag ausgeholt.«

Die Krankenschwester blickte an ihr vorbei und starrte auf die kahle Wand. Castelot fuhr unbeirrt fort. »Sie wollten Sie erschlagen, genauso wie Sie Jean-Baptiste Armand und Géraldine Villeneuve getötet haben.«

Die Krankenschwester schüttelte heftig den Kopf. »Ich wollte sie nur erschrecken, weiter nichts.«

»Das glaube ich Ihnen nicht. Sie haben von einem Werk gesprochen, das Sie fast vollendet haben. Was meinten Sie damit?«

»Das habe ich nur so gesagt. Mit den Verbrechen an Jean-Baptiste und Géraldine habe ich nichts zu tun. Für die Tatzeiten habe ich Alibis, dass wissen Sie doch. Ich habe Ihnen im Krankenhaus die Dienstpläne gezeigt.«

Pierrot ergriff das Wort. »Ich habe heute Morgen mit der Leiterin der Personalabteilung des Krankenhauses telefoniert. Die Kopie der Dienstpläne, die Sie uns gezeigt haben, stellen die geplanten Dienste dar, nicht die Schichten, die das Personal tatsächlich geleistet hat. In den Originalen ist dokumentiert, dass die Pläne geändert wurden. Das kommt häufig vor, habe ich mir sagen lassen. Sie haben mit Kollegen Dienste getauscht und hatten zu den Tatzeiten frei. Können Sie dafür Alibis vorweisen?«

»Ich kann mich nicht mehr erinnern, wo ich war.«

»Ihr Auto wurde beschlagnahmt und wird gerade von Technikern der Spurensicherung in der Polizeiwerkstatt untersucht«, informierte Rocard sie.

Ihre Gesichtszüge versteinerten.

»Ich bin mir sicher«, fuhr er fort, »dass sie Fasern, Hautschuppen oder anderes belastendes Material von Géraldine Villeneuve finden werden. Wir haben in der Nähe des zweiten Tatorts einen Ohrring gefunden, auf dem sich Fingerabdrücke befinden. Wir werden sie mit den Ihren abgleichen.«

Castelot sah sie ernst an. »Wir werden Sie anhand der Beweismittel überführen. Also, warum mussten Monsieur Armand und Madame Villeneuve sterben? Und warum wollten Sie Sandrine Vanel ebenfalls töten?«

Die Krankenschwester starrte zurück, ihre Augen flackerten unruhig.

»Es hat etwas mit dem Bootsausflug zu tun, habe ich recht?«, beharrte Pauline Castelot. »Was ist auf dieser Tour passiert? Madame de Mazerat, reden Sie mit mir!«

»Was passiert ist?«, kreischte sie auf. »Bruno ist über Bord gegangen, und sie haben die Suche nach kurzer Zeit einfach abgebrochen. Das ist passiert. Ich habe sie angefleht, nicht aufzugeben, nur noch ein paar Minuten, aber sie sagten, dass es sinnlos sei.«

Sie raufte sich die Haare, ihre Wangen erröteten. »Sie haben Bruno einfach ertrinken lassen, und ich konnte nichts dagegen tun.«

»Wen meinen Sie genau mit ›sie‹?«

»Jean-Baptiste, Géraldine und Sandrine, die drei haben ihn eiskalt seinem Schicksal überlassen, weil sie feige waren und um ihr eigenes Leben fürchteten.«

Sie lachte bitter. »Deshalb mussten sie sterben, sie haben es nicht besser verdient. Bei Sandrine sind Sie mir dazwischengekommen, ich hätte es fast geschafft.«

»Was ist mit Grégoire Lenôtre und Eveline?«

»Grégoire hat sich auf meine Seite geschlagen, er wollte auch, dass wir weitersuchen. Eveline befand sich zu dem Zeitpunkt unter Deck und war völlig verstört und verängstigt.«

»Aber es war ein tragischer Unfall.«

»Wir hätten ihn retten können, wir hatten zumindest eine Chance. Stattdessen habe ich meine große Liebe verloren. Die drei sind für diese Tragödie verantwortlich, und dafür sollten sie büßen.«

Pauline Castelot verschlug es ob dieser Kälte für einen Moment die Sprache.

»Aus welchem Grund haben Sie Madame Villeneuve zum Weinberg gefahren?«, wollte Leroy wissen. »Ich kann den Sinn dieser Aktion nicht begreifen.«

Wieder brach die Krankenschwester in Gelächter aus. »Ich fand das so passend, es war ein genialer Schachzug von mir. Außerdem wollte ich Sie verwirren.«

»Wollten Sie Madame Vanel nach der Durchführung der Tat auch zum Weingut bringen?«

»Selbstverständlich, dann wäre das Szenario perfekt gewesen. Auf der Fahrt dorthin wollte ich mir überlegen, wo ich ihren Leichnam deponieren würde. Vielleicht im Pferdestall? Auf dem Heuboden, aufgehängt an einem Balken?«

Castelot und Rocard tauschten einen irritierten Blick. Es war offensichtlich, dass die Krankenschwester nach dem Verlust von Bruno Clouzot in einen psychischen Ausnahmezustand geraten war.

»Woher wussten Sie, wo Madame Villeneuve sich aufhielt?«, fragte Rocard.

»Ihre Nachbarin Angélique hat mir von ihrer geplanten Wanderroute erzählt. In Macau habe ich im Lebensmittelladen nach Géraldine gefragt, und siehe da, sie war tatsächlich dort gewesen. Daraufhin bin ich dem beschriebenen Weg gefolgt und habe den Lichtschein des Lagerfeuers gesehen. Es war ganz einfach.«

»Und Sandrine Vanel?«

»Sandrine hat mir genau geschildert, welche Stationen sie ansteuern würde. Sie hat sich so sehr auf diese Bootstour gefreut und wollte unbedingt mit jemandem darüber sprechen. Sie dachte, wir seien befreundet.«

»Sind Sie in der Reha-Klinik bei Eveline eingebrochen?«, wollte Castelot wissen.

»Ja, das gehörte alles zu meinem Plan.«

Pauline meinte Stolz aus ihrer Stimme herauszuhören.

»Haben Sie auch die Katze getötet und den Hund verletzt?«

»Ja. Die Opfer sollten bereits vor ihrem Tod leiden, indem ihren Liebsten etwas zustößt.«

»Danke, Madame de Mazerat. Sie werden jetzt von den Kollegen in Ihre Zelle zurückgebracht. Die Staatsanwältin wird in Kürze entscheiden, ob aufgrund der Beweislage Anklage gegen Sie erhoben wird. Bis dahin bleiben Sie in Untersuchungshaft. Wenn wir noch Fragen haben, melden wir uns bei Ihnen.«

Das Team hatte die Gefängnisdirektorin Elois über die neueste Entwicklung informiert, sich für ihre Unterstützung bedankt und sich schließlich von ihr verabschiedet. Danach standen sie vor dem Palais de Justice und unterhielten sich über die Vernehmung. Corinne de Mazerat hatte ein Geständnis abgelegt, und sie gingen davon aus, dass der Fall so gut wie abgeschlossen war.

»Was machen wir jetzt?«, fragte Mélanie.

»Wir gehen mittagessen«, schlug Louis vor. »Ich habe Hunger wie ein Bär.«

»Ich bin mir nicht sicher, ob ich nach dieser schockierenden Aussage Appetit habe.«

»Aber ja, du wirst schon sehen.«

Paulines Handy klingelte, und sie nahm das Gespräch entgegen.

»Bonjour, Madame le Commissaire. Hier spricht Silvain Buteil, Evelines Therapeut.«

»Bonjour, Monsieur Buteil. Was kann ich für Sie tun?«

»Eveline ist bei mir. Wir haben gerade eine Therapiesitzung abgeschlossen und müssen dringend mit Ihnen reden.«

»Worum geht es?«

»Das möchte ich nicht am Telefon besprechen. Können Sie kommen?«

»Selbstverständlich, wir fahren gleich los.«

»Das ist gut. Eveline und ich machen jetzt einen Spaziergang, anschließend warten wir im Pavillon auf Sie.«

»Wir sind schon unterwegs.«

Sie beendete das Gespräch und informierte ihre Kollegen. »Wir müssen nach Rochefort in die Reha-Klinik. Eveline und ihr Therapeut wollen in einer wichtigen Angelegenheit mit uns reden.«

»Was ist denn los?«, wollte Frédéric wissen.

»Ich weiß es nicht. Sie wollen es uns persönlich sagen.«

⁂

Sie fanden Eveline und Monsieur Buteil im Pavillon inmitten des Birkenwäldchens. Sie setzten sich an den Holztisch. Pauline musterte das Mädchen beunruhigt. Sie machte einen verstörten Eindruck und war kreidebleich. Offensichtlich hatte sie geweint. Auch ihr

Therapeut sah mitgenommen aus, seine Haare waren struppig, und die blaue Fliege saß schief.

Pauline machte sich Sorgen um das Mädchen und kam gleich zur Sache. »Was ist passiert?«

Eveline sah sie an und brachte kein Wort heraus. Ihr Therapeut ergriff das Wort.

»Bei unserem letzten Gespräch habe ich Ihnen erzählt, dass Eveline aufgrund ihrer schweren Erkrankung unter einer posttraumatischen Belastungsstörung leidet.«

»Ja, ich weiß.«

»Wir haben auch darüber gesprochen, dass Alpträume sie heimsuchen, deren Ursache unklar ist. Sie kommen immer und immer wieder und verblassen nicht, ganz im Gegenteil.« Er wandte sich lächelnd an Mélanie. »Sie haben damals bereits vermutet, dass noch etwas Schlimmes geschehen sein könnte.«

Er fuhr sich über die zerfurchte Stirn. »Ich habe weitere Gespräche mit Eveline geführt und bin zu dem Schluss gekommen, dass ein dramatischer Vorfall eine partielle Amnesie ausgelöst haben könnte. Deshalb habe ich nach Absprache mit meiner Patientin beschlossen, einige Rückführungen zu versuchen. Ich habe sie gedanklich immer weiter zurückbegleitet in der Hoffnung, auf die Ursache der Alpträume zu stoßen. Heute waren wir erfolgreich. Normalerweise darf ich mit Ihnen darüber nicht sprechen, da die Ergebnisse unter die Schweigepflicht fallen. Dieser Fall jedoch liegt anders.«

Beruhigend legte er seine Hand auf Evelines Arm. »Erzähl bitte, woran du dich erinnert hast. Schaffst du das?«

Das Mädchen nickte. Dann begann sie mit klarer Stimme zu berichten.

»Auf dem Bootsausflug kam plötzlich Sturm auf. Ich ging über Bord, und mein Vater rettete mich. Corinne und Sandrine haben die Leine eingezogen. Während eine Welle uns trug und das Boot in Schieflage geriet, konnte ich vom Wasser aus eine Szene beobachten.« Sie biss sich auf die Lippen.

»Was für eine Szene?«, fragte Castelot mit sanfter Stimme.

»Bruno klammerte sich an der Reling fest und rührte sich nicht von der Stelle. Ich glaube, er hatte genauso viel Angst wie ich. Auf einmal trat Grégoire hinter ihn, packte seine Knöchel, riss seine Beine hoch und stieß ihn ins Wasser. Das alles ging blitzschnell. Bruno trug keine Schwimmweste. Dann gerieten Papa und ich in ein Wellental, und ich konnte das Boot nicht mehr sehen.«

Alle schwiegen erschüttert. »Bist du dir ganz sicher?«, fragte Pauline das Mädchen.

»Ja, absolut. Ich kann mich jetzt wieder genau erinnern.«

Dann sah Pauline den Therapeuten an.

»Die Schilderung ist schlüssig«, bestätigte er. »Und sie passt zu den Alpträumen.«

»Es ist tatsächlich passiert?«

»Ich denke, ja.«

»Damit kommen wir vor Gericht nicht durch.«

»Das ist mir klar. Sie müssen es beweisen.«

❈❁ ❁❈

Das Château Comtesse-de-la-Francis wirkte verlassen. Kein Mensch war weit und breit zu sehen. Die Nadelfächer der Zedern, die sich hinter dem Ziegeldach erhoben, zitterten im aufkommenden Westwind. Tiefgraue Wolken sammelten sich am dunkler werdenden Himmel und türmten sich bedrohlich auf. Dann fielen die ersten Regentropfen.

Die Eingangstür zum Verwaltungsgebäude stand offen. Pauline Castelot und ihre Kollegen gingen hinein und fanden Grégoire Lenôtre nicht in seinem Büro vor. Der Schreibtisch war akribisch aufgeräumt, der Computer heruntergefahren, die Lampe ausgeschaltet. Der einzige persönliche Gegenstand war eine silbern gerahmte Fotografie vermutlich von seiner Tochter Danielle, die unbeschwert in die Kamera lachte und dabei eine entzückende Zahnlücke zeigte.

Castelot wandte sich an eine Bürokraft im Nebenzimmer. »Wir wollen mit Monsieur Lenôtre sprechen. Können Sie uns sagen, wo er sich aufhält?«

Die Frau blickte von ihrer Arbeit auf und runzelte die Stirn. »Er hat sein Büro vor etwa einer halben Stunde verlassen und ist einfach gegangen, ohne ein Wort mit mir zu sprechen. Ich erinnerte ihn an einen wichtigen Termin in Kürze, und er gab mir keine Antwort. Ich habe keine Ahnung, wo er sein könnte. Aber so hat er sich noch nie benommen.«

»Merci, Madame.«

Vor dem Haupthaus überlegten sie, wo der Verwalter sein könnte.

»Vielleicht ist er bei Gilbert«, sagte Leroy aus einer Intuition heraus.

Pauline nickte. »Das könnte sein. Versuchen wir unser Glück.«

Sie folgten dem Pfad, der zu der Hütte des alten Knechtes führte. Inzwischen hatte es heftig zu regnen begonnen, und sie mussten Schlammpfützen ausweichen. Nachdem sie die Behausung erreicht hatten, entdeckten sie Gilbert und Lenôtre auf der Veranda und stiegen die wenigen Stufen hinauf. Die beiden saßen an einem Tisch, zwischen sich eine Flasche Rotwein und zwei Wassergläser, und unterhielten sich.

Gilbert machte einen nachdenklichen Eindruck, und Lenôtre schien nervös zu sein. Er nickte ihnen zu, und Gilbert bat sie, Platz zu nehmen. Dann bot er ihnen ein Glas Wein an. »Es ist ein ganz edler Tropfen aus unserer besten Lage, sieben Jahre alt.«

Sie lehnten dankend ab, und Castelot wandte sich an Lenôtre.

»Können wir Sie alleine sprechen? Es ist wichtig.«

»Gilbert kann ruhig dabei sein.«

»Wie Sie wollen. Wir kommen gerade aus Rochefort und haben dort mit Eveline gesprochen. Sie hat uns erzählt, was auf der Bootsfahrt geschehen ist.«

Er nickte. »Jeden Tag habe ich gewartet und mich davor gefürchtet, dass sie ihr Gedächtnis wiedererlangt. Keine Nacht konnte ich mehr schlafen, ich habe gewusst, dass es ihr irgendwann wieder einfallen wird.« Er trank einen Schluck und steckte sich mit fahrigen Gesten eine Zigarette an. »Sie hat gesehen, was ich getan habe. Wir hatten kurzen Blickkontakt.«

»Ja, sie hat es gesehen, und heute Morgen hat sie sich erinnert.«

»Ich habe darüber nachgedacht, ob ich zu Joanna nach Kolumbien flüchten soll. Evelines Mutter und ich haben uns gut verstanden, als sie noch hier auf dem Weingut gelebt hat. Aber dann hätte ich meine Tochter Danielle vielleicht nie wieder gesehen.«

»Sie geben also zu, dass Sie Bruno Clouzot über Bord gestoßen haben?«

»Ja, Madame le Commissaire.«

»Warum haben Sie das getan?«

»Corinne hat mich wegen Bruno verlassen. Ich habe gehofft, dass sie zu mir zurückkehrt, wenn er tot ist. Das war auch der Grund, weshalb ich zu ihr gehalten habe, als sie unbedingt wollte, dass die Suche nach ihm fortgesetzt wird. Er trug keine Schwimmweste, ich wusste, dass wir ihn in dem Sturm nicht finden würden.«

Gilbert starrte seinen Freund an und schüttelte ungläubig den Kopf. »Was hast du getan? Es war vergebens, sie wird nicht zu dir zurückkommen.«

»Ich weiß.«

»Sie sind vorläufig festgenommen«, sagte Castelot. »Sie müssen mit uns mitkommen.«

Lenôtre erhob sich schwerfällig. »Selbstverständlich, Madame le Commissaire.«

# 19. JUNI

Der Polizeipräfekt Marcel Castelot hatte die Sonderermittlungsgruppe Médoc zur Feier des Tages in
ihr Lieblingsrestaurant Le Lion d'Or zum Abendessen eingeladen. Seine Sekretärin hatte einen Tisch
bestellt. Er trug seine Uniform, und die Leute auf der
Terrasse drehten sich neugierig nach ihm um.

Pauline trug einen nachtblauen Hosenanzug
und hatte die Haare kunstvoll hochgesteckt. Marcel machte ihr leise ein Kompliment. Immer wieder
streifte sein Blick sie. Der Tisch war festlich einge-
deckt, Kerzen flackerten im Abendwind, und aus
einem Lautsprecher erklang die Stimme von Edith
Piaf, die »Je ne regrette rien« sang.

Natürlich ließ der Polizeichef es sich nicht nehmen,
für alle zu bestellen, und entschied sich für das Pla-
teau Royal. Das war eine pokalartige Schale, auf der
ein halber Hummer, Austern, Crevetten, Langusten,

ein Krebs, Miesmuschel, Pfahlmuscheln und Jakobsmuscheln aufgetürmt waren, so dass man sein Gegenüber kaum noch sehen konnte. Dazu gab es einen exquisiten Entre-Deux-Mers. Als Aperitif tranken sie Champagner.

Marcel Castelot erhob sein Glas: »Auf die Sonderermittler! Ihr habt großartige Arbeit geleistet, ich bin stolz auf euch. Die Presse überschlägt sich mit positiven Berichten über die Polizeiarbeit, das kommt nicht oft vor.«

Sie stießen an und widmeten sich der Vorspeise: Muschelsuppe mit Weißwein und Schalotten. Dabei sprachen sie über den Fall, Marcel wollte jedes Detail wissen. Über das Motiv von Corinne de Mazerat konnte er nur den Kopf schütteln. »Womöglich kommt sie in die Psychiatrie und nicht ins Gefängnis«, mutmaßte er.

Als die Meeresfrüchteplatte serviert wurde, griffen sie tüchtig zu und genossen die Köstlichkeiten aus dem Atlantik. Dabei kamen sie auf Eveline zu sprechen.

»Was wird jetzt aus dem Mädchen?«, fragte Marcel.

»Ich habe mit dem Rechtsanwalt ihres Vaters gesprochen«, erzählte Pauline. »Er hat sich entschieden, ihre Wünsche zu respektieren und sie in allen An gelegenheiten zu unterstützen.« Sie probierte einen Schluck von dem Wein. »Sie lebt weiterhin auf dem Weingut und besucht das Lycée. Gilbert und Madame Delisse kümmern sich um sie. Die Therapiestunden bei Monsieur Buteil wird sie weiterhin wahrnehmen. Sie vermisst Lenôtre trotz seiner Tat und überlegt, ob sie ihn in der Untersuchungshaft besuchen soll.«

»Sie ist wirklich ein tapferes Mädchen«, stellte Louis anerkennend fest. »Wünschen wir ihr viel Glück.«

Feierlich erhob er sein Glas.

MARIA DRIES

DER
KOMMISSAR
UND DIE TOTE VON
SAINT-GEORGES

PHILIPPE LAGARDE
ERMITTELT

atb

# PROLOG
## SONNTAG, DER 28. SEPTEMBER 2014
## BASSE-NORMANDIE, HALBINSEL COTENTIN

Zum letzten Mal in diesem Jahr fuhr der beliebte normannische Touristenzug *Train de la Côte des Îles* die neun Kilometer lange Strecke von Barneville-Carteret nach Portbail. Die Schienen verliefen entlang der Küste gegenüber den Kanalinseln Jersey, Guernsey und Sark. Die eingleisige Strecke war nicht elektrifiziert und nur noch in den Sommermonaten in Betrieb. Die Lokomotive mit dem Originalanstrich, grün mit gelben Streifen, zog drei grüne Personenwaggons, die aus den fünfziger Jahren stammten. Die Gleise führten über die Haltepunkte Saint-Jean-de-la-Rivière und Saint-Georges-de-la-Rivière durch eine Heckenlandschaft, Dünen, Felder und Buchenwälder.

Die Personenwaggons waren während dieser abendlichen Sonderfahrt wie immer voll besetzt, es herrschte eine heitere Stimmung, und der Zugführer schien noch langsamer zu fahren als sonst. Fast hätte man während der Fahrt Blumen pflücken und Schafe streicheln können. Im ersten Wagen gab es ein Buffet mit normannischen Delikatessen, darunter Rohmilchkäse, Cidre und Calvados.

Eine junge Frau in blauem Fischerhemd und mit einem rot-weiß karierten Schal saß auf der Holzbank, auf dem Kopf eine schwarze Kappe, und spielte auf einem Akkordeon Seemannslieder. In dem Hut vor ihr auf dem Boden lagen bereits zahlreiche Münzen. Im zweiten Waggon lauschten Touristen den Ausführungen des Reiseleiters, der sie auf Sehenswürdigkeiten aufmerksam machte. Gerade passierten sie das Manoir de Rossignol, das mit seinen Türmchen, Gauben, Kaminen und Pechnasen stolz auf einem Hügel thronte. Strahler tauchten es in goldgelbes Licht, das an das Gefieder einer Nachtigall erinnerte.

Die Dämmerung senkte sich über den Landstrich, und die Dächer und der Kirchturm von Barneville waren nur noch schemenhaft zu erkennen. Die Sonne war hinter dem Horizont verschwunden und glutrot in den Ozean eingetaucht. Durch die halb geöffneten Fenster drang der Geruch von Wildblumen, Gras und Meer herein. Die Dampflok schnaubte.

Im dritten Abteil gab es noch einige freie Plätze, und es war ruhiger. Dort saßen auch Einheimische, die den Bummelzug nutzten, um nach der Arbeit nach Hause zu fahren.

Vincent Guyon stand an einem der Fenster und starrte in die Dämmerung, doch er nahm das Gebüsch und die Bäume, die an ihm vorbeihuschten, gar nicht wahr. Er war tief in Gedanken versunken und fühlte sich hoffnungslos. Normalerweise machte er in den Sommermonaten früher Feierabend. Doch heute hatte ihn sein Chef Monsieur

Lepraël zum Abendessen eingeladen, weil er etwas mit ihm besprechen wollte. Guyon hatte sofort ein ungutes Gefühl beschlichen. Diese Vorahnung hatte sich während des Gesprächs bestätigt. Lepraël war Eigentümer einer Fischfabrik in der Nähe des Cap de Carteret. Der Umsatz hatte inzwischen durch die Konkurrenz größerer Unternehmen seinen Tiefpunkt erreicht. Über die prekäre finanzielle Situation war Guyon sehr gut informiert, schließlich war er der Chefbuchhalter. Lepraël hatte erklärt, dass die bisherigen Sparmaßnahmen nicht gefruchtet hatten. Er würde die Personalabteilung und die Buchhaltung outsourcen müssen, um sein Geschäft wieder auf eine solide Basis zu stellen. Halbherzig hatte er Guyon einen Arbeitsplatz in der Produktion angeboten, aber das kam für ihn nicht infrage.

Guyon fragte sich, wie er in dieser ländlich geprägten Region und in seinem Alter einen neuen Arbeitsplatz finden sollte. Seine Frau verdiente als ungelernte Kraft in einem ambulanten Pflegedienst nicht viel, und ihr Haus war noch lange nicht abbezahlt. Ihr Sohn Paul besuchte noch die Schule, und sie hatten sich immer bemüht, ihm seine Wünsche zu erfüllen: ein neues Moped, ein teurer Computer, das beste Smartphone. Marie-Lise, ihrem Nesthäkchen, reichten ihr Hund und ihr Pferd, um glücklich zu sein.

Vincent Guyon seufzte tief. Was sollte er nur machen?

Claire Lamare stand an der Theke der Disco *Le Phare Jaune, Der Gelbe Leuchtturm,* und trank ihre Cola aus. Die honigblonden Haare fielen weich um ihr herzförmiges Gesicht mit den weit auseinander stehenden veilchenblauen Augen. Es war ihr nicht bewusst, wie schön sie war, und sie machte auch kein großes Aufsehen um ihr äußeres Erscheinungsbild. Sie galt eher als ernsthaft und introvertiert, lernte ehrgeizig für das Baccalauréat, las viel und spielte leidenschaftlich gerne Klavier.

Sie war nur Carine zuliebe mit in die Disco gekommen, und nun knutschte ihre Freundin in einer schwach beleuchteten Sitzecke mit einem Jungen, den Claire noch nie gesehen hatte. Sie langweilte sich, die hartnäckigen Avancen der jungen Männer nervten sie, und die Musik, die aus der Anlage dröhnte, war einfach schrecklich. Sie konnte Rap nicht ausstehen. Schließlich bezahlte sie und trat aus dem Gebäude. Tief sog sie die frische Luft ein und genoss die Stille. Neben der Tür stand Gilles, ein Schulkollege, und rauchte.

»Salut, Claire, willst du schon gehen?«

»Ja, ich bin müde.«

»Soll ich dich nach Hause fahren?«

»Das ist nett von dir, aber ich gehe lieber zu Fuß. Es ist ja nicht weit.«

»Wie du willst. Bis morgen.«

»Bonne nuit, Gilles.«

Kurz winkte sie ihm zu und verschwand bald darauf in der Dämmerung. Von der Disco in Saint-Jean-de-la-Rivière bis zu dem Weiler Villot, wo sie wohnte, waren es, wenn sie über die Landstraße ginge, vier Kilometer, deshalb entschied sie sich für den kürzeren Weg über den Feldweg, der an den Bahngleisen entlangführte. Spätestens in einer halben Stunde würde sie in ihrem Bett liegen und die Lateinvokabeln für die Schulaufgabe am nächsten Tag noch einmal durchgehen.

Eine schmale, abschüssige Straße führte sie aus dem Ort, vorbei an Bauernhöfen, Gemüsegärten und Stallungen. Pferde wieherten leise, und ein Hund hinter einem Zaun bellte sie aggressiv an. Am Ortsende breitete sich Stille aus. Der Feldweg verlief an einem von Weiden und Ahornbäumen gesäumten Bach. Sein leises Gluckern begleitete Claire. Nach und nach wich die Dämmerung der Dunkelheit, nur die schmale Mondsichel, eingebettet in einen Wolkenkranz, und vereinzelte Sterne erhellten die Nacht. Ein leichter Wind brachte das Laub zum Wispern, und aus dem Brombeergestrüpp drang ein raschelndes Geräusch, vermutlich einer der Biber oder Bisamratten, die es in Bachnähe gab. Der süße Duft von Jasmin lag in der Luft.

Claire war die Abkürzung schon oft gelaufen und kannte die Gegend wie ihre Westentasche. Nach mehreren hundert Metern schlug der Wasserlauf einen Haken und entfernte sich von der Bahnlinie. Wiesen und Äcker, von Kanälen durchzogen, breiteten sich aus, dazwischen erhoben sich Bauminseln. An einem Wehr staute sich das Wasser und gurgelte in einen Teich.

Dieses Geräusch überdeckte die Schritte, die sich durch Pappeln und Weißdornbüsche ihren Weg bahnten und zielstrebig auf Claire zuhielten. Erst nachdem Claire das Wehr hinter sich gelassen hatte, konnte sie sie hören. Ganz leise nur, aber sie waren da und schienen näher zu kommen. Schnell blickte sie über die Schulter, konnte aber niemanden sehen. Sie versuchte, sich einzureden, dass sie sich getäuscht haben musste, aber sie wusste, dass sie etwas gehört hatte. Die Schritte eines Menschen, kein Tier. Bestimmt war es ein nächtlicher Spaziergänger, der seinen Hund ausführte. Claire beschleunigte ihre Schritte und spürte, wie ihr Herz klopfte. Ihr wurde bewusst, dass sie hier ganz allein unterwegs war. Die letzten Häuser des Dorfes hatte sie weit hinter sich gelassen. Niemand würde sie hören und ihr zu Hilfe kommen. Als ein Rind in seinem Unterstand blökte, fuhr sie zusammen. Claire spürte eine unbestimmte Bedrohung, die ihr Angst machte, und obwohl die Nachtluft warm war, durchfuhr sie Eiseskälte.

Der Mann brach aus dem Gebüsch und packte sie. Claire schrie entsetzt auf. Er griff nach ihrer Bluse und zerriss den Stoff. Grob umfasste er ihre Brust und stieß ein widerliches Grunzen aus. Claire wehrte sich mit aller Kraft und trat nach ihm, doch er hielt sie fest umklammert. Als sie um Hilfe schrie, hielt er ihr den Mund zu und zischte unverständliche Worte in ihr Ohr. Sie hatte Todesangst und sah sich verzweifelt nach jemandem um, der ihr helfen könnte. Dabei bemerkte sie aus den Augenwinkeln, wie zwei kreisrunde Lichter sich stetig näherten.

Der Lokführer hatte den Blick fest auf die Gleise vor ihm gerichtet. Vor einigen Tagen hatte eine Rotte Wildschweine die Trasse überquert und ihm einen gehörigen Schrecken eingejagt. Beinahe hätte er einen Zusammenstoß nicht mehr verhindern können. Er war froh, dass es seine letzte Fahrt war und er bald in seinen wohlverdienten Feierabend gehen konnte.

Davon, was sich auf dem Feldweg abspielte, bekam er nichts mit. Die Touristen aßen, tranken, unterhielten sich, und einige hatten in die Seemannslieder eingestimmt. Niemand achtete darauf, was draußen geschah. Niemand außer Vincent Guyon.

Als der Lichtkegel der Lok für wenige Sekunden die beiden miteinander ringenden Menschen erfasste, schreckte er aus seinen Gedanken und starrte auf den schwarz gekleideten Mann, der versuchte, einer jungen Frau Gewalt anzutun. Er konnte noch erkennen, dass ihr Oberteil zerrissen war. Die Frau warf einen flehenden Blick auf den Zug, und ihre Blicke trafen sich für einen Moment.

»Lassen Sie die Frau los! Ich rufe die Polizei«, brüllte er aus dem geöffneten Fenster, dann war der Zug schon vorbei. Der verlassene Feldweg lag in der Dunkelheit. Vincent griff nach seinem Handy und stellte fest, dass er keinen Empfang hatte. Hastig bahnte er sich einen Weg durch die Waggons nach vorn und riss die Tür zum Triebwagen auf.

»Halten Sie sofort an!«, verlangte er vom Lokführer, der erschrak.

»Sie können hier nicht einfach hereinkommen.« Er klang verärgert.

»Da draußen wird eine Frau überfallen, ich habe es gesehen. Stoppen Sie den Zug, wir müssen ihr helfen!«

»Was reden Sie denn da? Kann es sein, dass Sie zu viel Calvados getrunken haben? Verlassen Sie sofort den Triebwagen, ich muss hier meine Arbeit machen.«

»Ich habe nichts getrunken, ich bitte Sie, halten Sie an.«

Seine eindringliche Stimme ließ den Zugleiter zögern. »Ich kann hier nicht anhalten. Es ist strengstens untersagt, auf offener Strecke stehen zu bleiben. Wenn ein Kontrollwagen kommt, kann es einen Unfall geben.«

»Dann rufen Sie die Polizei!«

»Wir befinden uns hier in einem Funkloch.«

»Aber irgendetwas müssen wir doch tun.«

»Wir legen einen Stopp in Saint-Georges ein, bis dorthin sind es nur noch wenige Minuten. Dann rufen wir über das Festnetz die Polizei.«

»*Mon Dieu*, dann kann es schon zu spät sein.«

Die Gendarmerie von Barneville-Carteret traf bereits zwanzig Minuten später an der Stelle ein, wo Vincent Guyon die Frau gesehen zu haben glaubte. Er konnte sich an ein Steinkreuz unter einem gewaltigen Laubbaum erinnern. Doch als die beiden Gendarmen eintrafen, war dort niemand, weder ein verletztes Opfer noch eine Leiche. Sie informierten die Feuerwehren von Saint-Jean und Saint-Georges sowie das technische Hilfswerk, das in Le Mesnil stationiert war, und forderten Unterstützung an.

Sie leuchteten den Feldweg aus und suchten ihn Schritt für Schritt ab. Man fand ein Armband, dessen Gummi zerrissen war. Bunte Glasperlen lagen verstreut auf der Erde, dazwischen ein kleiner Schutzengel aus massivem Silber. Im hohen Gras am Wegesrand wurde ein Klappmesser gefunden. Die Kollegen teilten sich in Trupps auf und durchsuchten mit Taschenlampen und Stirnleuchten das weitläufige Gelände, liefen in beide Richtungen am Bach entlang, suchten auf sumpfigen Wiesen und kämpften sich durch dorniges Buschwerk. Feuerwehrmänner in Wathosen stapften durch das gestaute Wasser am Wehr und in den flachen Teich.

Anschließend nahmen sie sich den dichten Schilfteppich vor. Dort schlug ihnen auf einmal bestialischer Gestank entgegen. Im Schlick zwischen den Halmen lag ein verendetes Reh, dessen Verwesung schon fortgeschritten war.

Die Suchmannschaften waren die ganze Nacht unterwegs, doch von der Frau fehlte jede Spur. Als der Morgen dämmerte, beschlossen sie weitere Unterstützung anzufordern.